团队之道

一个从优秀到卓越的寿险团队传奇

颜真 吴宇 海勤/著

西南财经大学出版社
Southwestern University of Finance & Economics Press

中国·成都

图书在版编目(CIP)数据

团队之道:一个从优秀到卓越的寿险团队传奇/颜真,吴宇,海勤著.一成都:
西南财经大学出版社,2021.12
ISBN 978-7-5504-4839-1

Ⅰ.①团…　Ⅱ.①颜…②吴…③海…　Ⅲ.①纪实文学—中国—当代
Ⅳ.①I25

中国版本图书馆 CIP 数据核字(2021)第 064449 号

团队之道——一个从优秀到卓越的寿险团队传奇
TUANDUI ZHI DAO;YIGE CONG YOUXIU DAO ZHUOYUE DE SHOUXIAN TUANDUI CHUANQI
颜真　吴宇　海勤　著

责任编辑:肖翀
责任校对:周晓琬
封面设计:变革设计　张姗姗
责任印制:朱曼丽

出版发行	西南财经大学出版社(四川省成都市光华村街55号)
网　　址	http://cbs.swufe.edu.cn
电子邮件	bookcj@swufe.edu.cn
邮政编码	610074
电　　话	028-87353785
照　　排	四川胜翔数码印务设计有限公司
印　　刷	成都金恒信印务有限公司
成品尺寸	170mm×240mm
印　　张	22.25
插　　页	8 页
字　　数	297 千字
版　　次	2021 年 12 月第 1 版
印　　次	2021 年 12 月第 1 次印刷
书　　号	ISBN 978-7-5504-4839-1
定　　价	68.00 元

吴洪

从左至右：艾英、简璞、陈瑛、杜巧丽、王玉聪

太平人寿高新支公司总监合影

太平人寿高新支公司启动会留影

2014 年 7 月 15 日太平人寿高新支公司乔迁至茂业中心 C 座

第一期太平光华管理研修班

太平高新澳洲荣耀之旅

西昌李子乡小学爱心助学活动

太平高新 RFP 精英进修班

2018 年 3 月 4 日太平人寿高新支公司十五周年庆典暨趣味运动会

企业家阿里巴巴游学之行

2019 年风云人物太平人寿高新支公司团队风采展示

培诺教育管家第一期结业典礼合影

泰阳传世跑团全民打卡活动

泰阳传世高球队月例赛

2021 年 6 月 18 日泰阳传世周年庆

序言

2021 年，初夏，城市的喧嚣在入夜后缓缓消散，书房明亮的灯光正洒在书桌上那本摊开的《团队之道：一个从优秀到卓越的寿险团队传奇》样书上。纸张散发出阵阵清香，字里行间撩拨着我的心绪，让我久久不能平静——这本书承载着一位保险从业者 24 年的时光积淀，记录下他和团队的成长点滴，见证了保险行业的风云变幻，显示出一种穿越时空的厚重与力量。

我和吴洪在 20 世纪 90 年代后期相逢、相识于保险行业。在我见到他的第一眼，我就觉察到他的与众不同。他此前大学老师的身份，对当时保险行业"就业门槛低"的普遍现象来说，无疑是一种巨大的冲击。更重要的是，相比其他大多数人只是谋求一份职业的想法，吴洪的眼光更加高远——他告诉我，在正式选择做保险之前，他看过一个"从 100 美元到创建一家保险公司"的故事，这个故事坚定了他的想法，让他毅然决定从事寿险营销工作。同时，他更希望在时代发展的浪潮中，打造一支"寿险行业正规军"。

　　2001年年底，为太平人寿"高素质、高品质、高绩效"的"三高"文化所吸引，吴洪在他的行业引路人张可的带领下，正式加盟太平人寿，来到四川分公司二次创业。2003年3月4日，吴洪率领138位"英雄儿女"成立营业二区。那一年，是吴洪从事寿险行业的第七年，一直以来，他始终在思考一个问题：身边的战友来来往往，在这种情况下，要想打造一支成功的团队，就必须找到团队成功的"基因"。

　　在公司，张可被亲切地称为"校长"，既因为他是团队敬重的领导者，又因为他是大家的指路导师。也许是同样从大学校园走出来的缘故，张可身上总有一丝挥之不去的文化情结。在一次内部培训上，张可讲道："一个没有文化的企业注定是一片荒漠。"这句话如醍醐灌顶，让一直在苦苦思索的吴洪瞬间找到了方向——团队要想持续、稳健、高质量地发展，团队创始人必须深入思考，用行动践行，通过文化的力量夯实团队的基础命脉，运用经营哲学引领团队持续成长。

　　2003年3月13日，四川成都，冠城广场五楼会议室，一场头脑风暴会从下午一直开到次日凌晨。吴洪带领核心管理层成员陈瑛、杜巧丽、艾英、简璞和其他三位业务骨干，热烈探讨寿险营销团队文化的建立和经营。大家脑力激荡，集思广益，剖析行业，畅所欲言，通过一个又一个亲身经历的案例，把营业二区的团队文化总结为"军队""学校""家庭"三个关键词。军队，意味着令行禁止，拥有强大的执行力。一支寿险营销团队首先是一支工作团队，是为实现企业目标而建立的，所以"军队"文化排在第一位。太平人寿对从业者的综合素质、专业性有着较高的要求，唯有"高素质""高品质"才能创造"高绩效"，因此，营业二区重视"学校"文化，持续不断的学习、培训必不可少。面对瞬息万变的市场挑战，"家庭"的氛围又能够让团队成员彼此关心、包容、激励，共同创造富裕与安宁的生活。

当吴洪带着兴奋的心情，把研讨的结果向张可汇报时，双方都敏锐地意识到，这次研讨不仅是一次头脑风暴会，更是团队发展道路上的"遵义会议"，是"二区人"管理智慧的结晶。张可执笔题写"力拔头筹"送给营业二区，对营业二区的发展满怀无限希望。这四个字更激励吴洪志存高远，立志把营业二区打造成为"太寿子弟兵"，亦为他日后"打造世界级卓越寿险团队"的宏伟愿景播下希望的种子。

自2001年在内地复业以来，太平人寿的发展跟随时代巨轮滚滚向前，创造出一个又一个令业界瞩目的"太平现象"。营业二区在吴洪的带领下，不断书写辉煌成绩——2005年，创造中国内地寿险市场个人最高保额保单5 039万元纪录，培养太平人寿第一位百万标保精英；2006年，诞生太平人寿高峰会副会长……在不断交出耀眼成绩单的同时，吴洪也愈加深刻地感受到保险的功能与意义，愈加坚定地承担起自己身为太平寿险人的责任和使命。

2008年"5·12"汶川地震，天灾降临，山河同悲。时任太平人寿四川分公司总经理的程永红，当天晚上即召集各条线、各部门人员，妥善安置内外勤员工，全力参与社会救助。大学时期就成为正式党员的吴洪，当仁不让地成为公司"共产党员先锋救援车队"队长，组织几十辆私家车，24小时无休，在余震不断的情况下，为灾区群众送去大量救援物资。与此同时，四川分公司提出"职场就是战场""跑保险，送保障，赶在下一次风险之前"的口号，全员火速行动，复工复产，不仅为客户送去急难救助包，更为客户送去充足的保险保障……

回首往事，历历在目。正是这段永生难忘的经历，让吴洪看到了保险于国家、于社会、于民众的重大意义，也激励着吴洪和他的团队成员不断进取，奋发图强，达成每个目标，真正让保险充分发挥其"社会稳定器""经济助推器"的职能。2012 年，营业二区更名为营业行政二区，成为太平人寿四川分公司第一支千人团队；2011 年、2013 年，两次创造全系统个险单件标保最大单纪录……

2013 年，保险行业迎来空前的发展机遇，国家把每年的 7 月 8 日定为"全国保险公众宣传日"。继 2011 年列入中组部管理后，2013 年，中国太平保险集团同步完成重组改制和整体上市。营业行政二区凭借持续优异的表现，在当年度被全国总工会授予"全国工人先锋号"国家级荣誉称号。次年 7 月 15 日，营业行政二区正式更名为高新支公司，迁入茂业中心。

2014 年，吴洪萌生了出一本书的念头，把自己从业 20 多年的感悟、经验乃至教训都记录下来。当他在一次聚会上和我谈起这个想法的时候，我开玩笑地说："吴洪，这可是个大工程呀。"他回答我，他的想法很朴素，就是希望用这本书记录高新支公司的发展历程，坚定把高新支公司打造成为"世界级卓越寿险团队"的信心。他也希望这本书可以成为从业者的工作指南，就像当初看到的那个故事一样，让每一位有志于从事寿险营销的人，能够从中汲取智慧和经验，从无到有打造属于自己的团队。他更期待这本书能够吸引、激励更多各行各业的优秀人才，了解保险、认识保险，并投身到保险这个伟大的事业中来。

时光飞逝，高新支公司跟随时代的步伐，紧贴保险行业的律动，依托中国太平的深厚积淀，在成为"世界级卓越寿险团队"的征途上执着前行。

一路走来，有一支团队始终激励着高新支公司。2001年年底吴洪加入太平，文菊田是吴洪的育成人，也是与他并肩作战的亲密战友。文菊田率领的开创支公司有"天下第一区"的美誉，2010年成为太平人寿全系统第一家年度保费突破一亿元的"亿元营业区"。近几年，文菊田带领团队创新开发的高端客户运作体系，卓有成效，在业内享有盛名。可以说，两支团队锐意进取，齐头并进，共同描绘出太平人寿四川分公司寿险事业的美好画卷，让太平人寿成为四川市场"中高端客户的首选""高素质从业人员的首选"。

细数荣誉，高新支公司团队人力最高时近9 000人，连续15年每年业绩正增长，批量培养领跑行业的千万精英、百万初佣"超级业务员"，诞生太平人寿四川分公司第一张亿元保单……吴洪和高新支公司团队的每一位成员一起，深刻践行寿险从业人员的责任和使命，2003年至今，高新支公司累计为38.2万个家庭提供7 615亿元风险保障，十几年来坚持爱心公益助学，尽自己的力量投身公益、回馈社会。

有人说，大胆地想、大胆地用行动把事情完成，是人类进化史上最浪漫的情怀。无疑，吴洪用行动践行了这份情怀。在极其繁忙的工作中，他仍然有著书的念想，不时抽空和我以及一些老朋友交流本书写作的进展。

　　此刻,《团队之道:一个从优秀到卓越的寿险团队传奇》即将面市,在这个电子阅读、快餐文化盛行的时代,这份阅读纸质书籍的平和与深沉,无疑让我更加深刻地感受到吴洪的那份期待——通过此书分享自身及团队的成长经验,为行业的不断发展略尽绵力。书名从《攀越险峰之巅》,到《我能为你做什么》,再到《团队之道:一个从优秀到卓越的寿险团队传奇》,力求更全面、精准地呈现团队的发展历程。书中,关于团队业绩、增员的优秀经验,关于几千人团队的管理之道,乃至吴洪与团队战略思想的历史沿革,都有极为详尽的阐述。例如,团队功能委员会的搭建与运作,营业部自主经营体系,针对不同年资、不同层级、不同水平代理人的"三鹰"培训模式,高端客户服务体系,高新管理模式,团队精英访谈实录,党支部建设经验等,无一不具有极强的指导性和实践性。诚如吴洪所期许的那样,本书可望成为有志于在寿险行业建功立业人士的行动纲领、工作指南。

　　2021年3月4日,高新支公司喜迎18周岁生日,几千名团队伙伴邀请客户共襄盛举,"行冠礼,束簪辫,吾等十八;知礼仪,懂感恩,将立于世"。我从朋友圈、视频公众号铺天盖地的图文、影音中,见证了当天的"高新成人礼"。我仿佛看到2003年的吴洪,把"军队、学校、家庭"文化植根团队,又依稀回到2014年,感受到吴洪决定要出一本书的激动。从20世纪90年代初商业保险初登中国内地,到2001年年底太平人寿正式在内地复业,时至今日,全国保险系统机构数量达到230多家,2020年保险行业保费收入达到4.5万亿元,保险营销员人数超过900万。

回望近 30 年风雨历程，所有保险从业者勠力同心，在国家、政府的正确指引和大力扶持下，让商业保险在中国日益普及，逐渐成为每一个家庭必不可少的保障体系与资产配置。保险营销员从最初的走街串巷，到今天升级迭代，发展一日千里，这是时代的巨大进步，需要有人记录下这潮流的变迁。

我十分欣喜地看到，像吴洪这样 20 多年如一日、坚持奋战在业务一线的保险营销员，愿意在今天这个伟大的时代为保险行业发声，无私地分享自身及团队的发展经验。本书一定会成为很多保险营销员案头的必读书籍，成为业内外人士了解寿险营销、了解团队管理之道的"行业圣经"。然而，这也不仅仅是一本书，它把高新支公司置于世界寿险营销的坐标，展现了吴洪想要打造"世界级卓越寿险团队"的宏伟愿景，更是他用实际行动给太平人寿内地复业 20 周年的一份献礼！

从 2003 年到 2021 年，18 年栉风沐雨，18 载春华秋实。今天，太平人寿高新支公司已然出发在途。虽然本书采撷的只是中国保险行业历史洪流中的一朵浪花，折射的却是中国保险行业未来发展的气象万千。"十三五"期间，我国全面建成小康社会取得决定性成就，保险行业回归本源稳健发展，深化改革重点突破，大幅提升服务实体经济的能力，并在改善民生保障方面取得显著成效。在吴洪的书桌上，高新支公司"十四五"时期的发展规划已有雏形，经过多次研讨，几经修订，形成规划。"立志欲坚不欲锐，成功在久不在速"，这是吴洪的人生座右铭。依托中国太平"大健康、大养老、大投资"的整体布局，高新支公司坚守初心，将"打造世界级卓越寿险团队"作为矢志不渝的追求，必将在行业内外留下不可磨灭的印迹和身影。我坚信，吴洪和高新支公司的团队成员一定可以做到！是以为记。

太平金融稽核服务（深圳）有限公司　总经理

2021 年 12 月 1 日

写在前面的话

改革开放已走过四十多年的历程，中国的各行各业一直在努力向更高的标准靠近。如今，中国一跃成为世界第二大经济体，其企业和产品已遍布全球各地。

在改革开放的浪潮中，在中国成都，有一个组建了二十多年的保险团队。这个团队因理想而奋斗，因信念而拼搏，因责任而坚持，努力成为新时代经济发展的生力军。

保险业，作为现代金融业的三驾马车之一，其技术性、科学性、复合性等，不可谓不复杂；从产品设计到用户教育，从销售推广到后期服务，从理念建立到商业行为，不可谓不系统。正因为如此，保险业的发展，已成为商业文明的一个重要标志。越发达的国家，其保险业也越发达。

保险业涉及文化、心理、营销、精算等领域，因此对从业人员的综合素质要求很高。

就在这样一个行业，并不特别具有优势的大学体育老师吴洪，带领一群人，在成都，不但把它做了起来，而且赋予了它丰富精彩的内涵。

吴洪团队把保险理念和服务带给千家万户，用保险行业的普惠制度设计，帮助无数个人和家庭，抵御风云变幻的市场风险和突如其来的人生意外。

他们逐步消除了人们对保险的偏见、怀疑，让越来越多的人改变了"人人自利，人人相疑""只顾眼前，不管将来"的消极生活态度，进入"共享、共赢、互惠、互助"的财富增长和人生发展路径。二十多年来，他们得到了成千上万家庭的认可，也赢得了越来越多高净值人群的信赖。

一份持续了二十多年的事业，终于开花、结果，引起业界乃至全社会的瞩目。如今，可以毫不夸张地说：

他们在一个保险业起步较晚的市场创造了"中国奇迹"。

他们是中国的"梅第爷爷"①。

他们是中国的"原一平"②。

他们是中国寿险行业许多经典案例的创造者，为同行带来了许多具有价值的启示。

他们不但撬动了一个行业，也为这个行业树立了一个又一个行业标杆。

吴洪说：

"成功，人人向往，但我们更注重成功背后的东西，即个人和团队生命的变化。只有生命改变，才会带来生长的变化；只有生长变化，才会使生态变化！

---

①　梅第·法克沙戴（Mehdi Fakharzadeh），美国保险大师，被全球保险界尊称为"保险教父""永远的保险第一人"。

②　原一平，日本寿险业的传奇人物，被称为日本的"销售之神"，连续15年保持全国业绩第一。

"伴随着知识经济时代的到来，中国的商业生态正在改变，也必然改变。中国的保险代理人，是这场改变中一群特殊的宣讲员、推销员、实践者、管理者！

"任何一个有信念的先行者身上，都有过伤痕，但奇迹往往在于，他经历过的磨难，后来都会变成荣誉和奖赏！

"你给予这个世界什么，这个世界也会回馈你什么。"

颜　真

2021 年 4 月

目录

引　子

20 世纪末，在中国成都，有这样一群人，他们大多来自普通家庭，大多毕业于普通大学或中专，算不上"学霸"，但经过二十多年的奋斗，如今，他们中许多人的年收入已过百万元，其中还有一些人逐渐由行业精英成为社会精英，从影响行业到影响社会……

他们进入这个行业，改变了这个行业，让这个行业从最初的不被理解、不被尊重，到如今，他们的保险销售案例成为许多企业管理者学习的样本……

这群人中，有 60 后、70 后，还有后来陆续加入的 80 后、90 后……他们每个人看上去都朝气蓬勃。他们中的女性，精致、知性、大方；男性，沉稳、睿智、开朗。他们衣着整洁、谈吐得体，每个人的脸上都洋溢着温和自信的微笑，每个人的肢体语言都透露出健康向上的活力。岁月不但没有给他们留下沧桑的痕迹，反而赋予了他们丰富的阅历和深厚的积淀。他们常说的一句话是："感恩和微笑，是我们唯一的'名片'。"

　　他们这个团队，最初只有三四个人，到后来三四十个人，再后来三四千人，二十多年后的今天，竟然发展到七八千人。他们的销售业绩，从最初每月几千元、几万元，到后来每月几十万元、几百万元，甚至上千万元，二十多年后的今天，他们的首年寿险保费竟然接近10亿元！

　　仍然是这个团队，把当年一个普通的大学老师，变成了如今深谙经营哲学、管理之道的团队领导者；把许多当年的"宅男""宅女"，变成了如今享誉全系统的"沟通大师""培训导师"；让许多当年的稚嫩青年，成长为今天统率数千人团队的业务精英、组织高手……

　　你一定会禁不住发出疑问：这是怎样的团队？他们究竟靠什么取得了如此成绩？他们的成功秘籍是什么？

　　这个团队，以"爱和责任"为从业初心，点滴积淀十年、二十年，一次又一次刷新行业纪录，一次又一次树立行业标杆，并多次走向国际舞台，与许多国际保险"大咖"、著名企业家同台对话……

　　这群人，没有含着"金汤匙"诞生的幸运，也没有被天上掉下的馅饼砸中的运气；他们有的，只是二十多年来，只做一件事，并把这件事做到极致，做到客户心坎上的初心。

　　当然，如果一定要探究他们的成功"密码"，也不是没有。

　　未来学家托夫勒曾说："唯一可以确定的是，未来会使我们大吃一惊。"他曾在其著作《未来的冲击》《第三次浪潮》《力量的转移》中预言：在继农业文明、工业文明之后，世界必然走向信息文明，一个知识经济时代必将到来。

托夫勒还说，在未来知识经济时代，保险、律师、医生等，将是具有巨大发展前景的职业，并将给人们的生活方式、思维方式、心灵世界和财富分配等，带来巨大变化。

这群人、这个团队所在的行业，便是知识经济的核心领域之一——保险服务行业。

没错，托夫勒预言了未来，而他们实现了预言。

这个团队准确把握时代发展大势，从一开始就提出了颠覆性的"三高"理念和"三倍于同行"的业绩目标，并二十年如一日地精心耕耘，抓住了市场需求、占据了竞争制高点。他们在达成企业目标的同时，也成就了每个团队成员丰富的人生，同时还为客户创造了价值。

太平人寿成都市高新支公司高级经理合照

　　那么，他们究竟是谁？他们经历过什么？他们给社会和客户带来了什么？他们的成功，是可以复制的吗？

　　现在，让我们将时针拨回 1996 年，来到成都，从一位再平凡不过的大学体育教师讲起。

第一章 未来从变化开始

冬天：低谷，常常也是起点

无论发生什么惊天动地的事情，

当你静下来的时候，

世界也和你一起静了下来。

——吴洪保险从业笔记

许多年以后，当吴洪回忆起 1996 年冬天的情景时，心里常有一种跨越万水千山的感觉。

他的意识中会反复出现一扇门，一条路。开始，这扇门是巨大的、紧闭的、威严的，远远地矗立在一片沙漠中，似乎千军万马也很难攻破。

接下来，他走了过去，一些人也跟着他走了过去。他们越是往前走，身后的人就越多。最后，他们站在那扇门的前面，仰起头，正准备合力推动那沉重的大门时，紧闭的大门却徐徐打开了。大门的后面，是一条路，一条又宽又长的路。阳光洒在路边的青草、野花上，天空很高很蓝，蓝得像透明的海水……

吴洪，高大精干，宽额大眼，脸上透出一种平静和敦厚。吴洪在成都体育学院上大学时，是活跃在篮球场和田径场上的体育健将。他当过班长和年级学生会主席，还获得过"优秀学生干部"和"三好学生"的荣誉称号。大学毕业时，由于成绩优异、表现突出，他被分配到成都地质学院（1993 年更名为成都理工学院，2001 年更名为成都理工大学），开始了他的大学教师生涯。

1996 年，是吴洪从川东一个小县城来到成都的第 13 个年头。在这座西南著名的省会城市，他完成了四年的大学学业，又度过了九年的体育教师生涯。在这里，他和高中时就深爱的恋人结了婚，并有了个可爱的小宝宝。

孩子出生后，父母从老家来成都帮着带孩子，一家人挤在筒子楼一间只有十多平方米的房间里。每家门外都摆着蜂窝煤炉子。每当做饭的时候，楼道里便弥漫着刺鼻的煤烟。房子虽然很小，但只要一回到家，看到孩子滴溜溜的大眼睛，他工作一天的疲倦就顿然消失了。新生命，给这个家庭注入了无限的快乐和生机。后来因为实在太挤，吴洪才不得不另外给父母租了个一室一厅的房子。

1996 年的冬天，任贤齐的歌声时常会飘在充满寒意的空气中。

"你总是心太软，心太软，把所有问题，都自己扛……"

这首歌，似乎唱出了身处那个变革的年代里，每个人心中的那份柔软。

当吴洪在夜色中独自徘徊在学校操场上时，这首歌也似乎最能表达他此时复杂的情感。不知为什么，他听着听着，竟然有些莫名的伤感。

这段时间，发生的事情实在太多了，他突然有种想静下来，把生活好好捋一捋的想法。

自从来到成都，父母就几乎没有休息过。他和妻子每天上班，带孩子、做家务全靠两位老人。时间一长，母亲终于病倒了，并且有瘫痪的可能。目前她正在医院准备做手术。吴洪打听了一下，母亲的单位可以报销部分医疗费，但不能报销的部分，也不是一个小数目。

学校办公室关于房改政策的通知不久前贴出来了，各个教研室都在讨论。原指望学校能分配一套住房，但现在看来彻底没戏了。房价倒是不贵，600 多元一平方米，但怎么算，即使最小的面积，也要好几万元钱。

以前训练、比赛，吴洪从来没有感到过累和怕，但他此时却有一种无力的感觉。平常，每当上完课往家走时，他心里都会升起一种莫名的喜悦。小家伙的天真，妻子的温柔贤淑，都是他回家的动力。但这几天，他竟然有点怕回家。

这一天，将母亲安排入院之后，他没有马上回家，而是在学院操场边的长凳上坐了下来……他身心疲惫！他想静静，像是在等待身体和内心的力量恢复过来，又像是想暂时逃避沉重的负担。

回想起这些年自己的职业生涯，他心里多少有些五味杂陈。

也许是骨子里的质朴，当上了大学老师的吴洪，仍然像上大学时一样，做什么事情都很认真。比如在教学时，每一个动作，他都要和学生从头到尾一起完成。一堂课下来，他和学生都大汗淋漓。

慢慢地，学院体育部领导越来越信任他，许多事都安排他去做。如果不出意外，体育部部长的职位将来一定是他的，但吴洪想要的，真的是那种一眼可以看到头的生活吗？

日复一日年复一年，吴洪觉得自己好像慢慢失去了人生目标，身上的激情在渐渐流失。

这两三年来，吴洪为了改善家庭经济状况，做过不少尝试，但结果大多不尽如人意。

他和朋友一起"串"①过几笔锰矿生意，说起来都是大得不得了的单子。进货合同、销售合同都已签了，眼看着即将收获的时候，供货方突

---

① "串"：四川方言，指在供需双方之间进行撮合，生意成交后，赚取中间差价。

然涨价。结果意味着卖得越多就亏得越多，最后是做不下去了。

后来，他又和两个同学一起，在府河市场合伙开过百货批发门市。倒腾来倒腾去，半年下来，不但没赚钱，反而把大部分积蓄赔了进去。至今想起在瓢泼大雨中装货卸货的情景，吴洪的脖子后面还有些凉意。

再后来，他又用仅剩的一点钱去炒股，结果又全部被"套牢"……

任贤齐的《心太软》又远远地从学生宿舍飘了过来：

"你总是心太软，心太软，把所有问题，都自己扛……"

"是啊，所有问题，当然应该自己扛！但自己又用什么去扛呢？"吴洪喃喃自语。

气温，接近零度。风吹在脸上，很冷。吴洪的心里静得出奇，仿佛能听见针掉落地上的声音。

过了许久，他慢慢站起身，望了望成都东郊漆黑的夜空，若隐若现的星星闪了几下。

他紧了紧衣领，向家里走去。

一则广告：未来从规划开始

世界上很多看起来孤立的事物，

实际上是彼此联系的。

如果你能抓住这条联系的纽带，

你就已经走在通往成功的路上了。

——吴洪保险从业笔记

许多年后，吴洪在给团队新成员上培训课时，曾无数次地重复过这段话。

1996 年的那个冬天，吴洪是否抓住这条纽带了呢?

母亲住院已经一周多了。一个周末的早晨，天刚麻麻亮，妻子、孩子还睡着，吴洪就轻手轻脚地出门，去食堂打回了早餐。他看了看睡梦中的妻子和孩子。妻子尽管已经做了多年的大学老师，可脸上还常常带着高中时的稚气，同时又让人感受到一种说不出的平安，仿佛无论发生什么事，都无法影响到她……吴洪心里一暖，这正是自己最欣赏她的地方。然后，他骑车去医院照顾母亲，好让守了几夜的父亲能回家歇歇。

医院的病人和病人家属很多，电梯等了两趟都上不去。吴洪不愿意去"打挤"①，于是趁着等电梯的工夫看起了墙上的广告。那是一则医疗

---

① "打挤"：四川方言，指很拥挤。

保险广告，写着：交××元保险费后，大病可以得到赔付××元，意外伤残可以得到赔付××元……吴洪从第一个字读到最后一个字，突然有点后悔：

当初怎么就没有想到给母亲买份医疗保险呢？他按广告上的说明算了一下，如果当初交了1 000多元的保费，如今就可以获得好几万元的赔付。这不正解了燃眉之急吗？！

"事后诸葛亮啊。"吴洪不禁自嘲了一下，"广告而已，哪有这样的好事。"

还没等他想清楚，电梯门开了，后面的人一拥而入，把他挤进了电梯。电梯里，人们脸上凝重的表情，瞬间把他拉回到现实中。

母亲病情还算稳定，手术还得等一段时间。父亲不肯回家，说自己不累，还说在医院睡得比在家里还好，一个劲儿地劝吴洪早点回去，莫耽误工作。

吴洪在病房待了一会儿，又给母亲按摩了一阵，心里稍微平安了些。然后他走出病房，推着自行车在医院外漫无目的地溜达起来。

母亲生病以来，他想了很多，总觉得应该自己干点什么才行。IT业、建材业、装修业、金融业、广告业、建筑业……吴洪越想越觉得自己当年是否学错了专业。俗话说"隔行如隔山"，这些行业对于一个体育老师来说，何止才隔着一座山啊。

吴洪习惯性地在街边的小摊上买了一份报纸——《成都商报》。当年《成都商报》的发行量很大，广告也多。据说想了解各个行业的情况，最好的办法就是看《成都商报》的广告。

吴洪今天对任何新闻都不感兴趣，从第一版到最后一版，他只看广告，特别是招聘广告。看了半天，他的心凉了半截。学体育的，好像和什么职业都挨不上边，总不能去当保镖吧——我学的又不是武术专业。

吴洪自己都在心里笑了起来。

突然，一则保险公司的招聘广告跳进了他眼里。他再看了看，确定是保险，不是保镖，心里稍微踏实了点。

今天怎么这么巧呢？保险，这个自己一点都不熟悉的行业，反复出现在眼前。这个行业究竟是怎样的呢？吴洪产生了想了解一下的念头。

这时，他突然想到，大学同学、好哥们儿蒋世毅，毕业后分到了银行工作，他也许了解吧。吴洪找了个公用电话，翻开通信录，打通了老蒋的电话。

"老蒋啊，我吴洪。我今天老看到保险方面的广告。保险行业究竟怎么样？你了不了解？"

"哦，保险啊，不错啊，属于金融行业的一个分支，是朝阳产业嘛。"

"吔，还是朝阳产业嗉？那保险究竟是咋个运作的呢？"

"这么说吧，如果把整个社会的经济比作一个身体，银行呢，就是提供血液的；保险呢，就是提供免疫细胞和自我保护机制的。血液能运输营养，但如果没有免疫细胞和自我保护机制，人就要生病。就像我们当年搞体育，你再厉害，都可能受伤。保险就是在你伤了、残了的情况下，还能保障你能'吃得起饭'，不拖累家人。即使不幸'挂'了，也还能给家人留一笔赔偿金。"

"原来如此。那为什么说保险业是朝阳产业呢？"

"因为保险业在西方已经有几百年的发展历史了，而中国才起步不久，当然属于朝阳产业了哦！"

"那做保险需要啥子条件呢？"

"什么都不需要。只要你能跑能说就行，但要勤快。据说西方有两句名言'保险业是上帝给每一个人开的一扇门''多一份保险，少一份绝望'。不晓得真的假的，可能有点夸张哈。但我觉得这个行业倒是非常值得去了解、接触的。"

…………

一通电话下来，吴洪对保险有了一些了解。"朝阳产业"这个词像一把小小的锤子，轻轻地敲在吴洪的心上。他在想，究竟什么才是未来的朝阳产业呢。一个想法在他心里悄然萌生——自己得仔细研究一下未来的经济发展趋势，并要有一个详细的人生规划才行。

从市内骑车回学校，要穿过二仙桥一带的老厂区。年久失修的道路坑坑洼洼，老旧的厂房不时冒出一股股黑烟。以前每次骑车经过这里，空气中都是呛人的味道，但今天吴洪倒觉得呼吸畅快，压抑许久的情绪也一点点释放……

信念，一定与事物的本质有关

在你通往成功的道路上，

一定刻着许多人的名字：

亲人、朋友、同事、客户、陌生人，

也包括每一个拒绝你、否定你的人。

你唯一要做的，就是去爱他们。

——吴洪保险从业笔记

改革开放后，中国开始探索对国企进行改革。对政府而言，此举能够减轻政府财政负担；对市场而言，此举能够激发市场活力。

到 1996 年，国企改革进入攻坚阶段。多年形成的"懒""散""等""靠"这样的"超稳定"局面，如初春的大河，暗冰浮动。人们在议论着、徘徊着、焦灼着，也在展望着……但都有一种被时代推着往前走的感觉。不管愿不愿意，不管是否准备好，不动，是不行的。有的是擦着眼泪在动，有的是早已跑了起来，向着远方的晨曦奔去。

吴洪生性开朗，属于很合群的那种人。在大学当班长、当年级学生会主席时，他养成了一个习惯：每当事情有些胶着时，就去找人聊天。吴洪聊天很实在，就算他坐在那里什么也不说，也会让对方感到踏实和放松。川东人特有的耿直，在吴洪身上尤为明显。

他想起了曾经在电话里给他讲过保险的同学老蒋，于是决定再向老蒋请教请教。老哥们约喝茶，老蒋自然非常乐意。这次见面，吴洪跟老蒋交流得很充分。在金融行业打拼多年的老蒋还帮吴洪分析了目前市场上几家大保险公司各自的特点，从专业的角度给了吴洪很多建议。

老蒋说："其实，保险是一门科学，经济科学，只是很多人不了解而已。中国发展市场经济是必然趋势，市场经济就离不开保险业。"

"你上次跟我说，保险是一个朝阳产业。那你好好摆一摆①，给我扫扫盲。"

老蒋思维缜密，说话很有逻辑性。他系统地从保险业的起源、功能、发展前景等几个方面讲了起来：

"说起保险业，就必然会说到地中海当年的海上贸易。自古以来，地中海都是海上运输和贸易最发达的地方。很久很久以前的一个夏天，一艘满载货物的船只从意大利的那不勒斯港出发，向埃及的塞得港航行。不料，几天后的傍晚，船在海上遇到了巨大的风浪，船员们都惊慌起来。船长久经风浪，看着船体被风浪抛起又重重跌下来，他果断地下了一道命令，让船员把船上的货物抛弃一部分，以减轻船体重量，以便能够尽快驶出这片海域。

"'但是，如果把货物抛下海，货主的损失谁来承担呢？'惊慌之中，船员向船长提出了这个棘手的问题。

"船长一下子也犹豫了。风浪一刻也没有停止，不断向船体打来，像要把船吞进大海一样。船长知道，已经没有时间思考了，必须扔掉一些货物。但货物的损失怎么办呢？"

老蒋突然停下来，看着吴洪："如果你是船长，你说，该怎么办？"

吴洪马上意识到，这是一个整体与局部的利益关系问题，也是一个

---

① "摆一摆"：四川方言，讲一讲的意思。

机会与风险的平衡关系问题。在老蒋绘声绘色的描述中，吴洪身上领导者的潜质被瞬间激发出来。

"如果我是船长的话，我会让货物没有被扔进海里的货主，共同来承担这部分损失，因为以这部分货物的损失，换来的是所有人的平安。只有这样做才是公平的。"

老蒋看着吴洪，沉默了一阵，然后说："看来，你就是当年的那个船长！因为他就是这么做的。

"后来，船靠了岸，船长把货主们召集起来。未受损失的货主们纷纷庆幸自己的货物能够平安到达，他们也出乎意料地一致同意分摊那些货物被抛进大海里的货主的损失。只是，他们都提出，如果以后遇险，自己的货物也被抛进海里时，他们也同样希望别的货主能分摊损失。这就是保险的起源。"

"嗯，对对，这样才算公平。"

"再后来，地中海的罗德岛国王颁布了著名的《罗地安海商法》，确立了'共同海损分摊法则'。这就是海上保险的雏形。有人说，保险是人类最伟大的发明之一，因为它让每一个做海上贸易的商人，有了面对风浪时得到保障的机会。毕竟大海无情啊，有时仅仅一次风浪，就足以让一个商人倾家荡产。"

"是啊，天有不测风云。"

"只是，不能每次都让船长来处理。于是后来就有了专门的机构负责办理这些事情，包括事前与每个货主签订一份协议，这就是后来的保单；每个货主在货物出海前，先交上一部分费用，作为谁也无法预知的受损失的货主的赔偿准备金，这就是后来的保费。"

"哦，原来保险是这样产生的啊?!"

"表面看起来，对于货物没有被抛下去的货主而言，他预交费用像是为他人做了一件善事，但实质上，他也是为自己做了一件善事——当某一天他的货物被抛进大海的时候，他也可以得到一笔赔偿金……"

听到这里，吴洪刚端起的茶杯停在了半空中。他想：老蒋今天讲的这些，怎么与自己这两年的经历这么相似呢？茫茫的大海上，自己就像那艘船。无法预知的风浪，一个接一个打来。船上，坐着自己的合伙人、家人……如果运气好，船能够顺利到达目的地；但如果运气不好呢，一切简直无法想象……就像这段时间，母亲还躺在病房，等待手术，费用还没有着落……

吴洪敏锐地意识到，要想在商业中获得成功，让家人过上好的生活，除了个人勤劳以及技术、资本的投入之外，保险的保障也是很有必要的。它不同于传统意义上"你亏我赢"的商业模式；相反，保险在某种意义上，使人们形成一个共同体，共同去抵御不可预料的各种风险，达成一种共赢、共享的局面。

这天下午，老蒋还向吴洪推荐了两本书：《羊皮卷》《第三次浪潮》。没想到，一次老友间的见面竟然有这么多的意外收获，吴洪心里的石头落了地，长长地舒了一口气……此时，他心里那个模糊的远方正逐渐清晰起来。

看见大海：认真对待产品和客户

尽管太阳每天都在升起，

但人生从来就有两种选择：

一是面向太阳走去，一是背向太阳走去。

不一样的选择，意味着有完全不同的结果。

——吴洪保险从业笔记

多年以后，吴洪常常会向队员讲起当年自己在体校训练时的感受。中学就进入少年体校的吴洪，最不能忘怀的就是每天的晨跑。说来奇怪，每一次的晨跑路线，都是向着太阳升起的方向。这种经历，让吴洪学会了无论遇到什么事，都要保持积极、开朗的心态。

一天晚上，孩子睡了，他把妻子叫上，一起到校园里散步。冬夜里的月亮，冷，但很亮。

他把这些天自己的一些思考以及和朋友交谈的内容，告诉了妻子，又把那张印有招聘广告的报纸拿给妻子看。他说：

"我冷静地想了想，虽然我不属于能说会道的人，也不善于向别人推销东西，但我总觉得，保险行业是一个有特别意义的行业。虽然不能让我们变得多富有，但至少应该会比现在好，而且还可以给别人带来益处。下周，我去应聘试试，要得不？"

"那，学校的课咋办呢？"

"我先让同事帮忙代一下课。"

"你一个大学老师，去卖保险……你吃得了那份苦吗？据说跑保险特别辛苦，早出晚归，口干舌燥……还有，你放得下面子吗？"

妻子仰头看着吴洪，脸上除了稚气，还多了一份疼爱和怜惜。

看见妻子一脸的担忧，吴洪的心里顿然升起一股豪气。他坚定地说："习岩干得，我也干得！你放心！"

习岩是吴洪的同事，安徽人，地质学院的老师。就在几个月前吴洪还在为自己的前路发愁时，习岩已经从学校辞职去干保险了。习岩家在外地，在成都没什么亲戚朋友可以帮忙，但几个月过去了，他干得挺好。想到这里，吴洪不禁信心大增。

妻子将头紧紧地靠在吴洪肩上，两个人谁也没再说话，只是默默地走着，一圈又一圈。

实际上，吴洪还是非常理性的。和妻子商量后，回到家里，他又做了一次利弊分析。他拿出一张大纸来，把有利的因素写在一边，不利的因素列在另一边，对比分析。后来他才知道，这就是有名的"富兰克林法则"。

…………

说来也巧，第二天，吴洪去医院换父亲回家。他看见父亲手里居然拿着一张保险广告单，说是推销员在楼道里塞给他的。

"这份保险资料，上面有联系电话。你好好看看，还是给自己买份保险吧。我们之前不懂，要是提前给你妈买了保险，现在也不至于这么难。我和你妈是当医生的，见得多了。家里人得了重病，拿不出钱来，急死人的都有……还有，你给你大哥二哥说一下，赶紧都去买份保险吧。"

"嗯嗯，好！我给他们说。"

　　说起让大哥、二哥买保险，吴洪倒真是觉得很有必要。他们是个体户，哪天真生场大病，出个意外，还不得自己来担起吗?! 想想心里多少还是有点担忧。

　　…………

　　1997 年 1 月 8 日，对吴洪来说是一个特殊的日子。吴洪早早起床，穿上自己最好的衣服——一件皮夹克，把皮鞋也擦得锃亮，手里提着妻子给他买的公文包，包里有一支笔，一个本子，还有那张有招聘广告的报纸。他出门打了一辆车，向保险公司的所在地梁家巷恒威大厦出发。在这之前，吴洪已经提前约好了今天的面试。

　　早晨 9 点钟，保险公司门口已经等着好多人了，大家手里都拿着一份报纸。这群人中，有中年大妈，有二十岁出头的年轻人，还有看似刚到城市务工的农村青年。吴洪定了定神，走入他们之中。乘电梯到达招聘大厅后，工作人员要求每人填一份求职表。吴洪也认真地填写起来。

　　等了许久，轮到吴洪面试了。

　　面试他的是一位年轻女士，营业部经理李群。她拿起吴洪的简历，看了又看，说：

　　"你可要想好哦，我们这里不比学校，不是'铁饭碗'。大学老师来卖保险我们当然欢迎，但你要做好吃苦的准备。我们跑一天也不一定能卖出去几份，卖一份保险只挣 60 元钱。你行不行啊?"

　　"不怕不怕，我也是吃过苦的。"

　　"你在学校工作，旱涝保收。我们这里要多劳才能多得。"

　　吴洪很感谢李经理的善意提醒，可他早就下定了决心："嗯，我明白。"

　　"那就好。入职后要进行为期三天的培训，希望你按时来参加，之后就要靠自己跑业务了……"

面试通过了。

吴洪心里直犯嘀咕："这也叫面试？靠谱吗？"但他还是决定试一试。

培训第一天，吴洪去得很早。面对新的行业，既新奇，又不太适应。

培训大厅里，拉起了大大小小的横幅，上面写着：

"相信，就一定能成功。"

"伟大的事业从此开始。"

"一年收入十万元不是梦！"

"我可以改变世界。"

…………

培训一开始，老师要求每个人都要大声喊出标语上的内容，声音越响亮越好。老师说，这叫"破冰"。于是，大厅里响起此起彼伏的口号声。但吴洪怎么也喊不出来，他从没经历过这种场面，觉得害羞、尴尬。他的脸开始红起来，一阵阵发烫。好不容易，"破冰"结束，老师开始讲授专业知识。据说，老师是公司专门从台湾请过来的保险行业的专家。

"在保险公司，我们不看重学历，看重的是经历；不看重考试成绩，看重的是保险业绩。一切凭业绩说话，业绩好就一定有晋升机会，从主任、经理到总监……"

这话吴洪爱听，吴洪也听进去了。他就喜欢公平竞争，也看重在公平竞争中得来的荣誉。

突然，一只手从背后拍在吴洪的肩膀上：

"吴老师，你也来做保险啊？"

吴洪回过头一看，原来是同教研室一位老师的儿子，正好坐在他背后。吴洪的心一下子凉了半截。早就听同事说起过他的儿子，一直有点不务正业。吴洪敷衍道：

"嗯嗯，来学学，来学学……"

"那我们以后就是同学了。多多关照！"

"要得要得……"

吴洪心里有些不舒服。这样的人也来做保险，这个行业真的靠谱吗？

更让吴洪不适应的，还在后面。本以为"破冰"只是培训课上的"程式动作"，不曾想，老师竟要求每一个业务员出去跑业务前，都要先大声喊"我一定要成功，我一定能成功！""今天一定要签单！"这一关人人必须过。轮到吴洪时，他依然喊不出来。

"吴洪，怎么回事呢？"

"我……有点……报告老师，我嗓子疼……"

"哦。下次一定要喊了，要大声喊！"

培训第二天，吴洪慢慢有些适应了。他发现老师讲的内容很有用，正是自己渴望了解的。一扇大门徐徐开启，吴洪进入了一个崭新的世界。由于当过老师，他更能体会老师的辛苦，于是他斟茶倒水、擦桌扫地，格外勤快。对于各种保险产品的详细情况、规定要求，他也在笔记本上记得格外详细。

三天的培训，人一天比一天少。按照规定，只要卖出 5 000 元保险，就可以正式在公司上代码；卖出 2 万元，就可以转为正式业务员。所以一部分学员干脆不来培训了，想的是早点把业绩做出来。

课间休息时，一个从工厂来的业务员拍了拍吴洪的肩膀说：

"老吴，那么认真干啥？跑到业务才是正事。我看你本子上记得密密麻麻的，要搞科研吗?! 跑不到业务，说不定哪天就让'走人'了。"

"那倒不是，我一个搞体育的，本来懂得就不多，需要好好学。况且，每一份保单后面都是一个家庭，还是认真些好。"吴洪客气地回答。

他心想，如果不把每一款产品弄清楚，客户怎么能信任自己呢?!

他仿佛又看到了那个场景——一艘载着货物、家人的小船，正航行在茫茫的大海上。风来了，雨来了，浪来了……不同的是，这艘船再不是一艘孤独的船了。它的后面，有一艘巨轮相伴，为它保驾护航。风浪平息后，太阳从云层中钻出来，大海像一望无际的镜子，倒映着白云、蓝天。

他喜欢这个景色，喜欢大海和阳光。他希望每一条船都能在阳光中平安到达目的地!

什么是最好的礼物

你愿意送给亲人的礼物，

一定是世界上最好的礼物；

你愿意带给亲人的，

也可以带给客户。

——吴洪保险从业笔记

培训结束，真正的考验开始了。该向谁去推销保险呢？虽然吴洪以前做过生意，培训的这几天也做足了功课，但他几乎从未向别人正式推销过商品。

当吴洪把保单、宣传页等一大沓资料拿回家时，妻子的话让他迈出了第一步。

"要知道你的产品好不好，要知道你对你的产品有没有信心，最好的办法，就是把产品推荐给你的亲人。"

于是，他首先想到了嫂子。哥哥是个体户，嫂子管家。他们手里有些积蓄。子女教育、家人生病住院等，都需要保障。于是，他向嫂子推荐了自己公司的保险产品。可能真是为了应对以后的风险着想，也可能是为了鼓励弟弟做事业，嫂子竟然爽快地买了两份保险，一共花了720元，还留他在家里吃了饭。

吴洪觉得这是一个好兆头。

当天晚上，回学校时遇到同教研室的一个老师，吴洪兴奋地把今天的事告诉了他。

同事却不以为然地说："老吴，都知道保险就是一张纸，要卖也该卖给其他人嘛……你嫂子居然花几百元来买保险，还不如请你吃一顿。"

"保险看起来是一张纸，但这可是一份合同。真遇到生病住院的时候，这张纸就成了一大笔钱了。"吴洪坚信自己是为哥嫂做了件好事。但他也意识到，对于同一件事，不同的人会有不同的看法，而最关键的是，自己怎么看。

下一个客户是谁呢？他想起了自己"老挑"①的弟媳来。逢年过节家人一起吃饭时，吴洪见过她。她摆起做生意理财的事时，头头是道。吴洪想，她人很精明，说不定会看到保险的价值。

见面后，吴洪尽可能把产品做了详细的介绍，老挑的弟媳马上就决定买一份。

"这么好的东西，咋不早点介绍给我们呢？说起理财，我们女人可能比你们男人还心细些。我给你画一张图，你看看是不是这样的。"

老挑的弟媳拿起笔来，在吴洪的本子上画了一个三角形，然后说：

"一个家庭最合理的财务分配应该是这样的：50%用于日常开支，即短期支出，包括吃、穿、用；30%用于中期储蓄或投资，包括买房、买车、子女教育；20%用于买保险。保险支出，是为短期、中期保驾护航的。这样的财务规划，才能让一个家庭的财务状况长期处于稳定状态。这种状态一旦被打破，或者根本没有财务规划，遇到风险时，就会手足无措……"

看完这张图，吴洪很是佩服老挑弟媳的理财头脑，自己反倒有点惭

---

① "老挑"：四川方言，姐姐、妹妹丈夫的互称。

愧。原来自己这么些年，只想到怎么去挣大钱、怎么也像别人一样手里拿个"大哥大"①，却从来没有这样细心地为家里规划过。

这一次，吴洪又签下了 720 元的保险合同。

这两次经历，让吴洪看到了人们对保险的需求，也大大提升了吴洪对保险产品的信心。

吴洪开始整理思路。"只有思路清晰，才能提高效率"，这是他当老师时常常给学生说的。

吴洪认为，应该把保险产品推荐给最需要的人、有较强风险意识的人、有一定经济条件的人。因为人的生活质量，往往是由他们的思维模式决定的。

于是，吴洪开始在更大的范围向人们推荐保险，他讲得越来越有底气，跑得也越来越勤快。他开始每天写业务总结，在家里对着镜子练习说话、表情。他还将妻子当作客户，一遍又一遍练习沟通。他对妻子说：

"既然买保险是一件好事，我希望我能让更多人愉快地接受它。让保险成为他们财商教育的入门课、为他们人生保驾护航的安全课！"

新行业带来的激情，再加上自己对保险的理解和认同，吴洪开始随时随地向人们推荐保险。

春节回家的火车上挤满了人，吴洪便向邻座普及保险知识。一位在成都做生意的大姐，回成都后很快就在吴洪那里买了一份保险。

一位搞地质研究的朋友，在听过吴洪的讲解后，一下子买了 1 800 元的保险。吴洪认为，搞地质研究的，更有风险意识。和吴洪一起打麻将的"麻友"，常常在牌桌上停下来听吴洪讲保险，然后给自己的孩子买份教育险。

---

① "大哥大"：早期手机的别称。

教育险，一年交 360 元保费，相当于为孩子进行教育规划。钱虽然不多，但吴洪觉得特别有意义。当这些父亲签下一份又一份保单时，吴洪看到的是做父亲的责任！他甚至突发奇想，每逢为自己的孩子买一份保险，就在保单上写下一段话。比如："让爸爸妈妈的爱，伴随你的一生！祝儿子东东健康成长、功成名就——拼搏的老爸吴洪。"他不但自己这样做，也教客户用这样的方式写下对孩子深沉的爱。

在向人们讲解保险知识时，吴洪找到了自己给学生上课的感觉。以前是教学生锻炼身体，现在是教人们用保险保障自己的生活，干的都是"传道授业解惑"的事情。

他回想起自己分到学校后，有好几年时间都像失去目标的小船一样，常常沉迷在麻将桌上。现在吴洪有些庆幸，这一份又一份保单承载的意义远远大于那些年没日没夜打麻将啊！

按照公司的规定，如果保险业绩在一个月内达到 5 000 元，就可以正式上代码，成为试用业务员；达到 2 万元，就可以转为正式业务员。第一个月，吴洪卖出去 3 200 元的保险，自己买了 1 800 元的保险。月底交单时，领导看到吴洪的保单，好心提醒道：

"若你实在没有那么多业绩，我可以向上级请示，给你上个代码，用不着你自己掏钱。"

"谢谢！是我自己要买的。如果我自己都不相信保险的话，就不可能向别人推荐了。"

于是，第一个月，吴洪顺利达成了目标，成为试用业务员。

半月总结时，营业部经理李群把吴洪的业绩看了又看，说："吴老师，加油哦，5 000 元的目标已经实现了，争取达到 2 万元，就可以转正了。"

"放心吧，经理。2 万元没把握，但 1 万多元应该不成问题。"

当一个人的信心被点燃，当一个人开始意识到自己工作的意义，奇迹总是会出现的。当月，吴洪以 2.4 万元的业绩，成为一名正式的保险业工作者。

按照公司规定，只要连续三个月都完成业绩任务，就可以升为主任。前两个月的任务吴洪都完成了，但第三个月，他遇到了困难。

吴洪初中一个同桌的父亲，曾经是当地的领导，是看着吴洪长大的。他特别喜欢吴洪身上的那股子拼劲，对吴洪关怀有加。吴洪从少年体校考上大学到工作这么多年，也经常问候这位关怀他的长辈。听说吴洪在卖保险，这位叔叔便经常为他牵线搭桥。第三个月吴洪冲刺业绩的时候，叔叔给他介绍了家乡的一位运动员，刚从新加坡回国，正准备买保险。一切都很顺利，电话里也说好了。但后来，由于这位运动员的亲戚也在卖保险，碍于情面，他便在自己亲戚那里买了……吴洪有点失望，但还是非常感谢这位老乡：

"没关系，你愿意买保险，说明你理解保险，我还是要感谢你，也要感谢叔叔让我有机会能认识你。"

不服输的劲头一旦上来，吴洪反而觉得轻松了。他要突破，要向高不可攀的目标发起冲击。他想起自己的大学同寝室同学潘先伟，当年两人很谈得来，毕业多年，也一直保持着联系。如今，他在一个地方任乡长，管旅游开发。吴洪决定去拜访一下这位老朋友，顺便和他聊聊保险。两人见了面，酒酣耳热之际，滔滔不绝聊起了往事。同学得知吴洪在卖保险后，爽快地表示要买一份。但聊着聊着，又"偏了题"，买保险的钱始终没有交……

这一次，吴洪决定坦率讲出自己的难处：

"我相信你是需要保险的，事业做得再出色，也需要有后方的保障。正好，我这个月也很关键，完成任务就可以升为主任，以后就不再单打独斗了，可以有团队了。你买下的虽然是一份保险，但却帮了我们两个人。"

"别人做保险我不一定相信，但这么多年我还不了解你吗？你做，我肯定相信。这个保险我买了。"

…………

酒过 N 巡，两人都有些醉了，但依然没有签单。于是又接着喝、接着聊。

直到凌晨 3 点多，不知是同学实在扛不住了，还是酒劲过去想起保险的事情来了，他拿出钱拿，当场把保险买了。然后两人呼呼大睡……朋友很仗义，第二天又介绍了几个亲戚向吴洪买了保险。

吴洪一算，正好完成任务。

入职后的第三个月，吴洪取得重大突破。这个月，加上各种奖励，吴洪挣到了一生中最多的一笔钱——1.3 万元。差不多是他当老师一年的收入。

吴洪用这笔钱，为父母买了一台彩色电视机。

当吴洪把这份礼物搬到爸妈租住的房子里时，心中涌起从未有过的自豪感！

多年后，一次记者采访，吴洪在谈起这段经历时说：

"我相信冥冥之中事物之间总是有内在联系的。当初我把保险这份礼物带给人们，后来呢，保险把更宝贵的礼物带给了我和我的家人！"

吴 洪

刚刚起步的行业：使命感

入职后的第四个月，吴洪当上了主任。

但保险公司的主任也好，经理、总监也罢，都不是来当官、享受的，同样有业绩要求，而且要做出更高的个人和团队业绩。吴洪经过保险销售初期的磨炼，反而更看重这一点。

那时，还是中国保险业发展的初期，公司没有硬性规定一定要开晨会、夕会，也就是说，并不要求业务员每天到公司报到。而在成都，5 毛钱可以到茶馆喝一整天的盖碗茶，1 元钱可以在街角巷尾的录像厅看许多部电影。这些对年轻人来说，都有着较大的、天然的诱惑力……

但还是有不少业务员常常自发到公司组织晨会、夕会。吴洪就是其中之一。由于性格稳重，好学，工作勤奋，业绩又好，年龄也大一些，同事们渐渐都对他产生了一种信赖感。他也乐于向年轻的业务员分享经验。他常对比他年轻的业务员们说，我们是来为自己创业的，不是来打工的，未来的一切都掌握在我们自己手里……渐渐地，大家就叫他大哥了，仿佛在市场经济的"江湖"中，找到了一个志同道合，可以信赖的人。

吴洪与后来成为成都保险业精英人物的简璞、伍诗迁，就是在那时走到一起的。同事们称他们为"保险三剑客"：三个人都一表人才，谈吐不凡，展业勤奋，业绩不错。

公司也逐渐发现了吴洪的领导才能，常常安排他临时负责一些事情，他也总是尽心尽责。

从一个大学老师，到一个初步合格的保险业务员，吴洪的人生正在发生转变。

在这一转变过程中，一次非常专业的保险业务培训让吴洪印象深刻。

那是一次让吴洪眼界大开的培训。培训导师是来自中国台湾地区的资深保险精英，一位叫陈本中，一位叫唐方武。保险业作为现代商业，其中的科学、经济学、社会伦理学、组织行为学的依据是什么？世界人寿保险的起源、发展以及未来的趋势是怎样的？保险业务的实操过程如何规范高效？对这三大块内容，培训老师从每天早晨8点讲到晚上12点，中午只休息一个半小时。吴洪上完课、写完作业的时候，已经是凌晨2点多了。三天三夜的培训之后，就是人人必须经历的"五大通关"，包括客户沟通技巧、保险理念普及，以及保单计算方法等，不仅强度大、信息量大，还必须进行现场实操演练。

几天下来，吴洪才发现，自己一不小心撞进了一个容量巨大的行业。

多年以后，当吴洪回忆起那次培训时，仍然感触良多。

当时感受最深的有两点：

一方面，当了解到人寿保险最初竟然起源于贩奴船时，我很震惊。早期欧洲贩奴活动猖獗，为了降低船运过程中奴隶的死亡率，船主就给他们像货物一样买一份保险。为了减少奴隶死亡赔付，船主们就会对奴隶们好一点。我当时想，中国人已经当家做主人了，生活水平也越来越高了，但谁能保证不会生重大疾病呢？于是，心里多少也就有了一些使命感。

另一方面，我深深感到中国在很多方面还需要向世界学习。我们都知道哈雷彗星。就是这个哈雷，他在1693年根据德国一个城市的市民死亡统计档案，计算出了特定人群在每个年龄段的平均死亡率，从而让人寿保险的计算和赔付有了依据。当时，我对能进入这个有较高技术含量的行业感到很庆幸。

我知道，正因为这是一个刚起步不久的行业，以后遇到的困难一定不会少，但前景和意义巨大。朝阳产业，就一定会有前期"开荒"的阶段，得做好接受挑战的思想准备。做这件事，不能一个人做，要一群人来做；不仅自己要经得起考验，团队也要经得起考验。

那次培训让我感觉到，要做好保险这个行业，一定需要储备知识。于是，我就常常到大学图书馆去借一些保险方面的书籍，从保险精算到保险史、保险业务实务等。虽然是看个大概，但思维却一天天向专业化方向转变。

....

培训回来，吴洪踏上了组建团队之路。

但是人呢？

经理说："人嘛，得自己去招。这样才能考验你识人用人的眼光，增强你的号召力。"

吴洪想想，心里觉得好笑。当上主任前，自己还跟在都江堰某地当副乡长的同学吹牛，憧憬了一番，讨论了半天保险公司主任大概是一个什么级别，会不会配车，会是什么样的车……现在倒好，一切都得靠自己。但反过来想，也好，自己招人选人，可能对以后的团队建设、团队发展有好处。

既然想在这个行业做出业绩，就应该招到好的人才。而想吸引到好的人才，你一定得有让人一眼就信得过的东西。20 世纪 90 年代末期，成都的成功人士，大都有一个标配，就是手机。吴洪和妻子商量了下，咬咬牙，买了一部摩托罗拉手机。然后又在衣着、发型上下了一番功夫。

第一站，人才市场。培训老师说过，最好的招人的地方，就是人才市场，因为双方需求都很明确。成都宇辉人才市场，每到周末，人头攒动，熙来攘往。

一天，吴洪拿着招聘海报就去了。刚到门口，保安就把他叫住：

"干啥子？干啥子？"

"保险公司的，来招人。"吴洪因为刚刚经过培训，以为保险公司是世界上每个人都认可的。

"保险公司啊，莫来莫来。我们这里是高端人才市场，卖保险的人你到九眼桥去找……"

"啥子嗬，我们保险公司难道不可以招高端人才吗？"

"是嘛，保险公司有啥子高端人才嘛？出去出去哈。我跟你讲，我们这里是高端人才市场。"

"嘿嘿，我就不信了。那你看看，我就是保险公司的，我还是成都理工学院的老师，算不算高端人才呢？"吴洪有意把手里的摩托罗拉手机盖子打开，一边说，一边在保安眼前晃了几下。

可能看到对方人高马大，穿着整洁，保安犹豫了：

"那……那好嘛，单独的招聘摊位没有哈，你们只有跟别的单位打伙①用摊位。"

吴洪心想，打伙就打伙，摊位费还少些。

来来往往在摊位前问的人不少，但一看是保险公司，大都匆匆离开

---

① "打伙"：四川方言，合伙的意思。

了。也有想来的，但简单交谈两句，吴洪就知道不太适合。这样一天下来，几乎没有什么收获。

吴洪开始观察，决定主动出击。他先观察那些外表和气质上看起来可能适合的人，再看看他们关注什么摊位。凡是去其他保险公司停留了一会儿的，他稍后就跟过去，主动上前交谈。

果然，效果好很多。不久，一个相貌清秀，眼睛很亮，看起来很文静的女孩，在其他比较大的保险公司摊位前停留了好一会儿，好像还在犹豫。吴洪马上就跟在她后面，找机会与她聊起来。一番交流之后，知道她叫杜巧丽，是学财务的，在电信部门做财务工作。她觉得原来的财务工作太沉闷、枯燥，想出来看看有没有自己更感兴趣的工作……稍微谈得多一些后，吴洪竟然发现，她的中学体育老师正好是自己大学的同学。于是这个女孩很快就决定跟着吴洪到公司一起干了。

一切看似偶然。正是这茫茫人海中的一次交谈，竟然成就了后来的一个保险业界精英。

杜巧丽是吴洪的第一个徒弟。她从业务员做到经理、高级经理、区域总监，最后成为区域总经理，带领上千人的团队。她还成为一位管理和沟通高手，读了EMBA，许多资产上亿元的企业精英都排着队请她作专业财富顾问……

多年后，杜巧丽回忆起应聘时的情景时，说："当知道吴洪一个大学老师都敢'下海'来做保险时，自己就没多想了，跟着干吧！"

在一个变革的时代，人生的许多改变竟是如此匪夷所思！

一个围棋手的夏天：相信的力量

销售就是一个不断累积"相信"的过程。

从一开始，杜巧丽就表现出"听话""照做"的特点。让陌生拜访就陌生拜访，让扫街就扫街，让摆摊就摆摊……一做就是好几个月。

一个原来在办公室做财务工作的娇小、清秀的女孩，干起了在大庭广众下推销的工作，走街串巷，见人就打招呼。天热时，在外面几小时下来，常常是一身汗，再没有了空调房里的宁静和舒适。这巨大的角色转变，杜巧丽是怎样完成的呢？二十多年后，当杜巧丽已经是带领上千人团队的区域总经理时，她淡定而从容地回忆起了那段经历。

杜巧丽

一次偶然的碰面

我本来在传统行业做财务工作，但是这个一眼就可以望到头的工作，太过枯燥，对我没有吸引力。抱着试一试的想法，我去了人才市场。来到人才市场，看了一些企业的招聘广告，也不知道怎么选择。这个时候有一个人主动找我聊了起来。一来二去，我知道他叫吴洪，来自一家保险公司，更巧的是他是我老师的大学同学，原来也是一名老师。正是这一层关系，让我认真审视他现在的选择，"一个老师都能做的工作，我又有什么不敢的呢"。

刚入行的时候，我的能力有限。看到作为领路人的吴洪，在每一场"战役"中、在面临困难的时刻，总是身先士卒，带头冲锋陷阵，这让我不断地去相信这家公司。吴洪能做到的，假以时日，我相信我也能做到。

一次意义深远的理赔

我不能改变天气，但可以改变自己的心情；我不能阻止悲剧的发生，但可以让它有一个尽量温暖的结果。

在我进入公司不久后的一天，同部门女同事的一位客户，在成渝高速路上发生了车祸，车毁人亡。

客户家里有妻子和一个襁褓中的婴儿。幸好不久前，这位女同事在客户的大院门口摆咨询台时，那位客户给自己买了一份保险。

当得知这个消息后，我就和同事一起，一边帮助客户遗属办理理赔手续，一边安慰伤心欲绝的一家人。当时客户的妻子既沉浸在失去丈夫的悲痛中，又陷入对今后生活的巨大恐慌中。孩子还这么小，自己又缺乏谋生技能。幸运的是，公司很快就对这一保单进行了理赔，共赔付了二十多万元。那个年代，二十多万元是一个很大的数目。客户的妻子千恩万谢，因为有了这笔钱，尽管丈夫走了，但孩子的养育费用、家庭的日常开支等都不用愁了。否则，这一场飞来的横祸，会完全改变这一家人的命运。当理赔部把支票交到她手里的时候，我想了很多，我开始真正意识到了这份工作的意义和价值。

做了一段时间，我慢慢悟出一些道理来，比如，如何对待客户的拒绝。

客户由于不了解，拒绝是正常的，挂你的电话也是正常的。我遇到过不少这样的事，但我会分析对方是拒绝我这个人呢，还是拒绝我所推荐的产品。如果对方是对我的展业过程、相处和沟通方式不满意，而不是因为产品不行，我就会思考究竟自己哪些方面做得不够好，然后去完善。做保险业务更要求我们去揣摩人性，揣摩客户的特点、性格、爱好等。要先了解对方的需求是什么，对方喜欢什么东西，然后我们会想办法找一些客户感兴趣的话题与他沟通，建立同理心。

有时客户说"NO"的时候，我会迂回地做一些处理。在彼此建立了更多信任之后，才会谈到具体的保险方案，然后再看看方案中有哪些还需要改进的。不会客户一说"NO"，就不敢前进了。

有时客户说"NO"，我们也会有误解，以为对方烦了。其实是不自信。过一段时间，客户想明白了，或者不那么忙了，又会来找你。

正是对领路人的信任，对公司的信任，对行业的信任，让我在保险的道路上，坚持初心，一步步坚定地走下去。

关于成长

从小父母就培养我学琴棋书画，除了钢琴，其他方面我都还不错。

小时候下围棋，我拿过重庆市少年组的前 5 名。那么，矛盾也来了：中国文化讲究的是含蓄、内敛，这是农业文明的产物，而从事保险业恰恰需要主动、开放。

当意识不到这是文化冲突时，就常常会产生受伤害的感觉，不自信，甚至否定自己，觉得自己不适合干这一行。这是改革开放后，许多中国人都必须去适应和改变的。

我的另一个经验就是自我激励。我父亲在二轻局的一个部门工作。当时他算单位里的文化人，写写画画信手拈来。后来他转行做销售，常常出差，天南地北地跑。我常常自我暗示："销售嘛，没什么好怕的，我爸爸就做过。爸爸能做，我也能做！"

我妈妈也常说："年轻时苦不算苦，老来苦才是苦。"那时我年轻，才 23 岁，正是奋斗的年龄。所以，遇到困难的时候，想想妈妈那句话，行动力就自然倍增！

有一件事，发生在红照壁的一个证券交易场所。那里有不少人都怀揣着大量现金。许多和我一样的保险业务员都认为那里的人买保险的概率也会大些。于是我们就去给他们讲保险，讲如果得了重大疾病或突发意外事故时，保险对一家人的重要性。大多数人是不理我们的，认为保险那个东西看不见摸不着，就是一张纸而已，保障或收益都是未来的，太不确定了。有的人还会批评我们，说我们保险怎么怎么"歪"①，怎么怎么骗人。

一天，一个嬉皮笑脸的瘦高的人，一边甩着手里的钞票，一边对我说：

"你咋个老讲些不吉利的话哦！股市上讲得很清楚，股市有风险，入

---

① "歪"：四川方言，指（行为或产品）不规范、不合格。

市需谨慎。没得风险哪里会有收获喃?!"

"是啊,既然有风险,我们就要提前制订保障方案。保险是一门科学。"

"啥子鬼科学哦,保险就是骗人的把戏!"

"你这样说,说明你不懂保险。不懂就不要随便否定。"

"否定了又咋个呢?你未必把我吃了!我劝你莫做保险了。"

"你这种人,今天你就是想买保险,我都不会卖给你。"

那一次,重庆女孩子骨子里的泼辣劲上来了,顾不上自己是个娇小秀气的女孩儿,跳起脚来和他"搬道理"①。哈哈哈,现在想起来也好笑!那时我们生活阅历浅,人家都是"老江湖",实际上是故意说这些话来刺激我们的。

后来,我做业务不那么急了。该拜访或者该打电话,我都会认真去做,但对于结果,我并不强求。"有志者,事竟成",我相信水到渠成。后来的许多业务也真的是"水到渠成"。你相信你的产品是有独特价值的,就更愿意把它卖给那些与你有缘的人。如果几次接触下来,发现对方跟自己完全"不对盘"、三观不合,我就再不会坚持了。

累积"相信"

今天,人们常常在小区门口、路边,看到一些身着职业装的年轻人,一般是两人一组,摆一张桌子、一幅易拉宝海报,向路过的人推荐保险。他们很难做成一笔业务。有的人会对他们产生同情:这么热的天气,不容易啊!有的人则可能很反感他们:又是卖保险的!甚至回家教育自己的孩子说:"不好好读书嘛,以后就只有像他们一样,去卖保险了!"

---

①　"搬道理":四川方言,指辩论、讲理。

　　二十多年前，我就是站在晚风中、路灯下的年轻人中的一个。但不是因为我没有好好读书哦，而是希望做一些更能够实现自我价值的工作。

　　初期的陌生拜访，很多客户是相信我的。当年随便摆一个摊摊都有人来买保险，可能是因为我看起来就是一个不会撒谎的小姑娘吧。那个时候，我认为人们购买我的产品，是对我本人的相信，对我人品的相信，而不是对我能力的相信。

　　当意识到不足之后，就要不断提升自己的专业能力，不能仅仅满足于人们对你人品的相信，而是应该追求"专业相信"。这种相信反映出来的是"转介绍"。客户对我产生信任之后，会把我介绍给别人。这是专业制胜，客户相信的是我的专业能力。

　　到如今，我已经积累了不少高端客户，他们更多的是对我综合能力的相信，包括对我的人品以及专业、服务、资源整合能力等方面的相信。今天，做保险已经不仅是最初始的风险管理了，更多的是对客户整个家庭财富的管理，对客户的人生风险规划管理……这需要很强的专业能力。

　　由于下过围棋，我对"相信"理解得更深刻、更透彻。学下围棋时，最开始也讲究"相信"，也就是"打谱"。棋谱是前辈们研究了很多战例才形成的。但打谱并不是简单照搬，而是按照前辈们的棋局进行演练，研究其中的攻防原理、态势演变、胜负得失。我那时会用下围棋的思维来理解保险业务。与人打交道，其实就是与人的思维打交道。那时我遇到的困难还是很多的。但下棋的人都知道，掌握了原理之后，办法总比困难多。经过一些历练之后，我进一步懂得，所谓水到渠成，也像下围棋一样，要"做势"，要懂得对"从量变到质变""循序渐进"等原理的合理运用。

　　小时候我基本上是一个"宅女""乖乖女"。现在，我还是喜欢写写画画，自得其乐。但在做业务和人际交往方面，我又可以是开朗、健谈的，仿佛在我身上集合了"内向"和"外向"两种性格。

就这样，这个当年在重庆市围棋比赛中位列少年组前 5 的少年围棋手、曾经的财务工作者，带着长江边女孩特有的灵气、悟性、韧劲，在吴洪最初的团队中崭露头角。很多年后，她也成为带领上千人团队的区域总经理，并在吴洪团队的组织发展中起到了重要作用。

杜巧丽

戈壁之花：信念，最伟大的力量

人们常说，生活是一本教科书。其实，大自然也是一本教科书。

在戈壁滩上，生长着一种美丽的草，叫风滚草。无论干旱、烈日、严寒，都无法让她停止生长。每当干旱来临的时候，她们就会把根从砂砾中拔起，卷成一个团，然后在风的推动下向远方滚动，寻找新的生长地。在茫茫的戈壁滩，人们常常可以看到匆匆"赶路"的草团。她们跑啊跑啊，直到找到有水分的地方，就把根扎下去，然后等待春天来临时，冒出新芽，发出新枝，开出星星点点玫瑰色或淡紫色的小花……

据说，如果在戈壁滩上看到开花的风滚草，就意味着好运即将到来了。

陈　瑛

吴洪在招聘过程中发现了不少有潜力的年轻人，但招人的速度还是太慢。公司规定，要想由主任晋升为经理，其团队人数要达到30人，且业绩也要达标。怎么才能找到更多高素质人才呢？

突然，吴洪想到了自己的工作单位："对啊！我为什么不到大学去招聘呢？大学生素质高，眼界也开阔。现在大学毕业生不包分配了，也许他们也正在寻找机会和出路呢。"

他准备先到成都理工学院招人，他熟悉那里的一切。

1997年的春天，成都理工学院工商管理系的陈瑛，和其他许多同学一样，正在写毕业论文，即将告别校园，开启新的人生。

一个洒满阳光的午后，正走在教学楼过道上的陈瑛，突然听到一个阶梯教室里发出一阵又一阵的掌声。这在学校并不多见。讲课讲得好的老师不少，但掌声从来没有这样热烈过。陈瑛出于好奇，从教室后门的门缝往里一看，哇，教室里坐满了学生。讲台上，一位高大帅气的男士正在讲着什么。她把门缝又稍稍推开一点，想看得更清楚些。这时，坐在教室后排的一位老师竟然向她招手，是她的英语老师向敏。于是她弯着腰走进去，找到位置坐下。

"同学们，保险是一项伟大的事业，它在欧美已经有很长的发展历史了。国家要发展，人民生活要有保障，就离不开保险这个行业。我原来是学校体育部的老师，转行从事保险业有4个多月了，我感觉这个行业很有前景，未来发展也会很好，所以今天代表公司前来招聘。我晓得，现在你们都面临毕业找工作，我呢，一来是代表公司来招业务代表，二来呢，是给大家带来一些关于保险的知识……"

台上讲话的，正是来学校做招聘说明的吴洪。

"老师，每个月收入多少呢？"

"老师，这个行业有没有发展前景？"

"老师，工作主要是做些什么呢？"

大学生们七嘴八舌，想知道这个行业究竟怎样。

"收入呢，这是一种新的收入制度，没有底薪，但佣金高，一个月收入……"

下面的人一听说没有底薪，情绪顿时低落了下来，响起了嗡嗡的交谈声。

"你们看，这是什么？这是我一个月收入买的摩托罗拉翻盖手机。"

吴洪把手机高高举起，在同学们面前晃了晃，着实耀眼。他接着说：

"我现在一个月的收入八九千元，相当于我在学校教书时半年多的工资……"

"哇——"，讲台下发出了尖叫声。

"这是我的名片。如果你们想来，就打名片上的电话 4078575（现已更改）。到时候还要面试才能决定是否录用。"

然后吴洪走下讲台给每个人发名片。

听到月收入八九千元，陈瑛的心脏咚咚咚加速跳起来，一直到晚上还兴奋。后来，她决定去拨打这个她"一生中最幸运的电话号码4078575"。二十多年后，这个号码她依然熟记于心。

她很快成了吴洪寿险团队的骨干，从业务员、业务经理、总监，一直做到区域总经理（最年轻的区域总经理），带领着上千人团队。十多年后，她成为寿险行业颇具影响力的精英，也是一位公益爱心达人。

陈瑛，一个来自乐山农村的女孩，刚上大学时，由于在家乡常干农活，晒得很黑，相熟的同学都开玩笑地叫她"萝卜缨""丑小鸭"。

但是，二十年后再见到她时，任何人都会被她强大的气场、大方的举止、质朴的言谈所震撼。

她在保险行业"百战成名"之后，曾有许多媒体的记者采访过她。很多人听她讲述完她那颇具传奇色彩的人生故事后，都会发出这样的惊叹：

是一种什么样的力量，让当年别人眼里的"萝卜缨""丑小鸭"，变得这样自信、美丽、大方？一个人的奋斗过程，难道真的可以改变容貌？

那天下午阶梯教室里的招聘说明会，以及后来所经历的一切，许多年后，陈瑛都还历历在目：

招聘说明会结束后，我心里一直平静不下来。晚上躺在床上，一边是室友们叽叽喳喳的说话声，一边是自己心脏跳得咚咚响的声音。静不下来！八九千啊，六七千啊……我原来期望毕业后的工作，一个月能挣八九百就很了不起了。心脏跳得厉害，咚咚咚咚。我实在没法睡觉，于是一翻身起来，打开了寝室的门。

在楼下收发室阿姨那里，我拨通了名片上的电话。我一生中有两个电话号码是永远不会忘记的，一个是我大学班主任龚老师的，4078374（现已更改），另一个就是4078575，招聘说明会上吴洪老师留下的电话。他是我一生的导师兼领导。

"您好！您是吴老师吗？我是白天听您讲课的学生。我冒昧地问一下，您真的一个月能拿到八九千吗？"

"真的啊，老师怎么会骗人呢？"

"那我如果到保险公司来，能不能拿到八九千一个月呢？"

"你是大学生吗？"

"我是大学生，社科系的。"

"只要你勤奋就可以。你来公司面试吧！"

"那好，我明天就到公司来。"

我后来经常开玩笑说，领导当时如果问我是不是成都本地人，或者长得漂不漂亮、个子高不高，那我都不具备。他问我是不是大学生，勤不勤奋，而我恰恰只有这两样东西……

打完电话，回到宿舍，我挨着敲同学的门。007、008、009，让大家都和我去公司面试。我心里想，这么难得的机会，一定要让班上的同学都去试试。第二天，我们浩浩荡荡一群学生，坐上36路公交车，到了梁家巷恒威大厦。当时招聘还是很严格的，去了32个人，几圈面试下来，只留下4个人。坚持下来的，后来都发展得很好。

公司招聘的是业务员，没有固定底薪，要完成业绩才有收入，要出去跑，就是去卖保险。

出去卖保险之前，要经过培训。200多人的新人培训班。班上同学有四五十岁的，有二三十岁的。我年龄最小，但有热情，也有在大学当班长的经验。竞选班长的时候我自告奋勇地说，我是大学生，我愿意为大家服务。结果大家就选了我。后来在行业最艰难的时候，很多人都离开了，我坚持了下来。这与自己是新人培训班的班长有一定关系。班长都"脱落"① 了，说起来也不好听啊！

后来就开始跑业务，全是陌生拜访。确实很难！跑遍了梁家巷菜市场、荷花池批发市场、成都理工学院周边的工厂和个体摊位，等等。我第一个月挣了800元，第二个月挣了4 000多元。难是难些，但我很满足。虽然没有马上挣到老师说的那么多钱，有的月份甚至还是零业绩，但到1997年11月、12月，遇到产品停售前的机会，我两个月就挣到了2万多元。

---

① "脱落"：保险行业用语，指人员流失，离开。

当时的每张保单金额都不大，有的只有几百元，多的几千元。二十多年了，当年买几百元保险的客户，我们现在还有联系。他们孩子结婚我都会去。在这个行业中，收获的不仅仅是钱，还有一份与客户建立起来的浓浓的情感。

我来自乐山农村，家里经济状况不是太好。母亲在我11岁时就得肺癌去世了。父亲为了我和妹妹又重新成了家，后来我还多了一个弟弟。一个农村家庭要抚养三个孩子、两位老人，是极其困难的。因此，从小我就带着弟弟、妹妹干农活。

父母不易，我的求学之路也一直充满坎坷。考上高中时，爸爸希望我放弃，回家帮着干活，在姑妈的劝说下，我才读完了高中。考上大学后，父母很为难，一是学费需要一大笔钱，二是家里少了一个劳动力。这时，我遇到了生命中的贵人——校办主任刘老师。由于平时很赞赏我在学校做广播站时雷打不动的劲头，他在了解了我家的情况后，便决定资助我上大学。他妻子在学校收发室工作，他们家的经济状况也不是很好，但他还是坚持要借钱给我上大学。开始爸爸妈妈都很反对，说以后还不起怎么办。他就反复往我家跑，一共去了三次。他说，只要孩子能上大学，还不起就当我做了件善事。最后一次，老师到家里来直接找到我说，你先把钱拿去，以后大学毕业了，挣得到钱就还给我们养老，挣不到钱就算老师资助你的……刘老师的坚持也感动了我的父母，他们这才同意我上大学。

我高中毕业时，刘老师都50多岁，快退休了。刘老师是2014年走①的。我父亲常说，我这一辈子都要感谢刘老师。没有刘老师和其他人的帮助，就没有我的今天。每年新米一出来，父亲都要给刘老师送去，让他们一家吃到新米。父亲说，这是他对刘老师深深的感激。

---

① 走：去世的意思。

父亲的行为，也在我的心里种下了感恩的种子。

我们那一届，整个乐山四中就只有 8 个同学考上大学，我是其中之一。所以，有时我觉得我是带着太多人的梦想和期盼来上的大学，再苦再难也要好好学，好好干！

我们农村的孩子都要帮着家里收割庄稼，所以我被晒得很黑。刚上大学那会儿，同学们开玩笑说，见到我就只看到两只眼睛在转，像个"油烫鸭子"，加上我个子矮小，在一群大城市来的漂亮女孩面前，毫不显眼。选学生干部时，老师让我作班长 1 个月。我想能为大家当好 1 个月的班长也不错，但 1 个月后，全班 50 多个同学，30 多票同意，还是选我当了班长。勤奋和付出是有价值的。

上大学后不久，我就开始勤工俭学。成都理工大学当时有三个大食堂，有一个第五食堂是承包出去的。我就到老板那里找了一份工作，我说我不要收入，每天中午晚上帮着打饭，打扫卫生，你们管我吃饭就可以。老板是个云南的转业军人，食堂是他夫妻两人承包的。他们对我很好，说是不要收入，但每个月，他们还是一定要给我 200 元钱。我不要。他妻子说，哪有女孩子没有零花钱的，一定要拿到。我们女儿跟你差不多大，就当是多了个女儿嘛。每年暑假我也在他们那里打工，说好的是每月 600 元，结果每次都要多给 200 元，说是回家总要有路费才行，还得给弟弟妹妹、爸爸妈妈买点东西……

在食堂打工时，每当看到一些同学把饭菜倒进垃圾桶，我就心痛得很。看到一碗一碗倒掉的米饭，我就会想起家乡的稻田，稻浪在晚风里起伏的样子。

每年的成都糖酒会，我和同学也会去打工挣钱。我把班上的女同学组织起来，到开糖酒会的宾馆，一家一家地敲门，让他们给我们些推销或广告业务做。敲了很多家的门都被拒绝了。最后终于有一家公司肯用

我们了。在西藏饭店，青岛魄力康口香糖公司，负责人是个女的。我对
她说我们是大学生，家庭贫困，想来这里做推销工作挣学费，我们一定
会很努力，请给我们一个机会……她爽快地答应了。我们也确实很卖力。
她还送了我们很多口香糖，让我们去换方便面，拿到学校和同学们分享。

直到现在，每当看到西藏饭店，我心里都会涌起感激之情。

想想其实我非常幸运，困难的时候，总是会遇到好心人。只要坚持
做下来的事，都得到了百倍千倍的回报。

…………

陈　瑛

后来的事实证明，陈瑛，是吴洪在那次大学招聘会上找到的最宝贵
的人才。陈瑛个人的奋斗经历，也成了吴洪团队的一笔宝贵财富——激
励着许许多多刚出校门走入职场的青年！

团队的诞生

1997 年的 4 月、5 月，吴洪先后从人才市场、大学校园招聘了 20 多人，终于组建起了他当上主任后的第一支团队。杜巧丽、陈瑛便是这 20 多人中一直坚持到现在的核心队员。

有了队员，吴洪找到了点儿带团队的感觉。怎样发现每个队员的特长、特点？怎样提高队员的核心技能？怎样树立团队目标，让队员们找到未来的前进方向？怎样让队员有荣誉感，又有现实的收获感？吴洪深知，再小的团队，如果没有这些，就一定会缺乏凝聚力。

保险业，是世界上最具挑战性的行业之一；保险公司的用人机制，是世界上最能激发人的潜能、也是淘汰率最高的用人机制之一。

团队虽然已经组建，但真正的考验才刚刚开始。

春天过去，初夏来临。成都的早晨，天空湛蓝，阳光柔和地洒在树梢、屋顶、街道上。吴洪团队的第一次小组会，在早晨 8 点准时开始。20 多个初入行的人，几乎都是 20 岁出头的年轻人，没有一个人有行业经验。但从每一个人的眼中，吴洪能看到他们对成功的渴望，对未知市场的好奇。吴洪知道，这就是力量。

面对这支年轻的队伍，吴洪开始了他的第一次团队动员：

"虽然大家现在都是行业'白板'①，但只要勤奋好学，一切皆有可

---

① "白板"：保险行业用语，指完全没有经验的新人。

能！好学加勤奋，是成功的唯一途径，也是唯一诀窍。

"我今年的目标，是努力当上部经理；你们的目标，是努力当上主管。

"保险业，特别是我们寿险业，在中国改革开放后，刚刚重新起步。这既是挑战，又是机遇。一个行业如果发展了很多年，机会就会越来越少，反而是刚刚起步的行业，才会有很大的市场空间。我们要做的，就是占领属于我们的空间。

"当然，也正因为刚刚起步，就一定会遇到困难。我们要有开拓者的勇气，开荒者的勤劳。等我们开出良田，种下庄稼，以后就年年有收成了。

"同时，我们也要看到我们工作的意义。我们把保险的文化和理念带给千家万户，让人们在遇到重大疾病、突发事故时，能看得起病、上得起学……"

这群年轻人，仿佛越过时空，看到了五谷丰登、硕果累累的景象，同时也感受到了自己肩上的那份责任。

没有豪言壮语，目标具体明确；也没有"拜金主义"，使命感悄然产生。

吴洪讲话时的那份平实和笃定，很像一个"大哥"在讲"江湖规矩""江湖梦想"。

机制和规则没变：一个月完成1.5万元或者两个月累计完成2.5万元业绩就转为正式业务员。

那时，一份保险一般都是360元。这意味着一个月要转正的话，须成交42份保单，两个月要转正的话，要成交70份保单。这对于一群刚出校园或刚转行到保险业的年轻人来说，挑战不小！因为年轻，就没有多少人脉资源；同样也因为年轻，才有"初生牛犊"的勇气！

　　吴洪在建团队之初培训期间就开始了解每个队员的特点。他知道，只有充分了解自己的队员，才能给予其最恰当的引导和支持。

　　陈瑛来自农村，是贫困生，但她从中学到大学都当过班长，刚到公司时又自告奋勇成为新学员班的班长。贫困，一定锻炼了她面对困难的韧劲；当班长，一定培养了她的勇气和责任感。此外，她在学校时的学习成绩也不错，这说明她好学。陈瑛唯一的弱点是外地人，成都的熟人资源几乎没有。只要她度过了第一个阶段，逐步建立起业务网络，就会成为独当一面的人才。只是要想想，怎么在她最困难的时候，及时帮到她……

　　后来陈瑛的发展，证明了吴洪当时的判断。

　　杜巧丽，重庆綦江人，23岁，刚刚踏入社会。按照自己和家人的规划，希望找到一份稳定的工作。财务对女性来讲是一个非常适合的职业，坐在办公室，算算账，而且越老越"吃香"。可是，每一个年轻人的心里，都住着一个躁动的灵魂。

　　经过交流，吴洪准确地看到了她身上的潜力。由于学过财务，杜巧丽在培训时表现出很强的分析能力和悟性。同时，原来的财务工作经历又让她懂得尊重制度，有"听话""照做"的习惯；加上是重庆女孩，身上有股坚韧劲和泼辣劲。吴洪决定，让她先尝试做三个月的外勤，就是业务员。如果不行，再转为内勤。正是吴洪的这一睿智的一试，成了杜巧丽人生的第二次重要转折。

　　任建春，也是这次招聘发现的一个人才，有分析能力，有闯劲……

团队建设，吴洪并不陌生。但保险行业的团队建设，吴洪还在摸索中。当时的吴洪，还没有专门学习过领导学、组织学，一切都是靠过去当班长、当年级学生会主席时积累的一点经验。

选人育人的意识，对每位队员的深入了解和定位，是吴洪团队成功的第一步。

许多年后，吴洪学习了 EMBA 课程，取得了硕士学位，他带领的团队人数达到七八千人。与国内外众多管理精英有过很多交流之后，他谈到了团队建设和管理的经验：

"目标，是一个团队的动力。没有目标，或者目标太低，团队的发展空间就会受到限制。信念和团队文化，是团队的灵魂，它决定了一个团队的性质和发展方向……"

成都早晨的五六点钟

不少中国人都记得这段话：世界是你们的，也是我们的，但是归根结底是你们的。你们青年人朝气蓬勃，正在兴旺时期，好像早晨八九点钟的太阳。希望寄托在你们身上①。

对于陈瑛来说，1997 年夏天的早晨，常常从五六点钟就开始了。

当杜巧丽以一个围棋手的思维在做保险业务的同时，成都理工学院的应届毕业生陈瑛，吴洪团队中当时还默默无闻的一员，正在面临人生中的第一次严峻考验。

本来，陈瑛是完全有另一条就业之路的。陈瑛一进大学，便引起了学校老师的关注。刚进大学便被吸纳入党，成为成都理工学院年轻的学生党员。毕业之前，老师给她规划了一条就业线路，去四川某民办学院团委，然后向事业单位发展。她自己也在犹豫，是否到外企去，一个月可以挣一千多元，好帮家里改善经济状况。但是，当吴洪到学校招聘时，她无意中听到了吴洪的演讲，从此改变了自己的人生轨迹……

陈瑛在成都没有人脉关系，完全靠陌生拜访。第一站是荷花池批发市场，因为梁家巷离荷花池很近；第二站是附近的 512 建材市场；再就是成都理工学院周边。一个月转正需要做到 1.5 万元业绩，如果两个月

---

① 出自毛泽东主席 1957 年访问苏联，接见中国留苏学生时的讲话。

累计，需要做到2.5万元业绩。到6月25号，陈瑛进公司正好两个月。24号，她算了一下，才做了1万多元的业绩，还差9 000多元才能转正。只有一天的时间，这几乎是一个不可能完成的任务。

是放弃呢，还是去冲刺一下？会有奇迹发生吗？

多年以后，陈瑛回忆起了她在业界堪称"经典"的那一天：

其实，那几天我一直都在拼命努力，但还是没有签到单。到6月25号早上6点过，我去敲开了崔家店5组一户人家的门。崔家店就在成都理工学院旁边。客户叫严培礼（化名）。他是我从未见过面的陌生客户，此前我打过几次电话给他……

之前我签了一张单子的客户叫严中达（化名）。那时很多人都喜欢把通信录压在桌子的玻璃板下。我就问他：严叔叔，你看你玻璃板下有那么多人的通信录，我可不可以抄一下？我下来跟他们联系，看他们需不需要保险。他同意了。后来我给这些人打电话，很多人一听是推销保险的，直接就把电话挂了。

但其中有一个人，就是严培礼，他从未挂过我的电话。我给他打了三次电话，他都只是说改天再说。我实在见不到他，就去他家等他。第一次家里只有一个婆婆，是他的母亲，说他不在家，让我先回去。第二次我去的时候，特意买了一袋黑芝麻糊和几个苹果。婆婆很开心，让我留下等他回来。结果我等到深更半夜还是没等到他。于是我就问婆婆，怎样才能见到严叔叔。老人很无奈，说她儿子爱打麻将，经常很晚才回家，一点也不爱惜身体……并让我第二天一大早再来，准能见到他。婆婆还答应第二天早上给我开门，我很感动。

6月25号，早上6点过，我敲开了他家的门。婆婆小声说："他凌晨三四点钟才回来，打牌！你先坐下，我去给你烧点水。"7点钟，婆婆上楼去敲儿子卧室的门，让他起床，说有人找。里边的人不耐烦地说：

"哪个这么早就来找我?!"

"一个小姑娘，给你打过几次电话，保险公司的……"

里面的人大声吼起来："啥子保鲜（险）公司?! 大清早的!"

那是农村二层楼的房子，我在楼下的客厅坐着，他们的对话听得清清楚楚，知道严叔叔有点冒火。过了一会儿，他很不情愿地走下楼来，满脸倦容，眼睛还是半睁半闭的。

我立马迎上去，说："严叔叔您好，我是保险公司的小陈，之前给您打过三次电话。很不好意思这么早打搅您。是这样的，今天是我在保险公司实习的最后一天，如果我今天做不够业绩就不能转正。我希望有机会能为您推荐保险，如果您觉得我的产品好，愿意买一点，我会感谢您一辈子，您就是我一辈子的恩人! 如果您没有买，我也感谢今天早上能够见到您……真的太不好意思了。"

我很紧张，说了这么一大段。

"那你说嘛，啥子保鲜（险）嘛?"

我就问他："您娃娃好大了?"

"一个十二岁，还在读书; 一个十八九岁，在开出租车。"他说。

我就让他给他的娃娃们买保险。一个娃娃2 000多元，两个娃娃就是4 000多元的保费。

他问我，你够不够了。我说不够，我转正还差9 000多元的业绩。

他说："那你再算，我买多少，阿姨（指严叔叔妻子）买多少。"

我就又给他们一人算了一些，就有9 000多元了。他问我这下够不够了，我说够了够了。

于是他又说，你够了，我还要看看我够不够哦。他指的是他的钱。那时保费都是交现金，不像现在是转账。

严叔叔文化程度不高，脾气有点大，但心肠很好，人很朴实。

他边数钱边念叨："你看嘛，你够了我又不够了得嘛。怎么办？钱不够。"

我就说："那去银行取。"

"哪个给你去取哦，我还要睡瞌睡！"

"叔叔那咋办呢？我要完成9 000多块钱的业绩才能转正。"

"这样，你再把我公司周会计的保险算一下，喊她陪你去取钱。"

我就又算了2 000多元，总共就有12 000多元了。

那个时候，保险一般都是360元、720元一份。如果签个3 600元的，也就是10份保险，都算是大单了，很少有上万元的单子。

我去找周会计的时候，她正在吃早饭："大清早的就来收钱哦，你也真是……"

我连忙向她解释，并告诉她严叔叔也给她买了一份保险。周会计一听，转而高兴起来，然后就带我去银行取钱。

我根本不相信我可以签到那么大的单子。拿到钱后，我马上骑车往公司赶。这时已经是早晨9点过了，漫天朝霞把街道、屋顶、树梢都染得一片金黄……

到了公司，我浑身是汗地跑上楼，冲到师傅吴洪面前说：

"师傅，我签了12 000多元的单！"

听到这个消息后，大家把我抬起来，在楼道里大声欢呼。他们觉得太不可思议了！我居然在最后一天完成了任务。

那是1997年6月25号，夏天。

…………

后来，那几份严培礼从睡梦中被叫醒买下的保险，在他们一家遇到困难时，也确实发挥了作用。陈瑛也常常用自己的那段经历激励队员们：

"我的人生经历告诉我，只要你坚持，不放弃，你就可以做到很多人做不到的事，你就可以创造奇迹！"

陈　瑛

第一块金牌的背后

团队从招人到做出业绩，逐渐稳定下来。同时，吴洪的个人业务也没有放松，开始由个体客户向职团客户，也就是单位客户拓展，仍然以寿险为主。做职团业务对保险业务员的专业能力和综合素质要求更高，但业务员的收获也更大。做一个职团业务，就相当于一次性成交十几单，甚至几十单个人业务。如果这个单位再给介绍其他的单位，业务拓展会更快。吴洪是一个目标感和效率感都比较强的人，当然不会放过这样的机会。

一天，吴洪经一个朋友介绍，到一家民营企业推销职团保险。这是一些上海人在成都办的企业。去之前，吴洪做足了功课：对方一年的销售额多少，有多少股东，产品主要是什么，工人的工作强度如何，可能发生哪些意外伤、病，等等。

上午10点，吴洪准时来到这家位于成都东郊的企业。对方把所有股东都召集起来，一起来听吴洪讲解，相当于一次保险"听证会"。

会议室里，吴洪寒暄了几句，便开始正式交流。

对方的几个股东都是上海人，听不懂四川话，吴洪刚讲第一句，对方就说："对不起，请您说普通话。"

俗话说，"天不怕地不怕，就怕四川人说普通话"。吴洪普通话不标准，但客户要求，他也只好硬着头皮讲起来。一个人今天买多少保险，以后什么情况下会得到赔付，赔付额多少，等等。吴洪向他们推荐的是重疾险和人身意外险。

他注意每个细节的标准规范，这是培训时养成的习惯。

20 世纪 90 年代，合伙创办企业打天下的人很多，他们既是老板又是伙伴。吴洪说：

"大多数股东，其实也是公司的核心业务骨干，要独当一面。一旦其中某一位得了重大疾病，或者在工作、出差中出现意外，这时企业究竟管不管呢？不管吧，于情于理都说不过去，因为都是一起'下海'创业的兄弟姐妹，每一个人的背后都有一家人。管吧，生一场重大疾病或者遭遇一次意外事故，所面临的医疗费用就可能让一个企业不堪重负。怎么办呢？

"以前在国企或者事业单位，生病、养老可以靠国家，但"下海"创业以后，就得考虑商业保险了。"

"那么，请问国外的企业是怎么解决这个问题的呢？"一个股东问。

"国外的人寿保险已经发展了 300 多年了，很成熟。企业一般都会给买保险。随着市场化改革的深入，中国的民营企业给员工买保险是一种必然。同时，这也是企业留住人才，增强团队凝聚力的手段。有句话说，老板好不好，就看'保不保'。"

"唉，要说买保险，都该买。但这么多人，可是一大笔钱啊。再说，把钱交给未来，以后生不生病谁知道呢！如果不生病，钱不是就打水漂了吗？还不如现在发给大家，吃到肚子里才稳当。"其中一个稍微年轻的股东笑着说。

"如果不生大病、不遇到意外当然最好，我们也希望这样。但是，据统计，一个人一生中患重大疾病的概率并不低，这说明风险是确实存在的。风险不会因为我们不重视，就不存在。企业管理者的一个重要职责，就是提前看到风险，并制订有针对性的应急预案……不知我这样说对吗?"吴洪笑着说。

交流到此，气氛慢慢有些变了。仿佛吴洪今天不是来推销保险的，而是来和大家探讨企业经营管理问题的。

接着，股东们又问了一些问题。其中有些问题，比如通胀对保险保额的影响等，问得吴洪直冒汗。直到吴洪"反客为主"向股东们提出一个问题，才缓和过来:

"这样说吧，我现在有一些积蓄，你们觉得我应该怎样才能使它稳定地保值、增值? 投入股市肯定有风险，做企业投资也有风险，该怎么办?"

可能对方觉得这是一个圈套，便没有明确回答。最后，董事长说关于保险的事，还要再考虑考虑。

拜访就这样结束了。

回来后，吴洪判断这件事十有八九没什么希望了，但转念一想，又觉得即使没做成这笔业务，能够让他们增强风险意识，也不枉此行。

没想到的是，过了不到两周，吴洪突然接到一个电话，正是这家企业打来的。这家企业经过讨论，最终决定给股东们买养老保险。

这是吴洪从事寿险行业以来，做成的第一笔职团保险业务。吴洪第一次感觉到，自己的新职业竟然是与国家的改革开放、市场经济的发展紧密相连的。上大学时看过的海明威小说中的一句话跳了出来:"每一个人，都不是一座孤岛!"

多年后，吴洪回忆起这次经历时说:

"当时我的领导是张可。张总是学哲学的，川大哲学系毕业的高才生。他常常让我们用哲学思维去看待保险业务，去看待事物之间的普遍联系。做成那笔业务后，我进一步认识到，自己从事的保险工作，应该为改革开放服务，为企业服务，特别是为那些如雨后春笋般发展起来的民营企业服务。"

随着团队的建立、业务的发展，吴洪觉得自己应该有一辆车。这样活动半径会更大，办事效率也会更高。于是，他买了人生中第一辆车，5万多元的面包车。这在当年可算是一件大事。朋友们看到吴洪买了车，开始认可他从大学走出来的这"惊险一跳"。

这辆车也是这个团队的工作车。有车以后，吴洪就当起了司机，接送大家上班、下班。其实，吴洪买车的另一个原因，是为了鼓舞团队士气。

"大家都看到了，我最初是一个人来到公司的，从买手机到买车，说明这个行业我选对了。我今天先买，以后你们也要买，而且要买更好的车。有梦想，就要去追逐！"

"车倒是想买，不过这对我们来说还很遥远！"

"大家知道美国最厉害的篮球队叫什么名字吗?"

"吴总，梦之队嘛，厉害得很！"

"对，梦之队。我们也要做梦之队，一个保险行业的梦之队！"

当时是开玩笑，但这可能是吴洪团队"梦之队"的雏形。后来事实证明，团队成员的梦想都超预期地实现了。那是后话。

1997年年底，吴洪以年销售70多万元的业绩，成为当年平安保险四川分公司的个人年度冠军。年轻的队员们在为自己队长欢呼的同时，也仿佛看到了自己的未来：一切皆有可能！

成都，冬天，公司举行年度表彰大会，尽管外面寒气逼人，但酒店内表彰大会的气氛却非常热烈。吴洪代表外勤，发表了获奖感言。公司为了奖励年度冠军，特意打造了一枚沉甸甸的奖牌。在全体伙伴的掌声和尖叫声中，时任公司总经理张可，为吴洪戴上了这枚沉甸甸的奖牌，将表彰大会的气氛推向高潮！

在发表获奖感言时，吴洪回忆起从大学校园到保险公司的这一年，感慨万千：

"能进入保险这个行业，进入我们这个大家庭，我感到非常荣幸。中国的保险业，特别是寿险业，才刚刚起步。正因为刚刚起步，我们才拥有了更多的机会；也正因为刚刚起步，才更需要我们去普及保险知识，勇敢面对和战胜各种困难……

"今天，我更加认同，保险业是一个充满爱心和责任感的行业。中国的家庭需要保险，中国的企业需要保险，中国的发展更需要保险。想到这些，这一年来经历的风雨，我觉得都值了！"

吴洪后来说，自己是搞体育的，从中学上体校开始，到后来上大学，也曾做过金牌梦。没有想到的是，自己得到的人生中的第一块金牌，不是在运动场上，而是在市场经济的浪潮中！

难怪美国伟大的销售员乔·吉拉德说，对于普通家庭的孩子，有两个职业是最容易获得成功的，一个是运动员，另一个，就是销售员。

艰难的 1998：什么是职业信念

1998 年，是一个特殊的年份。

除夕之夜，万家团聚，烟花和霓虹灯把成都的冬夜装点得喜气洋洋。

电视上，春节联欢晚会，那英和王菲的《相约九八》，唱出了人们对新年的祝愿，也唱出了对未来的憧憬：

来吧来吧，相约九八

来吧来吧，相约九八

相约在银色的月光下

相约在温暖的情意中……

然而，谁也没有料到，一场从 1997 年下半年就悄然开始的金融危机，席卷东南亚之后，正向中国蔓延，给中国带来了前所未有的挑战。

过完春节，吴洪、杜巧丽、陈瑛等刚上班不久，就感受到了变化。

亚洲金融危机，人民币对美元升值，亏损企业关停并转、职工下岗分流，特大洪水灾害等，多种不利因素，在 1998 年这一年叠加在一起。

中国展现了对世界金融负责任的担当，人民币对美元汇率不贬值，反而升值。这就使中国的外贸出口企业面临更大的出口压力。

产能过剩、亏损严重的企业，开始关停并转，职工下岗分流。这涉及 2 600 多万名职工。

多个省区市遭遇特大洪涝灾害。

国内消费和需求走向低迷。

这些不利因素对保险业的影响是巨大的。一是大量现有客户或潜在客户手里的钱越来越少了，购买保险的需求也随之大幅下降。二是福利分房的结束，意味着人们即使有一些钱，也必须考虑用于购买商品房，这同样减少了购买保险的需求。

刚刚起步的寿险行业，本身就处于开拓市场的初期阶段，面临如此大的变化，便更加艰难了。

组建还不到一年的吴洪团队，成员还处于适应期。有的前几个月根本没挣到钱，连生存都成了问题，几乎很难坚持下去了。而新的人力更难招到了。这种情况还会持续多久？谁也无法预料。

几乎每周都有坏消息传来。

"吴哥，实在抱歉，我坚持不下去了……"

"吴哥，祝你们好运，我必须走了……"

"吴哥，我家里给我找了个新工作……"

本来就只有二十多个人的吴洪团队，不到两个月，走得只剩七八个人了。这七八个人还能坚持下去吗？还能坚持多久？这个被寄予厚望的"梦之队""书生团队"，难道就要这样在新的一年悄无声息地消失吗？

吴洪为人才流失而惋惜。有好几位，他明显看到了他们身上的潜力，只要坚持下来，一定会在这个行业发展得很好。吴洪也为自己无法改变大环境而郁闷。他也不知道这样的状态还要持续多久。

不仅是吴洪团队，公司其他几个团队，也出现了大规模人员"脱落"的情况。

幸运的是，经过一年的摸爬滚打，吴洪已经具备了市场化人才的基本素质，懂得了如何面对逆境。也就是具备了心理学上所说的"逆商"——一个人面对逆境时，摆脱挫败感，走出困境，超越认知局限，最后找到生机的能力。

判断一个销售人员是否优秀，常常不仅看他在各种有利的条件下能否成功，更要看他在不利的情况下，能否扭转局面，最终达成目标。

一个周末的上午，他决定放松下来，和妻子出去走走。去哪里合适呢？他第一个想到的，是武侯祠。

春寒料峭，但祠内依然一片葱茏，古柏森森。和煦的阳光，在红墙碧瓦上洒上一层淡淡的金粉。吴洪流连其中，连日来的郁闷和挫折感顿时烟消云散。他想，经过一个冬天，祠里的古柏依然郁郁葱葱，这大概就是人们常说的"岁寒不凋"吧。

古色古香的门柱上，一副对联引起了吴洪的注意：

"能攻心则反侧自消，从古知兵非好战；不审势则即宽严皆误，后来治蜀要深思。"

以前来武侯祠时，他看过这副对联，但今天好像特别有感触。刘备、诸葛亮、关羽、张飞、赵云，当年不也曾面对过各种逆境吗？但为了完成匡扶汉室的大业，他们八方辗转，身经百战，成功逆袭，留下一段流传千古的佳话……相比之下，自己和团队经历的这些算得了什么呢？从古至今，哪一位有所成就的人不是在经历磨难之后，才最终取得胜利的呢？

想到这些，吴洪顿觉轻松了许多。他再仔细一想，此时，最难的其实不是自己，而是年轻的队员们。他们有的刚出校门，有的刚转行到保险业，大多在成都举目无亲。业务越难，他们的收入就越少。如何让他们以积极的心态来面对这个阶段，并让这段经历成为他们人生的宝贵财富，这才是最关键的！

…………

那天之后，吴洪把时间重新做了调整，增加了与队员们交流和相处的时间。

一天傍晚，吴洪把大家召集在一起，一边吃麻辣烫，一边聊天。以前，每次团队聚餐，是大家最开心的时候。但是这天，昏暗摇曳的灯光下，气氛格外沉闷，一是因为业务难做，二是因为好多同事离开了……

吴洪知道大家的心事，于是讲起红军长征的故事。爬雪山，过草地，后有追兵，前有阻敌。那时，也是红军减员最严重的时候，不仅要作战，还要应对恶劣的自然环境。

吴洪问大家：

"你们说说，是什么让红军坚持下来，最终到达陕北？"

"没有退路，只能向前！"

"是勇气，大无畏的勇气！"

"是革命乐观主义精神！"

队员们七嘴八舌地回答。

吴洪频频点头，然后说：

"这些当然都对，但还要加上很重要的一点，那就是信念。"

是的，信念！有了信念，才能坚持下去。

"吴哥，那你说说，我们做保险业务的信念是什么？"

"我们的信念，就是常说的——人间多一份保险，世间就少一份苦难。只要你给别人带去的东西是有价值的，那你也一定是有价值的！"

吴洪关于信念的阐述，无疑像夜晚燃起的一团篝火，让伙伴们的心里敞亮了许多。

业绩下滑，收入减少，但信心和情感却在悄然增加。寒冷时抱团取暖，风雨中彼此遮挡，这就是团队成长的另一种法则，在目标、利益之外的信念和情感法则。

接下来的一段日子里，吴洪和伙伴们交流得越来越多：

"做任何事业都不会是一帆风顺的，古往今来都是如此。我们做销售的，更应该在逆境中突破自我，求得生存和发展。

"越是困难的时候，我们越要回头去看。当初我们选择做这件事时，是为了什么？做这件事究竟有没有前途？究竟值不值得？如果答案是肯定的，那么我们就一定要坚持下去。

"我相信，当初我们选择这个行业是对的，目前我们遇到的困难是暂时的，困难反而会使我们更强大。等到外部环境变好时，我们一定会比别人抓住更多机会。

"我相信，我们这些坚持下来的人，一定会无比庆幸；而那些因为种种原因离开了的，将来一定会非常遗憾。"

每一次交流后，大家的信心就增加一些。慢慢地，解决问题的思路也多了起来，创意也层出不穷。

刘欢的《从头再来》，是那段时间大家唱得最多的一首歌，"心若在梦就在…… 看成败人生豪迈，只不过是从头再来"。

逆境中，杜巧丽、陈瑛没有离开，反而得到了快速成长。

这时，公司的另外两个业务高手——艾英和简璞也与吴洪团队走得更近了。大家互相激励，给彼此以战胜困难的信心。

面对大量人员"脱落"，他们开始思考人员的专业化问题、价值观与行业信念的问题、行业未来发展趋势的问题。

逆境如严冬，会减缓生长，会带来死亡，却又孕育了更强大的生命力，只等春风吹来，万物复苏……

512 厂与 "泰坦尼克号"

1998 年 1 月 13 日上午，上海申新纺织九厂的工人们，将机器上的配件一一卸下、敲扁。随后，3 000 多名工人离开了工作岗位。这就是当年闻名全国的 "压产改革" 第一锤。

当企业大规模压产之后，工人们只能下岗。

1998 年的成都，也在经历这场阵痛，大量国有或国有控股企业也在 "压产改革" "分流下岗" 之列。吴洪团队的日子更难过了——不少人下岗，要重新找工作，哪里有钱买保险呢！

不过，吴洪看待这个问题的角度有些不同。

吴洪分析，保险行业属于第三产业的金融服务业。这么多产业工人下岗，会到哪里去呢？第三产业会不会成为他们的选择之一呢？

突然，一个大胆的想法电光火石般冒了出来：既然团队还要做下去，就需要人；既然工厂有大量下岗工人，他们就需要找新的工作。这里面一定有不少人才。为什么不试试去工厂招人呢？

于是，吴洪紧急召集团队开会，把自己的想法说了出来。年轻的杜巧丽、陈瑛，也觉得这个思路好。具备成功素质的人，总能在危机中发现转机。

说干就干！吴洪父亲的毛笔字写得很好，他就回家让父亲帮着写招聘广告。自己和团队伙伴负责张贴广告。别说，这种方式确实有用，前来应聘的人还真不少。

除了张贴招聘广告，吴洪还想到主动联系面临职工下岗分流困难的企业，比如位于成都东郊的冶金设备大厂——512 厂。512 厂就是成都冶金实验厂。当年该厂生产的"成实"牌冶金设备，在全国都是响当当的。许多年轻人以能进 512 厂上班为荣……

吴洪直接找到厂人事科。人事科干事老周此时正在为职工下岗分流的事发愁，一看，居然有人上门招人，简直就像遇到救星一样。吴洪提出的招聘条件：一是要平时在厂里表现好的、勤劳的，二是要没有受过处分的。老周当然积极配合，不断把一些符合条件的伙伴推荐过来。

那时，美国电影《泰坦尼克号》正在中国上映。这是一部灾难片、爱情片，讲述了关于信念、勇气、牺牲和爱的传奇故事。影片主题曲《我心永恒》，则荡气回肠地唱出了面对困难时的爱和坚持。勇气，坚持和爱，不正是正在经历阵痛的企业、职工最需要的吗?!

吴洪将这部电影的光碟送给老周，感谢他为自己推荐了那么多优秀的人才。

贴招聘广告，去工厂招人，新人培训……在沉闷低迷的保险行业，吴洪团队竟然掀起了一朵朵小小的浪花。

就是在这保险业大幅减员的 1998 年，吴洪带着杜巧丽、陈瑛等，反而实现了团队人员的正增长，招到不少素质较高的人才，为后来的团队打下了基础。

吴洪也因此得出一个结论：人，是发展事业的关键!

有了人，还要加大业务拓展力度。拜访，打电话，开说明会，他们干得比以往更卖力。

吴洪入行第一年是个人业绩冠军，第二年，他希望冲击新的目标——入围公司的高峰会。进入保险公司高峰会的要求很高：一是每月业绩不能少于1.5万元，二是当年的个人业绩必须相当优秀。吴洪拿出了"拼命三郎"的劲头。重感冒、扁桃体发炎，脖子肿得无法去见客户，吴洪就把风衣领子立起来遮住，显得很酷的样子。他坚持每天拜访客户，风里来，雨里去，终于支持不住了。吴洪累倒了，连续输了八天液。遗憾的是，那一年的高峰会也与吴洪擦肩而过。

业务难做，吴洪害怕团队成员因此懈怠。为了减少队员赶公交、骑自行车的时间，也为了带动大家，吴洪常常一大早就开着那辆面包车沿途到队员家楼下扯着嗓子叫人搭车上班。那时，张艺谋的电影《有话好好说》上映不久，大家开玩笑说吴洪就像在楼下喊话表白"安红，我爱你！安红，我爱你！"的赵小帅……

多年后，吴洪总结那段经历时说：

"越是困难的时候，就越要以身作则。以身作则，是团队长最好的领导力。"

吴洪在逆境中践行、总结出来的领导力法则，也成为后来大团队第二梯队的团队长们的领导力法则。杜巧丽、陈瑛、简璞、艾英、王玉聪，以及汪群、黄霞、熊力、刘华、谢家珍、彭钢等，这些后来百战成名的第二梯队领导者，身上都具备这一特质。

最宝贵的行业初心

时代像一条奔流的大河，总是把有相同方向、类似经历的人汇聚在一起。20世纪90年代末，成都的保险业，也像这样一条大河，让一些素不相识的人走到一起，也让一些共同战斗过的人纷纷离别。青春，就在这样的聚散离合中，给人们留下永生难忘的回忆。

在吴洪进入保险业，组建团队，经历他的1997年、1998年的同时，两个本地青年，也进入了这个行业。一个是艾英，一个是简璞。他们先后进入这家公司。他们都是早几年毕业的大学生，都同样有过自己创业的经历。吴洪比他们年长几岁，是大哥。他们彼此亦师亦友。

简璞，1970年出生，土生土长的成都人。母亲是医生，父亲是中学老师。他长得高大帅气，眉宇间透出一股英气，衣着总是一丝不苟。他从小在东郊沙河边上长大，既有成都男孩普遍的内秀，又有东郊工业区男孩的闯劲。他毕业后的第一份工作是在医院人事科上班。20世纪90年代的变革氛围，催生了他的创业梦。

简璞先是"下海"做化工，两三年下来，应收款倒是不少，但总也要不回来；应付款虽然不多，每一笔都刻不容缓。渐渐地，公司便难以为继了。

难道就这样灰溜溜地回到原单位吗？简璞有点不甘心。鸟儿一旦领略过天的湛蓝、风的速度，就再也不想回到笼子里了。

简　璞

　　他决定继续闯一闯。做什么呢？做什么都要本钱，而自己做了两三年的化工后，早已没有什么钱了。他突然想起哥哥是做保险的，就和哥哥聊了聊。哥哥的保险业务虽然做得不算好，但他还是认为保险行业是一个有前景的行业。哥哥当时在中国人寿，建议他到平安保险试一试，因为平安相对年轻一些。于是，简璞查到保险公司的电话号码，直接打了过去……

　　谈到从业初心，简璞进行了这样的回顾。

发现"新大陆"

我以前是不接受保险的。我哥做保险时我都没买过。

但到了公司，通过培训，我对保险行业的认知就完全改变了。

第一，我发现保险行业的成长空间很大，而且这个行业有很强的可持续性。对于寿险来说，只要有生老病死，就有风险保障的需求……

我做了一个评估，这个行业未来至少有十年到二十年的快速成长期。我也了解了发达国家和地区的保险从业人员的收入情况。尽管当时国内的人对保险的认知度还不是特别高，但对我来说，这恰恰是一次机会。

第二，保险公司的利益分配制度，很细，很规范。我觉得很适合我。跟我之前自己创业相比，做保险业务不需要资金，我还可以借助这个平台建立自己的团队，提升自己的管理能力。

第三，我发现做保险业务不但能成就自己，还能成就别人。只要你是真心帮助别人，别人迟早会认同你的。这样的平台，对于已经在企业打拼多年，尝尽了各种酸甜苦辣的我来说，就像一个"新大陆"。我觉得自己终于找到了可以长期干、乐意干的事业。

没有掌声的荣誉

1998年年末，在我进入这个行业的第四个月，一位客户转介绍给我一笔业务，是一个新生儿的保险。那天，我和客户通过电话约好了时间。虽然已经很累了，但我还是按约定的时间到了见面的地方——火车北站附近的宿舍区。

那时火车北站还没有改建好，附近交通混乱，人员复杂。我大概转了半个小时才终于找到客户的家。一栋三层楼的苏式红砖房子，筒子楼。当时是十二月份，天黑得比较早，楼道里也没有灯，我几乎是摸着黑走到他家门口的。房屋很破旧，门缝里透出一丝昏暗的灯光。我有些失望，心想，这样的家庭真的会买保险吗。进去之后，发现环境更加简陋，狭小的空间里挤了六七个人。那些人开口叫我"简老师"，我那时才27岁，别人都叫我"小简"，第一次听人叫我"老师"。

他们很热情地让我坐下。屋里的人是新生儿的父母和祖父母、外祖父母。他们今天叫我来，就是想给他们刚出生不久的孩子买一份保险。

我讲解完保险产品后，他们问了我很多问题，尤其是老年人，反复问。其中一位老人在后面说，你们不要上当啊之类的话。这当然可以理解，因为他不懂嘛。

那时卖保险是收现金。我开了收据，收了大概六七百元的保费。钱是夹在一本书里面的，整整齐齐、干干净净。两位老人打着手电筒，一直把我送到楼下，看我走远了，才回去。我当时很感动。那交到我手里的保费，是全家人对孩子的爱。

那时的佣金比例是20%，算下来也就100多块钱。但那份职业满足感，远远超出了钱的范畴。

离开客户家，经过一条小巷时，有一个理发店，从理发店的镜子中，我看到了我自己。我停下来，站在镜子前，一边用手梳理了一下头发，一边小声自言自语说，简老师，你好！简老师，加油！然后咧嘴笑了笑，简老师，有点帅哈！

那次经历之后，我变了很多。我不再计较保单金额的大小，因为每一份保单都是别人对我的认同。

所以，我第一年做了314单业务，但总金额并不大，只有20多万元，平均每单业务算下来就600多元。

当时，即使优秀的保险代理人，大概一年也就做50单业务。我1997年进入公司，一年做了314单业务，几乎每天一单。这算是自己在保险行业的一个"建树"吧。

职团之王

刚上班时，遇到的问题也不少。做保险行业，刚开始要有一定的人脉资源，才好开展业务。因为在我之前我哥是做保险的，周围亲戚朋友等熟人资源，早就用完了，就连我自己的朋友，也早就推荐给哥哥了，所以一切都得从头做起。陌生拜访，走街串巷……好在那时我才27岁，有勇气，有力气，也有几年的经商经历。

我比较善于分析、总结，加上性格开朗，总能较快地与他人建立起熟悉感和信任感。

因为有过在医院人事科工作的经历，我比较熟悉机关单位内部的机制和文化，于是我很快就从个体客户拓展，发展到单位职团销售。

单位职团销售，对业务员的综合素质要求更高，但效率和成功率也更高。在一个办公室，看似我在给一个人讲保险，但实际大家都听到了。而且一个人买了，转介绍的成功率也相对较高，因为都是一个单位的，彼此信任。

第一年我的工作量是其他业务员的两倍以上，周末也会去拜访客户。我搞过个体经营，知道市场竞争激烈，如果自己不努力，客户就会流失。

新的困惑

但是，天有不测风云。1998—1999年，保险行业经历了一次大调整，很多业内人士对这次调整感到失望。最初，我销售的一款产品卖得很好。1998年，银行存款利率大幅下降。为了避免亏损，保险公司不得不停售我销售的险种。之后，我开始转型销售重大疾病保险。这样，跟客户沟通的方式、计划都不得不改变。

比如原来我给客户讲，一天出一块钱，你的孩子读书就没有问题了，客户很容易理解。

但我现在要讲，人要生病，医疗体制改革了，你自己要建立一个风险保障系统等。客户的理解有一个过程，销售难度和市场认知度就大大增加了。

所以，那时候整个行业人员波动很大，大量流失。

我产生了从业以来最大的困惑——未来该怎么走？有没有一个更专业的团队？保险行业究竟是谁都可以做的，还是确实需要专业人士来做？

直到后来，新的平台出现，我才算找到了问题的答案。

…………

相信每一个看过简璞故事的人，都会对一个从业者的行业初心，有新的理解，也产生一份敬意。

简璞，一个曾经的人事科干事，一个在商海中闯荡过的小老板，一个要知识有知识、要人才①有人才的成都帅哥，进入保险业后，竟然从一份初生婴儿的保单中，找到了单纯的从业初心。

带着这份初心，当他与吴洪会合在新的平台之后，每当简璞和他的团队遇到困难时，总能横刀立马，拿下目标。后来，他也成为带领上千人团队的区域总经理。他和他带领的团队被同事们称为"高新骁骑"。

一个成功的团队，一定是有它特殊的基因的。这个基因，可能是从一个新生婴儿那份庄严的几百元保单中产生的。

所以，二十多年后，已经在保险业战功赫赫、获荣誉无数的简璞，才会平静地说：

---

① "人才"：四川方言，长相、样貌的意思。

　　"我们都是一些平凡的人，一群有七情六欲，有家庭孩子的平凡人。只是我们有幸选择了一个不平凡的事业而已！"

简　璞

时间的玫瑰

同样是保险业这条"大河",也在这个时期,把后来中国人寿保险业的另一位精英人物,与吴洪和他的团队连接在了一起。这个人叫艾英。

艾英的父亲是大学的政治经济学教授,教的正好是"资本主义国家社会福利和保障体系"这门课程。不知是偶然还是必然,1996 年 4 月,艾英大学毕业,在其他单位短暂工作两年后,也选择了保险行业,并且一干就是 20 多年。保险工作不仅成了艾英的事业,更是她的终生追求。

她是中国最早一批寿险行业从业者,后来也成了这个行业的重要推动者之一——从保险理论到实践,从个人业绩到团队组织发展,从行业底层逻辑到人生哲学,她都留下了许多值得借鉴和研究的案例……

特别重要的是,她以自己独特的团队组织发展智慧,为后来吴洪带领的大团队乃至整个寿险业,都增添了一道亮丽的风景。多位刷新寿险行业全国纪录的寿险精英,都来自她的团队。

许多年后,她回顾自己的从业经历、阐述自己的行业思想,给人带来了许多感动和启示。

"黄埔军校"的奇迹

1996 年的成都保险行业,随着最早的一批高知识、高素质的人员的进入,正发生着微妙的变化。这个时期,后来被人们称为寿险行业的"黄埔军校"时期。

我是 1996 年 4 月进入保险行业的。那个时候保险公司刚刚开始面向社会招聘人员，举办了两场大型的招聘会。报名的人非常多，有七八百人报名，最后招了大概 90 人。我是在第二场招聘会去应聘的。这就是业内常说的"黄埔一期""黄埔二期"。

那时，我刚从学校出来不久，没有资历，也没有资源和人脉，对这个行业一无所知。我感觉这是一个全新的领域，抱着好奇心就去了。

初期，人们对寿险的认知完全为零。上海的寿险工作开展得比我们早一些，所以偶尔会碰到一两个人对保险有一点了解，但都极其个别。大多数人对保险不了解，最多只知道独生子女保险、自行车保险……

寿险行业第一次把我们引入行销领域，让我们主动去寻找客户。这对人员各方面的素质要求就比较高，包括主动开拓的能力、和客户沟通的能力。那个阶段，做保险业务都是收现金，拿一张纸去，就要将现金收回来，难度还是很大的。

尽管如此，我还是非常勤奋。每天早上开早会，下午开夕会。下午开完夕会，又去拜访，每天几乎都是从早上 8 点工作到晚上 10 点。白天进行陌生拜访，去企业，去机电市场，去花牌坊生产资料市场，去荷花池。有时候到医院、商场设咨询点，或者周末在春熙路、骡马市街设咨询点，甚至带着团队的人去周边如温江设咨询点。

我在进公司的第一个月瘦了 8 斤。当时年轻，有干劲，有动力，喜欢新鲜事物。成都是初创市场、原始市场，就像到非洲卖鞋的故事一样，有些人认可，有些人则持反对态度，因为没有这个消费习惯。要建立起客户的信任，是要付出很大的努力的。

白天设咨询点，有人咨询，我们就请他留下地址和电话，然后去拜访，基本上每天的拜访量都在 10 个人以上。

我们在街上摆点做咨询的时候，一位路过的女士过来问：

"啥子情况？"

"就是给孩子买一份教育保险，相当于为孩子以后的教育进行储备……"

只说了三两句话，旁边的人就把她拉走了。她临走时我说：

"能留一个您的姓名和住址，或者电话吗？"

"我叫 XXX，住在火车北站后面那栋红色的楼里，四楼。电话嘛，没有哦。"

后来我还是抱着试试看的心态，去了火车北站。那时火车北站附近不是很安全。到那里一问，居然找到了，一栋老旧的红砖楼房。家里几个人正在打麻将，屋里到处堆着货。女主人一见到我，似乎并不觉得诧异。我给她简单地讲了讲少儿教育险的事。女主人挤过货堆，走到床边，掀开床垫，拿出钱包，数了 1 080 块钱给我：

"来嘛，我办三份，少儿险！"

从她家里走出来时，我人都是懵的，连我自己都有点不敢相信，因为太顺利了。

还有一次，在摆咨询点时，遇到一个崇州农村的客户，当时他只留了一个名字和崇州下面一个乡村组的地址。我先是坐长途汽车，然后再转火三轮，花了三四个小时，好不容易才找到他的家，最后签了 360 元的少儿险。累是累点，但回来时心里仍然是满满的成就感，因为没有想到自己居然可以服务到这么偏远的客户。

这样下来，我入行的前三个月，完成了 800 多件保单，全是 360 元一件的，相当于每天完成八九单。这在当时，已经算是同行中的奇迹了！

艾　英

"长期主义"与"简单、专注"

从业至今已二十五六年，我以前常常对自己讲，后来也一直给团队讲这样的话：

一个人一生中真正的亮点并不会太多，但简单、专注地去做一件事，也许就是最大的亮点。

在我看来，这就是做事的"长期主义"，也是做好任何行业都需要的一种时间观。我把它称为"时间的沉淀""时间的玫瑰"。

首先是客户脉络的延续，这是一个时间过程；其次是客户需求的变化，这也是一个随着时间发展逐步迭代升级的过程。比如我现在的很多客户，实际上已经是最早一批客户的下一代，甚至再下一代了，也许当年他只办理了一份360元的少儿险，但只要你还在这个行业，只要你还在为他提供咨询和服务，这种客户关系和服务内容便会延续、扩展，你可以陪伴他的整个人生，甚至是见证他的家庭、家族的发展历程。

比如说我现在的主要客户，当年他们很年轻，当初他们买保险，只是想到自己是独生子女，不想给父母增加负担，于是给自己买一些健康险或者是医疗方面的基本保障；他们结婚生子之后，一方面会给自己的孩子买一些教育险，另一方面还会给父母买一些健康险；再后来，他们则开始为自己的晚年规划，会买一些养老保险，等等。如果经济状况很好，有的人甚至还会规划整个家族的财富传承。

保险行业的魅力之一，就在于这种时间的沉淀和脉络的延续。

保险行业的另一个魅力还在于，通过资源的连接，与客户在事业上、生活上彼此陪伴、扶持，共同成长。

我在20世纪90年代认识的一个客户，是做洁具生意的。那个年代，垄断成都装修市场的是一个日本卫浴洁具品牌，而他做的是在当时还并不知名的一个美国卫浴品牌。他是广东人，刚刚到成都，开了一家小公司，对成都还不太了解。后来，随着品牌的发展、人脉资源的积累，他公司的规模也扩大了。这么多年来，我们彼此见证了对方的成长。一是家庭的变化。他在成都安家立业，现在有了两个小孩，二是他的企业经营的洁具品牌在四川也有了很大的市场占有率。因为和客户一起成长，我们之间的情感自然会加深，所以他会不断在我这里为自己及其家人购买保险。他的资产增长了会购买保险，他的需求变化了也会购买保险。他还会把身边的人介绍给我，在我这里购买保险。

我的客户中，像这样的客户很多。我现在的客户，很多都能追溯到我20岁初入行业的时候。随着时间的流逝，大家都在成长变化，客户自己的圈子也在不断变化，他会成为你新客户的来源。

所以我常常说，从事保险行业并不一定需要能言善辩，也不必一味地向队员"打鸡血"。保险是一门时间沉淀的艺术，而简单和专注，是这门艺术中必不可少的灵魂。

但要做到简单和专注，其实并不容易，因为人在社会中要面临很多诱惑。你做得越好，成绩越优异，诱惑也就越多。因此，能保持简单和专注，就显得更加难能可贵。

我也面临过很多诱惑，比如当时的安利，后来的阿里巴巴，再后来的香港贸发局等，都给我开出了很高的条件，但我还是守住了简单、专注。一个工作做久了，客户也越来越多，你会觉得你离不开这些客户，因为你要对这些客户负责啊！

你只有体验过保险行业横向上的"时间沉淀"、纵向上的"简单专注"，你才能享受这个行业带给你的无限美好！

团队发展与"共好"文化

保险行业，一定离不开团队。在我看来，团队除了与业绩有关之外，更重要的是团队中人的成长，是队员的人生因为这个行业产生的变化，是队员之间思想上相互的正向影响。所以，我和伙伴们着力要打造的是寿险行业的"精英团队"。

我们团队很早就开始把"共好"作为团队的价值观了，这与布兰佳和鲍尔斯的《共好》一书有关，更与我们自己的人生经历和价值观有关。在我们团队中，每个人都扮演着不同的角色，在"共好"的价值观下，大家又彼此效力。

我们团队的胡苓，原来是一个下岗工人，自己开了一家小店，最初只是客户，后来进入保险公司，到团队有 17 年了。她的起点并不高，但她特别坚韧。她永远面带微笑。团队成员遇到问题，心里不开心，都愿意去寻求这位"微笑姐姐"的帮助。她带给团队的，永远是很阳光、充满正能量的东西。

她经历过家庭婚姻的变化、孩子的叛逆期等艰难时刻。她自己在团队中得到锻炼、成长起来后，就把在团队中学到的一些激励式教育方法用在孩子身上，效果很好。她进入公司时孩子才一两岁，现在已经是十七八岁的阳光帅气的小伙子了。她在保险职场得到了成长，她的孩子也间接受益。

我们团队的刘晓宇，福建人，曾经得过全国武术冠军，因为一个偶然的因素来到成都。在学校读书时她非常优秀，做过学生会主席。结婚以后，她的主要任务是辅助丈夫。通过与我们交流，她在内心感到需要一个更精彩的舞台，于是就进入了保险行业。之后，她生了两个宝宝，通过努力，在成都买房买车……她不再完全依靠先生，而是自己也能承担起家庭责任、社会责任了。

她还是我们"读书会"的创始人，一直在团队内部和客户中坚持做读书会，不但分享了知识，还吸引了很多优秀的人加盟团队。

我们团队中有这样类似经历的队员很多，比如幼儿园老师、电信柜台营业员等，入行之前，他们都是"白板"，没有从业经历、人脉基础，大多数都很年轻。在从业过程中，他们一步步建立自己的家庭，把父母接到成都，承担起对家庭的责任……

除了业务、业绩以外，团队伙伴得到成长，我觉得也是一种成就。

由此也可以看出，保险行业是可以让人的内心变得更强大的一个行业。

每一个伙伴的成长，都与团队文化分不开。"共好"，是我们的团队文化，它与大团队的"军队、学校、家庭"文化是有内在联系的。我通过三个小动物的形象来阐释这种文化。

第一个是松鼠。每当冬天来临之前，松鼠就要储存食物了。它在搜集食物的时候，有些松子会掉在地上。掉在地上的松子生根发芽，又会长出大树。松鼠的工作的价值在于：一方面，它储存食物，使自身的生命得以延续；另一方面，它又让森林郁郁葱葱。

松鼠的这种行为，阐释了团队的工作价值。

第二个是海狸鼠。在涨水之前，海狸鼠会修筑堤坝，在整个过程中，会形成团队协作。每一只海狸鼠知道自己的目标，各司其职。在实现了自己的目标的同时，也成就了团队的目标。

海狸鼠的这种行为，阐释了个体目标与团队目标的关系。

第三个是大雁。在迁徙的过程中，每一只大雁扇动翅膀的时候都会产生推动力，至少会给其他大雁（团队）带来30%以上的推动力。这样，它可以让团队其他大雁更节省体力，让雁群飞得更远。

领头雁时不时会发出鸣叫，以激励其他大雁。领头雁累了，马上会有第二只大雁飞过去接替它。大雁的这种彼此激励、接力互助的行为，为人类带来了启示。

上述三种小动物的行为，诠释了"共好"团队的三大特征：价值、目标、激励。

在我们团队中，老伙伴所占比例最高，在团队工作15年以上的老伙伴所占比例在整个高新大团队中也是最高的。在"共好"的团队文化中，队员们伴随彼此成长。

艾 英

中国寿险行业推动者

从业 20 多年后，艾英成为带领数千人团队的领导者，享誉国内外业界的保险精英、培训大师。各种荣誉接踵而至：

中国首批国际金融理财师（CFP），世界华人保险大会金龙奖获得者，连续三年（2018—2020 年）福布斯中国保险精英铂金奖获得者，连续 6 年蝉联太平人寿品质五星个人及团队，2020 年第一财经年度最佳保险总监……

她所带领的团队，也成为蜚声业内外的精英团队：第一位在中国寿险行业突破 5 000 万元承保金额的队员，诞生在她的团队；第一个在四川地区完成亿元保单的伙伴，诞生在她的团队。她在团队组织发展、人力培训体系建设、保险新业务研究和市场探索方面，对后来吴洪带领的太平高新大团队，起到了至关重要的作用。

从业至今，她用多年的行业实践与研究，为寿险行业勾画了一条伴随改革开放全过程的发展轨迹：

"最开始的时候，我们更多探索的是，让父母送一份爱心给孩子，为孩子购买教育保险。

"过了一段时间，大家意识到了健康的重要性，意识到了应该为家庭顶梁柱配置更多的保障，于是健康险受到了重视。

"又过了一个阶段，人们意识到重大疾病险解决的不仅是'看不起'病的问题，更重要的是可以减少家庭财富的损失，是对家庭损失的一种补偿，包括后期的康复费用等，于是重疾险得到重视。

"再过了一个阶段，随着我国人口老龄化程度加深，养老保障需求得到重视。相比之前的几个阶段，养老保障更复杂，综合性更强。老人不仅需要养老金，还需要养老资源，于是我们的'健康管理中心'诞生了。

"再到后来，改革开放初期'下海'创造财富的人大多已经 60 多岁，面临退休了。二代接班，财富传承就成为一个最重要的课题。能不能接这个班？怎么接？企业能不能传承？怎样合理规划家庭财富的传承？于是，我们的'家族办公室'诞生了，家族信托、法律资源、税收筹划、海外教育等，被提上了工作日程……"

1996 年、1997 年，那时谁也没有预料到，偶然被保险行业这条"大

河"连接在一起的这群年轻人，会在后来对整个行业产生巨大影响，但
这又似乎是必然结果，因为这群年轻人从一开始就具有学习型团队的特
点，一直在寻求"业绩常青"的奥秘。他们始终站在市场前沿，不断探
索研究市场需求，又不断给伙伴带来对市场的新认知，给客户带去最佳
的解决方案，在每一个阶段都能形成合理且有效的销售逻辑。

新世纪的大门

1998 年以后，中国经济逐渐走出低谷。两个关键词——"进入新世纪"和"加入 WTO"，成为人们的梦想和憧憬。

一方面，在亚洲金融危机中，中国的货币政策，向世界展示了一个负责任的大国形象，显示了中国经济对世界经济的"稳定器"和"压舱石"作用，发达国家也开始更大胆地张开怀抱，接纳中国加入 WTO。中国加入 WTO 的谈判取得关键性进展。

另一方面，中国通过对国内过剩产业的"压产转型"，加快发展外向型经济，使外贸和出口走出低谷。而一些原来以制造业为主的国家，受亚洲金融危机的影响，开始出现衰退。这给中国制造业带来了千载难逢的机会，使之进入了快速发展的"黄金十年"。无数中国制造的物美价廉的商品涌入世界各地，让世界第一次看到了"Made in China"（中国制造）的力量。沿海地区的外贸经济占地区生产总值的比重连年提升。出口外贸，中国经济增长的三大动力之一，正显示出强劲的拉动力。

与此同时，随着房改政策的落地，房地产及其相关产业，成为拉动内需的强劲动力。政府也加大了基础设施建设的投资力度。

到 2000 年 11 月，国企三年脱困目标顺利完成。此后的十年，平均经济增速保持在 10% 以上。中国经济进入新一轮增长周期。

吴洪团队和他们所从事的保险业，也同样走出低谷，站在了新世纪的大门口。

那么，在这样的背景下，保险业将会发生什么样的变化？未来的行业走向会是怎样？个人的职业定位和规划又该如何？

这些问题，必然是这群已经在保险业中身经百战，在行业中浸润了三四年的"书生们"，不得不思考和研判的重大问题。

毋庸置疑，"进入新世纪"和"加入 WTO"，给保险业带来的最大的变化，必然是竞争。国外大量成熟的保险团队、规模巨大的资金、高质量的服务，必将进入中国。这样一来，尚处于粗放经营阶段的中国保险行业，不可避免地会"重新洗牌"。

一方面，竞争是好事，它会给行业带来更专业、更精细、更规范的金融保险服务，提升保险理念和保险队伍质量。另一方面，现有的保险团队、保险业务，也一定会因为竞争受到不小的冲击，一部分人甚至有被淘汰出局的可能。

吴洪、艾英、简璞，还有时任公司总经理的张可，都深刻洞悉这一变化。

张可从哲学角度出发，带领队伍探索和把握变化中蕴藏的重要机遇，探寻未来保险业的发展趋势和方向，积极应对即将到来的变化，随时准备迎接挑战！

有人说，"谁也强不过一个时代""最可能打败你的，不是对手，而是时代"。

所以，古往今来，无论做什么事，趋势的判断是所有判断中最具战略性的。

2001 年，秋天，与四川大学一墙之隔的望江公园，锦江从旁边蜿蜒而去。阳光洒落江面，河水泛起鱼鳞般金色的细浪，不时有几只白鹭从河面上飞过。公园里茂林修竹，秋风习习。一个非正式的保险行业研讨会正在这里进行。与会者有业界资深高管，有大学知名教授。研讨会的主题是：加入WTO与中国保险业的发展趋势。

研讨会首先探讨了行业现状，包括市场总量、团队人员素质、保险服务中存在的短板等；其次，总结中国保险业与发达国家和地区保险业的差距，并寻找解决方案；再次，对进入新世纪、加入WTO后的中国经济走势及行业市场规模进行预测；最后，分析外资保险团队进入中国后，可能带来的影响，并提出相应对策。

应该说，把它叫作一次高质量的头脑风暴会，更为恰当。吴洪入行已经快5年了，深知中国保险业的现状。普通大众的保险意识普遍较低，从业人员的素质参差不齐，是行业的最大困难。从业人员专业化程度较低，部分业务员有意无意地误导客户，存在诚信问题。这些问题会形成恶性循环，对行业造成伤害。吴洪在会上讲述了一个亲身经历的案例。

一次分享会上，吴洪团队的一位业务员，在分享经验时无意中透露了他的"营销秘诀"：告诉客户只要交1 000元的保费，以后就可以得到10万元的收益。吴洪一听，吓了一大跳。把10万元的保障曲解为10万元的收益，业务当然好做，但这会出大问题的。保障，是指客户出现某种重大疾病或人身意外时，才可能得到的赔付收益，这与只要交1 000元就可以领10万元钱，完全是两回事。这是诚信问题。于是，吴洪赶紧让主管和这位业务员一起，重新去向客户讲解……

研讨会上，行业专家和业界人士都纷纷谈了自己的看法，大家达成了共识：加入WTO后，竞争必然会加剧，目前中国的保险从业者必须进行一次系统化的升级，否则很难适应未来的竞争……

进行系统化升级，谈何容易！这得需要多大的勇气、多长的时间？一个人的知识更新，一般都可能需要 5 年，更何况一群人呢？

研讨会后，吴洪开始思考：怎样让保险行业得到社会的尊重，并让保险产品成为人们的必需品？怎样让保险从业者得到社会的尊重，获得真正的职业荣誉感？

同样也在思考这些问题的，是吴洪入行时的老领导王胜江。王胜江说过：

"要想改变现在，不妨大胆地去看看未来，看看未来保险业的趋势究竟如何。通过对国内外保险业的考察和学习，我认为，未来保险业的趋势必然是'三高'，即高素质、高品质、高绩效。为什么呢？一是因为中国加入 WTO 后，经济必然高速发展。二是因为经济发展、生活富裕之后，人们的需求必然是高品质的。而高品质是由高素质的人才造就的，高素质的人才又必然是用高绩效来激励的……

"带团队、做业务，技术当然重要，否则就成了'空中楼阁'；但战略也同样重要，战略是眼光，看到未来发展趋势的眼光。我们确实应该思考，在世界性的行业格局变化中，我们究竟该为行业做点什么，究竟该为中国的保险业做点什么……"

老领导王胜江的话，每次都能让吴洪有所收获。"三高"理念的提出，一下子把他这些年心中的困惑解开了，或者说，把他心中隐约的想法具体化了。一个"我们究竟该为中国的保险业做点什么"的问题，也再次点燃了他心中的行业梦想：让保险业得到尊重，让保险代理人得到尊重！

但接下来，该怎么做呢？

吴洪想起研讨会上，四川大学一位教授的话："加入 WTO，是中国向世界开放的重要一步，会带来外资企业与中资企业的利益竞争，必然引发行业升级。据我了解，一家名叫太平保险的内地企业，在新中国成立后不久迁至香港，这次将回归内地。这家企业有几十年的境外保险业务经验。大家不妨研究一下这家企业，甚至可以考虑重新做一次平台选择……"

当时听到这话，吴洪并没有"一下子转过弯"来。他从小熟读《三国演义》《水浒传》，崇拜的是忠义英雄，像刘关张桃园结义，像梁山好汉劫富济贫、扶危济困等。自己在保险行业打拼5年，对这家公司是有情感的……更何况，在这家公司，团队从无到有，业绩也做得不错，部经理的位置近在咫尺，难道要放弃现在的一切，去一个全新的地方吗？

正在吴洪为这个问题纠结时，一个金融界的朋友分享了他的看法，让吴洪的思考上升了一个维度：

"这就要看你的格局有多大了。如果仅仅是看个人业务，现在当然不错。但如果看远一点呢？有改变行业的梦想，有改变中国保险业现状的梦想，你就必须得有更大的舞台，靠'修修补补，敲敲打打'，是不行的。其实，从本质上看，整个行业得到了改善和提升，对哪家公司都有益处。更重要的是，在中国加入WTO这样的大背景下，局部利益都必须为更大的事业放下才行。

"中国的保险团队在国际竞争中的短板是什么呢？是技能吗？是学历吗？是经验吗？都是，但又不仅仅是。我认为是文化，以信念为基础的团队文化。同时，还要有再造一个团队的勇气，要有新的平台和空间。"

一个世纪之问，摆在了吴洪面前！这里面有利益的考量，有文化和内心的冲突，更有情感的取舍。他将如何选择呢？

第二章 太平崛起

抗战硝烟中诞生的太平保险

望江公园召开的保险行业研讨会后，一个新的保险公司——太平保险，首次进入了人们的视野。这时太平保险还没有正式开始中断多年的内地业务。

这究竟是怎样的一家公司呢？

20世纪上半叶，中华民族饱受磨难和屈辱；也是在这时，这个古老而伟大的民族奋起反抗侵略、捍卫主权、顽强崛起。

1931年9月8日，侵华日军发动"九·一八"事变后，侵占中国东北，成立伪满洲国，并陆续在华北、上海等地制造事端、挑起战争。

1932年1月18日，由日本特务田中隆吉与女间谍川岛芳子策划、唆使，日本僧人天崎启升等五人在上海向中国三友实业社总厂的工人义勇军投石挑衅，与工人发生互殴。后又派遣日本海军陆战队进入，中国驻军十九路军坚决抵抗。这就是"一·二八"淞沪抗战。

1937年7月7日，日军在北平附近发动卢沟桥事变。

1937年8月13日，淞沪会战爆发。

国有外患，生民涂炭。在这样的背景下，近代中国金融业的代表，当时中国规模最大的金城银行，开始介入保险业。试图在国家内忧外患之际，为民族经济护航。先是于1929年在上海成立了"太平水火保险"，然后于1938年12月成立了"太平人寿保险"。

"八·一三"淞沪会战战场上爱国将士与侵略者展开生死较量的同

时，上海，太平保险总部，一次特殊的董事会也正在召开。一边是前方不断传来人员伤亡的消息，一边是民族金融家们正紧张地研判，筹划。战争，前线打的是武器、付出的是将士的生命，而后方打的是金融、工业、后勤保障。一番紧张的筹备后，1938 年 12 月，太平人寿保险公司正式诞生。

从太平人寿保险公司诞生的那一刻起，它就肩负起了为民族救亡图存的使命……

新中国成立后，太平保险股东经历了公私合营阶段、人民保险参股阶段，后来内地业务全部移交给中国人民保险公司，新的太平保险公司专营境外保险业务，总部设在香港，主要为侨胞服务、为新中国建设累积宝贵的外汇资金。

当中国加入 WTO 的脚步越来越近的时候，太平人寿保险公司的回归也提上了议事日程，并得到国家相关部门的大力支持。

一家诞生于民族危亡时期的保险公司，一家有近 50 年境外保险业务经验的保险公司，一家已走在回归路上的保险公司，但在内地保险市场，它还是一张白纸。

吴洪的爷爷当年参加过抗日，吴洪的父亲也是从部队转业到医院的医生。不知道这里面有没有内在的联系，当吴洪看完太平保险公司的历史资料之后，他心里对这家公司产生了一种连自己也说不清的特殊情感。

2001 年 12 月 30 日，经过一段时间的内心纠结，吴洪还是做出了一个决定：加入这家公司。

吴洪原来那家保险公司的领导张可，受命负责筹建太平人寿成都分公司（2005 年更名为四川分公司）并担任总经理。

是为了实现自己心底"改变行业形象，提升行业地位"的梦想？还是希望在一个全新的平台上实现"三高"目标，打造一支有信念的团队？也许都有，但又都很难说清楚。因为，无论怎样看，从经济利益的角度来说，吴洪选择新的公司，都意味着不小的损失。

熟悉保险行业的人都知道，保险行业的所有公司，佣金比例都是受到监管的，各公司几乎都一样。分配机制也受同一个"基本制度"管理，各公司也基本一样。要提高收益，唯一的办法就是不断提高业绩。

对给自己提供平台的原来的保险公司，吴洪始终有一种父母之邦的情感。所以，当他不舍地离开时，仅带走了最早跟着自己干的杜巧丽、陈瑛。但是，太平人寿"三高"理念的实施，在行业中产生了较大影响，吸引了不少优秀人才。后来，以前的同事艾英、简璞，也相继加入这个平台，成为吴洪团队的核心团队长。

多年后，当吴洪和他的战友们回顾起当年的选择时，终于明白，WTO 带来的保险业的变化是巨大的，当时提出在新的平台尝试实施"三高"理念，也是极具战略远见的。大势，任何个人都无法逆转和回避。

正如张可所说："我们选择的是自己的理想，选择的是中国保险业新的发展方向，是为了实现按自己的理念建立团队的保险人之梦。"

2002 年 1 月 4 日，太平人寿成都分公司正式成立。

布局与开局

随着加入 WTO 的临近，各国保险机构也纷纷布局巨大的中国市场。而有条件的国内机构，更是率先抢占市场的桥头堡。太平人寿正式回归中国内地之后，总部从香港迁回最初创立之地——上海。

回归之后，太平人寿第一阶段的战略重心放在哪里，是一个关键。不知是历史原因，还是偶然，太平人寿选择了四川、北京、上海、广州。

为什么会选择四川？

从历史来看，半个多世纪前，战争的炮火使本来就贫穷落后的中国遍体鳞伤，1938 年在淞沪会战的硝烟中成立的太平人寿，也未能幸免，其分布全国各地的 900 多家分支机构，许多都已"奄奄一息"。但唯有四川的分支机构，顽强挺住了。那是太平人寿不能忘却的充满悲壮感的一段历史。

从现实来看，四川是人口大省，如果四川的人寿保险业务发展得好，也是对四川人民的回报。

但是，当时四川的保险市场竞争已经很激烈了。除了"老三家"中国人寿保险、太平洋保险、平安保险之外，新华人寿、泰康人寿也已进入，都各自占有一定的市场份额，知名度也相对较高。

太平人寿尽管在 20 世纪 30 年代就已经成立，但沧海桑田，如今已经没有多少人记得它了。

尽管张可、吴洪等人一致认同"三高"理念，这也一直是他们前行的动力，但是，在市场操作上还面临不少问题，也不知放到市场中能否奏效。

从理念到实践，需要汗水来验证。

保险公司，收入是与业绩挂钩的，单单这一点，就可能把一些"高素质"的人挡在门外；新建团队，从内勤到营销，一切都需要磨合，这是提供"高品质"服务的关键；如果前两个条件都不具备，"高绩效"便无从谈起。

张可总经理领导的太平人寿四川团队，一开始，就面临一项极具挑战性的任务！

商场如战场，每一步决策，都需要精心谋划，之后才能排兵布阵、具体执行。稍有疏忽，就可能马失前蹄。好在太平人寿总部经验丰富，而分公司的领导层、业务层，都身经百战。一切都按照"三高"理念在推进，有板有眼。

首先，公司的办公地点选在了当时成都顶级的写字楼冠城广场，位于玉带桥，成都南北中轴线的北端。一是因为这里是市中心，处于能辐射各个市场端点的最佳位置；二是这是高端写字楼，既可显示公司的决心、实力，又可提升公司对团队和客户的影响力。

其次，必须组建"高素质"团队，所以公司在招聘、培训、制度规范方面，都有严格要求。只有优秀的团队才能吸引优秀的队员，这是团队建设的不二法则。创始团队的100多人，都是经过精挑细选才录用的。

最后，业绩是关键。营销是公司的命脉。特别是初创公司，这关系到团队信心，关系到队员收入的持续性。更重要的是，还关系到"三高"理念是否经得住市场检验。所以，对于"高绩效"，公司提出了更具体的目标：三倍于同行业绩。

2001 年，成都保险业务员的月平均业绩大约 3 000 元，三倍于同行业绩，意味着每人每月要做到 1 万元。

难道这群人有三头六臂？难道他们突然修炼出"绝世武功"？当"三倍于同行"业绩目标提出来之后，其他保险公司纷纷议论：

"太不可思议了，真的可能吗？"

"提出来容易，实现不了时，可能成为笑话哦！"

…………

吴洪团队，从来就是一个敢打硬仗的团队。此时，已经形成了以吴洪为团队长，以杜巧丽、陈瑛、简璞、艾英为核心的一支小型"舰队"，他们又各自带领自己的小团队。他们开始突破自己和实践"三高"理念的第一个具体目标是："达成万元"。

如何突破呢？

首先培训是关键。实践"三高"理念，达成万元目标，必须树立全新的业务观念、掌握先进的技术。这个阶段，成都分公司的个险业务负责人王胜江，对吴洪团队的成长，起到了关键性的作用。

王胜江，又高又胖，外号"司令"，在个险业务实践和人力培训方面，久经沙场。他几乎每周都要为业务团队做培训。一堂课下来，常常衣领被汗水湿透，声音也沙哑了。

其次是时间管理。销售从来都与时间有关，任何一个优秀的销售人员，都是时间管理高手。

公司重新调整时间安排，每天开晨会、做培训、进行团队辅导，然后为增员面试、展业，直到晚上六点才开例会。例会非常重要。会上，个险业务部负责人王胜江、总监文菊田对当天业务进行总结分析，并安排第二天的晨会及各项工作。例会开完时，常常已经满天星斗了。

团队中有一句话"向时间要效益"。身处内地的吴洪团队，无意间已经和市场改革的前沿深圳同步了。

当时，已收获爱情、怀有身孕的陈瑛放弃了休假，产前的一两个月仍然挺着大肚子在第一线带团队、做业务。这无形中给队员和客户带来了巨大的感召力。在一次总结时，陈瑛说："市场是有生命的，你在感受它，它也在感受你。无论多么严酷、冰冷的市场，只要你以饱满的、持续的热情对待它，奇迹总会出现。"

从小就经历过各种艰难的陈瑛，无意中用一句话，解开了销售的一大奥秘——市场是有生命的，而你的热情，就是让生命绽放的火花！

灵气秀丽的杜巧丽，这时也收获了爱情。男朋友英俊、体贴，在很多人眼中是"白马王子"。他在追求、等待杜巧丽的"马拉松式"的爱情之路上已经好多年了。晚上来接杜巧丽时，他常在外面等她开会，有时一等就是几个小时，干脆就睡在长凳上。为了实现杜巧丽团队"达成万元"的目标，连婚礼的酒席也取消了。杜巧丽，仍然以一个围棋手的思维对待爱情——只要本质，宁舍枝节。

简璞，这个工商管理专家式的销售精英，对"定律"有着天生的领悟力和遵从感。他的定律有"一生中必须有 7 张保单""1 万小时定律""一个客户背后的 120 个客户定律"等。他把这些定律也传递给了他的团队。

在简璞的办公室，至今还保留着一份特殊保单的复印件。他用镜框把它装裱起来，放在书架上。这是太平人寿在四川的第一份人寿保险业务保单。这笔业务是他做的。

艾英继续保持着她的科研精神、实践精神。"达成万元"的目标，对于她的团队来说是有一定难度的。但目标的意义在于，让人突破想象力的天花板。因此，这反而倒逼她去探索高端客户的保险需要，并已露出了成功的端倪。

吴洪呢，除了每天保持最好的精神状态展业之外，重点还放在管理层的带领上。他精心地制订工作计划、进行市场分析、确定营销策略。下午六点钟的例会，常常开到八九点钟，关键的时候，甚至持续到深夜。

保险公司团队长的核心业务是三大块：个人展业，就是个人开展业务；组织发展，就是增员和团队的辅导培训；日常管理，包括开晨会、例会，进行市场分析，制订营销方案等。

这个时候，吴洪的核心团队，已经开始呈现出"梦之队"的特点了。

吴洪是学体育出身的大学教师，兼具运动员、教师的特点，有优异的目标感、方向感、行动力和难得的组织融合力。时间，仿佛永远也不够用；事情，仿佛永远也做不完。2002 年 2 月，吴洪干脆从大学辞职，以全力以赴、破釜沉舟的决心投入一项新的事业中。

陈瑛是当年招来的"大学生兵"中的佼佼者，独特的成长经历使她具有强大的感染力，又通过努力，成了激励大师和业务高手。

简璞的行动力超强，既具有专业性和持久力，又具有良好的示范性和教学能力。

杜巧丽曾是少年围棋手，有财务专业背景，具有优异的布局天赋，又在团队组织发展中表现出精细、理性的特质。

艾英是业务加科研型人才，兼具培训大师和业务研究的潜力。

这些人奇妙地组合在一起，就已经构成了"三高"理念中的"高素质"元素。由他们组建和培育的团队，也具备这些特点。

研究吴洪团队，对企业的团队建设很有借鉴价值。

四川开局，"三倍于同行"业绩，当然并不容易实现。但优秀团队的创造力就是那么惊人！

"喂，您好，我是太平保险……"

"哪里呢？太平洋保险？"

"不是太平洋保险，是太平保险，少一个'洋'字，多50年历史……"

简璞回忆当时的情形时说，公司名称就是个大问题。因为太平洋保险早几年就开始在市场上做业务了，所以好多客户一接电话就问，你是不是太平洋保险。这当然是必须更正的。如何在最短的时间让人们记住这家新公司？于是大家想到了这句话，"少一个'洋'字，多50年历史"。效果非常好。一下子就把客户的注意力吸引了。这简洁的表述，达到了最佳的故事效果。

2002年年底，也就是太平人寿成都分公司成立一周年，奇迹出现了。第一个看似不可能完成的任务，居然完成了。太平人寿成都分公司总人数达到383人，"达成万元"目标实现，即人均每月完成1万元业绩。

这一现象级的事件，立即引起了行业和媒体的高度关注，也得到了监管部门的肯定，被称为"颠覆传统寿险营销模式"的太平寿险"四川现象"。这也为中国保险行业提供了新的可借鉴的案例。

至此，张可初步兑现了一年前对行业的承诺："新的探索成功了，对整个行业都有益处。"

再战成名："非典"时期的"逆商"

在吴洪团队队员的心中，2003 年是团队具有里程碑意义的一年。

由于业务和团队发展的需要，2003 年 3 月 4 日，太平人寿成都分公司成立了营业二区（2014 年营业二区建制升级为太平人寿成都市高新支公司）。吴洪担任营业二区总监，杜巧丽、陈瑛、简璞、艾英等是管理层核心。不久，营业三区成立，董维平担任总监。

经过一年的努力，吴洪团队获得了独立建制。这为团队自主经营和发展提供了平台，就是有了自主权，可以按自己的理念、思路去打造团队。对公司来说，裂变出新的机构，能产生业绩倍增效应。

这时，是春天，万物复苏，春回大地。

吴洪团队当时的"四虎上将"都是知识分子。商量之后，决定给新诞生的团队取一个名字。他们从《周易》中找到灵感，将团队命名为"泰阳"。"泰阳团队"从此产生。

《周易》中有"三阳开泰"的说法。"三阳"代表万物复苏，"泰"代表和平安定。他们希望自己的团队既能像春天一样生机勃勃，又能和平稳定地发展壮大。

然而，刚成立的"泰阳团队"很快就面临了一场考验。2003 年，一种传染性极强的疾病"非典"在中国大地肆虐。其来势凶猛，让人猝不及防。成都也未能幸免。料峭春寒中，人们纷纷戴起口罩，神情紧张，行色匆匆。不安与恐慌，笼罩在每个人的心头。

怎么办？保险业务怎么开展？保险团队能做些什么？该做些什么？疫情会怎样发展？更现实的问题是，业务量减少，收入下降，团队人员能否留得住？

针对"非典"时期的形势，吴洪与营业二区的管理层迅速展开讨论，不断汇总情况，商量办法。几次关键会议之后，吴洪团队确定了"在尊重科学、珍爱生命的前提下，积极作为，履行保险人的职责和使命"的方针，提出了一系列开展业务的办法。

"尊重科学，珍爱生命"，是一个基本态度。团队总共有130多人，按照惯例，每天会有晨会、夕会，属于人群聚集。于是他们适当调整，减少了晨会、夕会。同时，在办公场所做好灭菌消毒、发放中药预防汤剂、监测发热病例、讲解疾控预防知识等内勤保障工作。

这样的情形，让伙伴感受到家一样的温暖。

"积极作为"，就是积极履行保险人的职责。保险代理人，虽然说主要是推销保险和提供理赔服务，但在职业性质上，与消防员、救死扶伤的医生，又有本质上的统一性，都是在危难时让人们得到保障。吴洪和杜巧丽、陈瑛、简璞、艾英等，都很赞同这样的定位。他们后来说：

"这是我们内心的职责定位，所以我们应该这样做。我们希望客户能感受到，在困难的时候，太平保险和他们在一起！"

当然，从经营的角度来说，这也是人们保险意识被唤起的时机，人们比平时更需要保险。

随着疫情的加重，在外地出差的分公司总经理张可也不时打来电话：

"你们要化整为零，晨会和其他集体活动尽量在户外举行。"

吴洪也给队员们加油打气：

"我们平时都说要把保障送到千家万户，现在正是他们需要保障的时候。我们要想办法突破，在风险来临之前把保障送去!"

"非典"时期，人们都在讨论，什么药物有预防作用，哪种口罩的效果好。新闻媒体、医生也提出相关建议。一时间，预防性药品和防护产品纷纷缺货。

保险代理人有一个巨大的优势就是人脉资源广，成千上万的客户，做什么行业的都有。每一个保险代理人就是一个巨大的信息汇聚点。于是，他们充分发挥这种优势，迅速找到货源，然后赠送给客户。以前打电话和拜访时都是谈保险，但这时谈的都是怎样预防"非典"，并送上一些预防或防护物品。一份小小的关爱，在这样的特殊时刻，拉近了彼此的距离。

太平人寿的业务员们，戴着口罩，有的开车，有的骑车，有的赶公交，手里提着一大袋"非典"预防药品、防护口罩，成为当时保险行业的一大奇观……

许多客户多年后都还记得那些温馨的场面，也由此记住了这个特殊的保险公司。

"您好，我是太平人寿的。这是公司送给您的口罩和预防药品，是免费的!"然后业务员把物品从门缝递进去。

这次行动也成为团队成员成长过程中的宝贵经历。许多入行不久的业务员从内心认识到这份工作的价值和责任。

团队长吴洪这样总结这个阶段的意义:

"我们常说，成功是奋斗得来的;而'非典'时期让我们感受到，尊重也是奋斗得来的。"

"逆商"，再一次给团队注入了生命力，也再一次让团队散发出巨大的感召力。

当然，困难也同样存在。部分人员，也因为"非典"而"脱落"，特别是刚入行不久的队员。

陈瑛团队就面临过极其艰难的局面。2002年年底，她陆续招了一些大学毕业生，好不容易增员到180多人。"非典"时期，这些没有经过生活磨砺的大学生，因为对疫情的恐慌，最后竟然全部"脱落"了。

那一天，陈瑛接完最后一个队员的告别电话，站在空荡荡的办公室，看着窗外阴沉的天空，眼里噙满泪水。那时，这个性格顽强的女将，已经是一个几个月大的孩子的母亲了。她在心里反复重复着一句话：

"即使所有人都走了，我还会在这里，我一定在这里！"

…………

后来，随着全国疫情防控措施的实施，也随着天气逐渐转暖，疫情慢慢得到了控制。

2003年6月20日，北京小汤山医院最后18名患者出院。7月13日，全国无新增确诊病例和疑似病例，疫情基本结束。

…………

随着疫情结束，太平人寿成都分公司恢复了紧张的业务活动。

为了激励全体成员，也为了感谢在抗击"非典"中所有人的付出，公司决定，为当月业绩达到5 000元的业务员的母亲献上一束康乃馨。一共有400多人获得了这个机会。

业务员们来自天南地北，要把400多束鲜花送到他们母亲手里，是一项浩大的工程。但这又是一份重如千斤的礼物，必须送到。为了完成任务，内勤人员克服了巨大困难。他们利用一切可以调集到的亲戚、朋友资源，不计成本、不计报酬地把礼物送到。

　　一位业务员的母亲在新疆，一个遥远的西北小城。最后公司内勤求助一位在新疆的朋友，开车 200 多公里，硬是将鲜花送到了。当业务员的妈妈接过那束珍贵的花束时，热泪盈眶。

　　一位业务员的家在偏远山区，当地没有电话，山路崎岖。公司内勤托人在山里找了两天才找到。当这份礼物送到时，整个山村都感动了！

　　到公司不久的新业务员刘蓉，母亲去世得早，只有父亲，但父亲也在很远的外地打工。刘蓉的领导开着车和她一起，在工地上找到了她的父亲。当父亲和女儿在这样的场景相见时，两人的手拉在一起，心里说不出的喜悦和激动！

　　…………

　　一个有生命力的团队，和一个有生命力的人一样，总是能在逆境中爆发出惊人的力量。同样，逆境，也常常使一个团队产生更强的凝聚力！

　　…………

　　2003 年，是吴洪带领的营业二区成立的第一年，也是遭遇"非典"疫情的一年。但到 2003 年年底，团队人数由年初的 138 名增加到 293 名，团队业绩实现 1 553 万元，逆境中仍然保持正增长！

团队与团队文化

从最初的几个人，到几十个人，2003 年年底，发展到 293 人。

从转行进入保险行业，到营业二区成立，已经整整 7 年。

人们常说，3 岁看大，7 岁看老。2003 年，吴洪团队开始研究"团队长远发展的根基究竟是什么"。

保险代理人的工作主要分为两大部分：一是日常的保险销售和客户服务；二是组织发展，即组建团队。每一个业务成熟的保险代理人，都可以按照公司的规定去招聘新的成员，然后以"师徒制"培养新成员，并形成新的业务小组——最小的团队。同时，组织团队的人也享有小组的总业绩奖励。

这是保险公司的"基本制度"，规定了团队组织者的职责和利益分配原则，是西方保险业发展 300 多年以来形成的一套成熟有效、相对公平的制度。中国的保险业借鉴了这套制度体系，并按照这样的制度设计来组建团队。千万不要小看这一套制度。人类社会在很多方面的巨大发展，依靠的就是成功的制度设计。

如果说团队组建是一群人最初的汇集，只是第一步的话，那么，团队的成长、发展、存留，以及不断壮大，去实现一个又一个目标，才是关键。

经过七年在市场上的摸爬滚打，在团队打造上的辛勤耕耘，以吴洪为代表的管理层，包括杜巧丽、陈瑛、简璞、艾英等，越来越紧迫地感到，必须深度思考这样三个问题：

保险销售的核心竞争力究竟是什么？

如果核心竞争力是团队的话，我们应该建立怎样的团队？

什么才是团队持续正向发展的"灵魂"？

这个问题，看起来有点像苏格拉底的人生三大问，"我是谁，我来自哪里，我要到哪里去"。

一群保险业的"书生"，为什么会反复思考这些问题呢？

回想团队建设的这七年，身边的队员来来往往——有的离开了，有的留下了，有的得到了收获，找到了人生和事业的方向，有的呢，则反而在行业里受到了一些"伤害"……

展望未来，队员会越来越多，业务目标会越来越高，遇到的挑战也一定不会少。但是否也会像某些团队一样，昙花一现之后，留下一大堆问题和遗憾呢？

正如托尔斯泰在《安娜·卡列尼娜》里写道的："幸福的家庭总是相似的，而不幸的家庭则各有不同。"吴洪团队必须发掘成功团队的相似之处，即团队成长的共同基因、底层逻辑。

2003 年，营业二区成立之初，冠城广场的会议室里，吴洪团队管理层的头脑风暴会，从中午一直持续到深夜，主题是"团队和团队文化"。

吴洪的开朗包容，每次都能激发出大家的智慧。于是，七八位在保险行业有着多年工作经验的精英，像站在手术台前一样，剖析这个行业，剖析团队和团队文化的底层逻辑。

久经"沙场"的简璞，个人业绩一直很好，曾经创下"一年 314 单"的行业奇迹。他在会上提到了一些年轻队员初入行时遭到"伤害"的问题：

"年轻人刚入行时，凭的是一腔热情，但有的业务员没有进行过销售心理的辅导，被拒绝的次数多了，便不知道该如何应对，开始自我否定，产生受伤害的感觉。保险业本身就是多劳多得，如果收入一直不稳定，慢慢就坚持不下去了。我认为优秀的团队文化，应该帮助他们解决这些问题。其实，我们在这个行业多年也逐渐明白，保险业是一个专业性很强的行业，对从业者的综合素质，包括心理、文化、信念、意志、品质等，要求很高，并非每一个人都适合干这个行业。所以，未来的保险业将是专业人士从事的行业。这种专业人士必定受过优秀团队文化的洗礼。"

一位资深业务骨干谈到了他所在团队发生的一件事情：

"新业务员小马是一个性格开朗的大学应届毕业生。一天，她在玉带桥附近的小区进行陌生拜访。她挨家挨户敲门，一边把保险资料送给客户，一边讲解。有几家人还算比较客气，听完后说考虑考虑。当她再敲开一家人的门时，出来的是一个老婆婆。老人耳朵不好，可能没听明白她讲的是什么，楼道里也昏暗，老人也看不清她的面貌、表情，于是，老人一把抓住她的衣服，高声喊起来，保安，保安，快来啊，这里有一个卖保险的……小马措手不及，想辩解又怕引起误会，想挣脱又怕老人摔倒，结果保安赶上楼来，把她训斥了一顿，带走了。不久，小马离开了行业。因此，我觉得团队文化里，应该有温情，家一样的温情，能及时抚慰受挫的队员。"

艾英在保险业"真刀真枪"的实干中，更感到了团队文化对个人和团队的价值。2003 年，一本名为《共好》的图书出版了。作者是美国著名的管理咨询顾问肯·布兰佳（Ken Blanchard）。艾英便在会上分享了这本书带给她的启示：

"肯·布兰佳揭示了优秀团队的一个基本特点，就是'没有完美的个人，只有完美的团队'。团队文化应该告诉队员，没有一个个体是完美的，因此，即使遇到挫折，也不要有太大的挫败感。相反，应该从团队其他优秀队员的身上汲取力量。团队讲业绩，个人收入也靠业绩，这就难免产生竞争。看到其他人的业绩好，而自己业绩不佳的时候，难免会有压力，但如果换一种思维，就是同伴有好业绩，就会为你从事这个行业增添信心。我认为团队文化，应该帮助队员对身边的事物产生积极的看法和态度。"

陈瑛是从大学直接进入保险职场的，所以她对大学生队员既情有独钟，又深有了解。她说：

"大学毕业生没什么社会经验，人生观、价值观也还正形成中。他们有热情但不持久，遇到困难容易退缩。有时他们也容易对人、事产生怀疑。怀疑有时是好的，但常常怀疑，也容易迷失方向，使自己处于两难之中。团队文化如果能够用正心、正念来时时刻刻影响他们、感染他们，将会是对团队最大的帮助，同时也不会辜负这些年轻人的青春……"

一番讨论下来，大家收获多多。最后，吴洪在综合了大家的思路后，比较系统地谈出了他对团队和团队文化的思考：

"首先感谢大家，提出了很多关于团队和团队文化的思考。我也很受启发。从汉字结构来看，'团'，就是在一个范围、一个领域内的人（人才），这个范围可以理解为一个公司、一个单位等。'团'字四周，是一个界限划分，一种规范约束，说明是与其他范围的人有区别的。'队'，意味着有一定秩序，一定排列，一定方向。两个字组合起来，就构成'团队'。所以，我的理解是，团队，就是按一定规范和界限被组织起来，去实现某个目标的人群。这个人群最好是有'才'的人群。'才'，可以理解为才能、专业、学识，也可以理解为宝贵的品质。

"因此，人（人才）、规范、组织、目标，是团队的核心要素。否则就不是团队，而是团伙了，或者是一盘散沙了。

"有正确的目标，被有效地组织起来，去实现了目标的，就是成功的团队。有伟大的目标，并组织起来，去实现了这个目标的，就是伟大的团队。团队的核心是人，团队的方向是目标，团队的规范和组织是实现目标的必要手段。

"人是一个特殊的存在，人的活动也是最特殊的活动。既然团队的核心是人，那么，就必然要了解人的规律，人的思维和行为的规律。人思维和行为的基本规律是怎样的呢？第一层，是人的行为、行动；第二层，决定人的行为的，是人的思维和习惯；第三层，决定人的思维和习惯的，是价值观，也就是对是非、善恶、美丑的判断；第四层，决定人的价值观的，则是人最底层的信念。简单说，就是人的短期目标是由短期需求决定的，但长期目标则是由信念以及由此形成的价值观决定的。

"了解了人的思维和行为规律，就明白了团队文化是什么，要做些什么，怎么做了。套用一句最简单的话，团队文化就是'用正确的思想武装头脑'。这里的正确思想，包括信念、价值观、思维习惯和行为规范三个层面。

"用正确的思想武装头脑，影响团队每一个队员，使每个人乐于接受，这就是团队文化的具体表现。

"团队文化，如果仅仅是一个标签，一种时尚，那对一个完全靠实操存在的团队不但无益反而有害。团队文化，必须是一种生命，一种血液，才能真正帮助建立一个有效的团队，并让团队从优秀走向卓越。

"这就好比当年的革命队伍，目标很远大——建立新中国，但道路很艰难，过程很曲折。这个革命团队可以说是世界上最伟大的团队。他们是怎么做到的呢？就是用正确的思想武装头脑，用坚定的信念支撑行动。

"有正确的信念才能产生正确的思维，有正确的思维才能产生正确的行动，有正确的行动才能产生良好的习惯。这样，才能成就成功的事业和人生。"

至此，什么是团队文化，思路基本理清楚了。团队文化，就是一个团队的思想和精神。如果把团队比喻成一个人的身体的话，那么团队文化就是这个人的精神、灵魂、思维方式、做事习惯。建设团队文化，既是实现团队目标的需要，也是每个团队成员个体精神、个体技能成长的需要。

保险行业属于知识经济中人力密集型行业，最大的生产力是人，最宝贵的财富和核心竞争力也是人。保险行业的竞争优势，只能来源于个体和团队的整体素质，而个体和团队的整体素质，一定要有团队文化的熏陶和影响。

多年以后，当团队发展到七八千人，业绩增长到每年近十亿元时，他们回顾往事，更深切地意识到，那是一次弥足珍贵的讨论。

怎样打造团队文化

十多年后，当吴洪和他的团队取得了令人瞩目的成功之后，许多企业家客户、大学 MBA 班、行业高级培训会等，纷纷邀请他们分享团队经验。其中一个热门话题就是：如何打造团队和团队文化。

经过多年的实践和总结，在一次研讨会上，吴洪较为完整地阐述了他们打造团队和团队文化的观点和经验。相信这些观点和经验，对行业内外，都有一定的参考价值。

组建团队，人员的选择很重要

保险业是具有一定技术含量的行业，这种技术可以归类到知识经济的范畴。所以，我们在组建团队时，内勤要求大学二本以上，外勤要求大专以上。太平人寿成都分公司成立之初，负责人张可提出了"三高"理念——"高素质、高品质、高绩效"。高素质放在第一。这个顺序很重要。保险业实际上对从业人员的综合素质要求是比较高的。如果业务员对保险合同无法理解清楚，或者为了签单成功"耍心眼"，就可能出现问题。比如有意误导，夸大保险责任，夸大客户收益等等，客户一旦发现，感受就会很不好。再比如业务员为了签单，一味地催单、逼单，也会影响大众对保险的认可度。

保险这么好的东西，它是雪中送炭，是能帮助到人的，对家庭和社会都是有价值的。但为什么会有人对保险不理解，甚至误解呢？这与大众的保险意识有关。

所以，保险业务的开展过程，也是对大众保险意识的启蒙过程。如果业务员素质不高，就很难从专业角度给客户讲清楚，得到客户的尊重。

我们要找的，是价值观一致的人

这就涉及团队文化了。团队的是非标准是什么？团队的理想是什么？团队的从业初心是什么？

一个人能否得到客户和社会的尊重，与他所从事的行业关系并不大，而与他怎么去做事关系很大。假如做事情没有原则，人品不好，能力不强，无论做什么工作都很难得到尊重。

团队这么多人，每个人都有自己的判断、思维，怎么把大家引导到正确的方向上来呢，就需要团队文化了。团队文化的内容是什么呢？就是职业信念、是非标准、思维模式、行为规范等。一群有共同价值观、人生观的人走在一起，能应对遇到的各种问题。

优秀的团队，一定是有愿景的团队

在团队建设中，我记忆最深的一件事，是 2002 年刚到太平人寿的时候，张可总经理召集我们一帮原公司的老骨干开会，让我们每个人都谈谈对未来的想法，到底我们太平人寿要建成一个什么样的团队。张可总经理问我们的愿景是什么，我们说："成为投保人的首选，成为从业人员的首选。"

保险到哪里都可以买，别人为什么一定要选择太平人寿呢？保险公司天天都在招人，别人为什么要选择到太平人寿呢？

我们的愿景很清晰：打造一支行业"正规军"，一个"三高"团队。

最后我们要实现的目标是：提升行业地位，让保险代理人受到尊重。

团队文化，是团队的导向

只要建立了良好的团队文化，就可以以团队文化为导向，用团队文化树立标准，团队的所有问题都可以用团队文化来解决。

凡是有人群的地方，就会产生各种各样的分歧。处理这些分歧，可能是最耗时耗力的。但团队文化确立了，大家就容易凝聚起来了。无论怎么吵怎么闹，最后有一个标准在那里，彼此就容易包容接纳了。

究竟团队文化是什么呢？"文"是团队思想和理念的表达。团队倡导什么反对什么，团队追求什么放弃什么，就是团队的思想。团队思想可以用各种喜闻乐见、易于理解的形式来展现。"化"则是让每个人接受思想的过程。不同的团队有不同的文化，有的公司的人成天都在打麻将，那么麻将文化就是这个团队的团队文化。

我们的团队，注重培养队员良好的行为规范和思维习惯，树立正确的信念，在正确信念的基础上形成正确的价值观，这些最终都会体现在行为上。

团队文化建设的误区

团队文化，实质上也是团队的经营哲学，是团队的共同信念、思维模式、是非标准、行为规范。

团队文化建设存在几个误区：一是团队形成之前，就开始建设团队文化，这会脱离实际；二是只有口号，没有清晰的阐述和解读；三是没有持续地推动和具体落实。

一个内外不一致的人，很难长期"装"下去。同样，一个内外不一致的团队，也很难长期发展壮大。内是指文化，外是指行为。

团队文化就像人的思维、精神。如果没有这些，仅仅是四肢发达，怎么打胜仗呢？

有人对"团队文化"不屑一顾，认为这是虚头巴脑的东西，花时间，影响效率。但我们认为，打造优秀的团队文化，从整体和个体来讲，都恰恰是最能提高效率的，特别是在以人为主要生产力的行业。

军队、学校、家庭

在有了多年的行业经验并经过思考后，我们团队决定这样表述我们的团队文化：军队、学校、家庭。

我们最初提出的顺序是"家庭、学校、军队"，向张可总经理征求意见的时候，他改成了"军队、学校、家庭"。这个顺序的变化其实很有意思。他认为，首先团队是一个工作团队，是为实现企业目标建立的。只有能打胜仗的军队，才算得上是一个成功的团队，所以"军队"应该放在第一。并且，军队是最讲是非观、价值观的，它决定了军队的性质。其次，保险业是一个专业性很强、对从业者综合素质要求很高的行业，需要像在学校一样不断学习、培训、彼此借鉴，所以"学校"放在第二位。最后，这是一个面对各种市场挑战的行业，需要有像家庭一样的氛围，大家才能彼此包容、激励、关心，同时我们工作的目的也是为了家庭。

一个顺序的调整，体现出领导层对团队文化有了更清晰的思路。

具体的阐述是：

"我们是军队——纪律严明，作风顽强，达成万元，责无旁贷；我们是学校——谦逊好学，专业进取；我们是家庭——团结和睦，亲如一家。"

我们是军队，说明我们团队是有纪律的，令行禁止。"达成万元"是具体目标。2003 年的时候，业务员每月做 1 万元的保费是很高的了。后来业务好做了，"达成万元"的内涵则提升为收入上万元，而不是业绩上万元了。有时，业务员为了一单业务争来争去，很影响士气和氛围。这时，就来讲讲我们的团队文化，大家很认同。

建设团队文化，对一些企业来说，可能是一种品牌需要，一种营销需要。但吴洪团队的管理层不这么认为。杜巧丽、陈瑛、简璞、艾英等，他们看到了团队文化一天一天、一年一年在实际工作中解决了很多问题。特别是团队出现思想问题、方向问题，出现矛盾时，他们就能更深地体会到团队文化是任何成功团队发展的内核。

营业二区当时提出这些"有点务虚"的举措，实际上是团队发展迈出了关键性的一步。这对吴洪个人来讲，则可能是他从事保险业、走上领导岗位以来，管理理念和经营思想的一次飞跃！

一位科学家带来的"行业使命"

17 世纪的欧洲，在人类文明史上写下了辉煌灿烂的一页。在这个被史学家称为"科学革命"的时代，涌现出了许多杰出人物。哈雷就是其中之一。

埃德蒙·哈雷（Edmond Halley）是英国的天文学家、地理学家、数学家、气象学家和物理学家。他 22 岁时，编制了第一个南天星表，弥补了天文学界原来只有北天星表的不足。他利用牛顿定律推算一颗彗星的运行轨道，并正确预言了这颗彗星的回归。后来这颗彗星被命名为"哈雷彗星"。

正是这位哈雷，利用德国人卜斯波对德国布雷斯劳市 1687—1691 年的居民死亡记录，统计出不同年龄段的死亡人数，计算不同年龄段的死亡概率，编制了"哈雷生命表"。哈雷生命表为以后的保险行业计算寿险费率奠定了坚实的统计学基础。

通俗地说，个体的人会什么时候死亡，会因为什么原因死亡，这是完全不确定的，谁也无法预测。但是对于一群人来说，在没有重大突发性灾害的前提下，不同年龄段的死亡率，却可以统计计算出来，具有稳定的统计学规律。用今天的话来说，就是哈雷用大数据分析的方法，找到了人类生命的"时间密码"。

怎么把这一成果运用到寿险行业的呢？

既然不同年龄段人群的死亡率是稳定的，那么当一个特定年龄的人投保时，就可以大致估算出他的剩余寿命，从而算出他所交保费与应得赔付的合理值，即保额。

这样，那些希望自己在生命结束时还能为家人留一笔钱，保障家人有一个稳定生活来源的人，就可以通过提前投保的方式来实现这一愿望。

养老保险、重疾险、身故险等，不同年龄投保时的保费是不一样的，保险公司相应要支付的保额也是不一样的。

举例来说，假如一个30岁的男性，购买了一份保障期限到60岁的寿险（定期寿险），保费每年2 900元，那么，到他60岁时，一共交了8.7万元。假如他在60岁时身故，他的家人会得到多少保额呢？如果约定保额是100万元的话，他的家人就会得到100万元。

也许人们会问：那这些高出保费这么多的赔付额，从哪里来的呢？人人都要赔付的话，保险公司不是就得亏本、破产了吗？

当然不会——如果60岁时他依然健在，其所交保费便不会退还。保险公司一是会用这部分保费赔付给不幸身故的人，二是这些资金就是利润或作为运营成本。这实际上就是分摊风险。

再比如一个人（假如投保时30岁），投了一大笔保费（假如1 000万元），保额也相应很高（假如2亿元），保障条件是定期寿险，就是到60岁。如果60岁身故的话，保险公司就得支付2亿元。如果60岁还健在，保险公司就不赔，并且他交的1 000万元保费也不退还。

那对投保人来说，是不是亏了呢？当然不是！如果他活过了60岁，他赚到的是生命时间。如果他身故了，他的家人就可以获得2亿元的赔付。

这里面的本质，和上文讲到的海上货船的保险是一样的。遇到风浪，货物不幸被抛到海里的货主，会得到其他货物没有损失的幸运货主的补偿。

哈雷生命表的重大意义在于把原本不可知的人的生命存活概率，变得可知了。它为保险公司提供了一套科学的数理依据。

家庭的未来风险，是可以控制和防范的，通过保险业。

个人对家庭成员的爱和责任，是可以延续的，通过保险业。

…………

如果一个人是家庭的经济支柱，上有老下有小，突然发生了不幸——这是谁也无法预测的——但他之前投了定期寿险（生命时间），此时他的家人就可以获得一大笔赔付。相当于他通过保险公司来继续履行他对家庭的责任。这就是人寿保险的意义。

那么，这与吴洪团队的团队文化有什么关系呢？与团队文化中的信念、使命有什么关系呢？

保险团队的使命，就是运用保险这门科学，帮助人们进行财富规划，实现风险保障，履行家庭责任。

曾经是大学教师的吴洪，以及团队中的杜巧丽、陈瑛、简璞、艾英，后来的王玉聪等，都看到了寿险对一个生命、一个家庭的意义。寿险能提升人们的幸福感、安全感，它是一份寄托，能延续投保人对其家庭的责任和爱。

这就是他们的信念，他们的文化。

吴洪曾研究过日本人的企业组织现象。他说：

"日本的百年老店有几万家。日本出了个'保险之神'，叫原一平。还有一个'寿司之神'叫小野二郎。他们在一个行业里一干就是几十年。'寿司之神'90多岁了都还在做。世界各地的人都想尝尝他做的寿司，但得提前很久预定才行。一件事持续做几十年，怎么也会做到登峰造极的。

"一个朋友常说，你兴趣爱好广泛也好，聪明也好，这样也会那样也会也好，都不可怕。人生只有几十年时间，做不了太多的事情。但有一种人，一生只做一件事的人，这样的人才叫'恐怖'……"

简璞曾说："保险服务总是要靠人来完成的。没有哪一个客户喜欢不断换人，因为换一次人就要重新建立信任感。保险业务员中途走了之后，客户的服务多少都会受到影响。所以，我希望我的团队能持续几十年地去服务他们的客户。我们常说，怀疑是最大的成本。能够作为信念的东西，已经验证了几百年的东西，逻辑上也是经得起推敲的东西，剩下的就是相信，然后就去坚持做下去了。"

杜巧丽也谈了类似的观点："我现在常常半开玩笑半认真地对客户说，我们之间必须建立良好的关系，你必须喜欢我，你也必须支持我。对不对？你不喜欢我，你会很痛苦。你想啊，我要为你服务一辈子，你不喜欢我，你就很难过。对不对？然后你还要对我好。怎么对我好呢？就是你把你的朋友也介绍给我，让我通过保险这门科学去照顾他们，让保险帮助了你，也帮助到你的朋友……他们觉得我这样挺有趣的，也就很愿意帮我了。"

信念是什么？相信许多人都觉得这个东西很虚。但吴洪团队最初的"打造一支行业正规军""成为客户首选""成为从业首选"的梦想，恰恰就是从信念开始的。

"正规军"解密

任何行业，都会有各种各样的问题。出现问题时，常常也是考验团队文化，检验团队的是非标准的时候。是随大流呢？还是按照团队文化的标准来解决问题？

在保险行业，有时业务员为了竞争，也会做出一些违反规定的事，比如夸大其词，"代签名"，"返佣"等。

"代签名"，就是为了方便，保险合同签名时，该客户签名的，业务员说"我帮你签了就算数"，或者说"你找一个家里人代签一下就行了"，这影响了契约的合法性，留下了隐患。

"返佣"，是指一些业务员为了"抢单"或者经不住客户的软拖硬磨，在签单后把自己的佣金拿出一部分来，返给客户。佣金，是保险业务员的业绩提成，实际上是保险公司以佣金的方式付给业务员的报酬。

21世纪初的商业环境中，许多行业或多或少都有"返点""吃回扣"的现象，这也同样影响到保险业。一笔业务，如果没有"返点"或者"回扣"，业务员就会被看作"不懂事"。实际上，这种商业氛围是极其有害的，一是会滋生腐败，二是会影响到产品和服务的质量。

"返佣"现象一旦流行起来，势必会发展到"返佣"比例的竞争，相当于"价格战"，这会大大影响业务员的收入和行业信誉。本来是一项带着爱心、责任去帮助人渡过危难的事业，却在这样的风气中有些"变味"了。

吴洪团队的管理层还敏锐地看到，"返佣"现象对其他业务员来说是不公平的，是对同行的不尊重。就好比排队买票，插队的人节省了时间，但对排队的人来说既不公平又不尊重。

更大的问题是对行业的伤害，客户会对保险业产生更多的怀疑和误解。

于是，吴洪团队明令禁止这类行为。一旦发现，严厉处罚。

但是，不返佣，展业又有一定的难度。

陈瑛当时的一个大客户，保费上千万元，但一定要求返佣，否则就不做。最后陈瑛还是顶住了，坚持不返佣。客户换了其他机构。

这一问题使吴洪开始思考：如何既能杜绝返佣，又能提升客户的获得感？怎样做到与客户之间不是彼此伤害，而是彼此成全？于是吴洪另辟蹊径，比如优化服务，为客户企业做一些免费培训，为客户争取一些高质量的学习机会等等。

他们这样坚持了十多年。事实证明，不返佣，不但提升了业务员的专业素质，而且提高了客户对保险行业的认同感。其实，客户更看重的是保险的真正价值和后期服务。

待条件更成熟的时候，公司专门与西南财经大学联办了"太平光华管理研修班"，为客户提供更好更多的学习机会。许多客户都把这种学习机会当作荣誉，这已远远超过了返佣的吸引力了。

不返佣，承受了压力，但创新了展业方式，也为行业做出了贡献。

不代签名，使业务员的操作规范化、专业化。

要打造一支"正规军"，一方面要摒弃行业陋习，树立团队价值标准、行为规范；另一方面，则要不断寻找高素质的人才，为团队输送新鲜血液。

杜巧丽，曾经的优秀少年围棋手、刻板的财务人员，后来成长为性格开朗、有敏锐洞察力的组织发展高手。她在谈到一直沿用至今的人力选择经验时，"揭秘"了吴洪团队独特的选人方法：

从兴趣爱好，看一个人的生活状态

我们面试会设置很多问题。比如说我们会问他兴趣爱好是什么。了解他的兴趣爱好，就可以了解他是不是有趣的人，身边有没有一帮朋友。如果有人告诉你，我没什么兴趣爱好，那就要注意，他的人际交往能力可能不够。

喜欢看看书，听听音乐，谁都可以这么说。我们不把这些看成兴趣爱好。我们所说的兴趣爱好是，比如喜不喜欢户外运动啊，或者说你有什么特殊的技能，比如打篮球、打羽毛球、爬山、跑步等。在回答这些问题的过程中，你才能感觉到，对方的生活状态是积极阳光的，还是相对沉闷的。

回顾过往，看一个人的内心状态

我们还会问他一些问题，比如你是否有成功的经历，能不能给我们描述一下你人生最精彩的一件事情等。我们之所以会问这些问题，是想了解他的过去，看他是不是一个一直在追求正向积极生活的人。再比如让他讲述曾经克服过什么困难，或者拿过什么奖项。如果这个人没经历过困难，或者没得过任何奖励，那么在遇到困难时，他可能会缺少坚持下来的韧性。

当然，我们也不是不接纳失败过的人，有时反而会看重这种人。有过失败经历的人，我们会关注他怎么总结自己的失败，是主要归于内因，还是主要归于外因。归于外因的，我们一般不会选择。

陈述优缺点，看一个人的价值观

我们还会让对方评价自己：你有哪些优点，有哪些缺点，举例说明。听完他的讲述，基本上你对这个人的价值观就会有一个评判了。让对方举例，是为了了解对方是否具有基本的是非判断能力。

可造之才，尽量培养

当然，人无完人。我们也是这样的。对于一些人，在跟他聊了之后，如果发现有不足，但他听得进意见，我们还是会去培养。听不进意见的，那就只好算了。毕竟我们首先是工作团队，然后才是"学校""家庭"。

…………

杜巧丽所说的，实际是一个行业人才选择与个人职业规划的问题。这个问题体现了团队建设的科学性，即选择合适的人去做适合的事。再就是一个优秀的团队，成员必须具有哪些共同的特点，以及招聘时怎么去发现这些特点。

挺住就是一切：山腰意识

要建立一支行业"正规军"当然并不容易。除了团队文化的引领，还要有技能技术的培训。此外，还要应对同行"挖人"，这在保险行业中被称为"挖角"。

你的队伍培养得好，业务员业绩高，当然会引起同行的关注。特别是当竞争加剧的时候，最好的办法就是"高薪挖人"。

时间进入2004年、2005年，当时成都保险业又相继进入四家公司。成熟的人力资源成为各家公司都急需的人才。于是，一场"挖角"大战开始了。

既然是"挖角"，开出的条件必然不错。有的公司对成熟的业务骨干，开出的条件也确实诱人：一次性给40万元，到岗就任部门经理。40万元，在当时的成都，买车买房都不是问题了。这种条件对谁来说，都是不小的诱惑。于是吴洪团队里很多人都动心了。

一场暴风雨眼看就要来了。不，暴风雨已经到来！

吴洪和他的管理层们，这时，最大的希望就是，挺住！挺住！正如奥地利诗人里尔克（Rainer Maria Rilke）的一句名言，"有何胜利可言？挺住就是一切"①。

如果说禁止"返佣""代签名"是顶住了行业陋习的考验，那么现

---

① 出自里尔克《祭沃尔夫·卡尔克罗伊德伯爵》。

在则是要经历行业人才流失的考验。

人才流失对一个保险团队来说，是巨大的灾难。一种不好的预感涌上吴洪及团队其他管理者的心头。强壮的吴洪，开始常常从梦中惊醒。

这时的太平人寿成都分公司领导层，也意识到这是一个"生死攸关"的时刻。

一方面，召开紧急会议，要求各营业区总监，除了稳定好自己的直属团队，还必须帮助各主管稳定各个小团队。另一方面，积极应对，通过组织外出旅游、户外拓展等，发挥团队文化的作用，避开一段时间和空间。这在战术上叫作"积极防御"。

然而，诱惑是巨大的，动摇也是不可避免的。

突然有一天，团队正要组织外出旅游，许多人的电话打不通了！甚至有一个小组全体失联。难道集体"哗变"了?!管理层再次召开紧急会议。这一次，吴洪甚至还担心，会有多少人来开会。

2004年的夏天，成都热得地面温度高达40度。吴洪焦急地盯着会议室的大门，头上直冒汗。当看到当年和自己一起打拼的伙伴们一个接着一个，准时地出现在门口时，他甚至有一种马上冲上去、一一拥抱他们的冲动。这感觉太好了！这说明最核心的战斗队伍，依然坚定地站在一起。

一股坚定的信念的力量油然而生。

大家迅速汇总情况，查看各自的团队中哪些人动摇了，也汇集各种情报，看对手公司对哪些人正在采取"措施"……

在保险行业，培养一个成熟的业务员，团队和师傅要付出很大的精力，更何况业务骨干，甚至主管。

陈瑛团队的问题比较严重。因为前段时间她生孩子，团队就交给一位刚培养起来的高级经理带领。结果等她休完两个月产假回来，发现 30 多人的队伍，只剩下七八个人了。更严重的是，那位高级经理也走了，去新的公司担任总监了。怎么办？

留下来的七八个队员中，也出现了不稳定的情况。其中一位，对方开出了每月 5 000 元底薪的条件，但他还在犹豫。吴洪迅速联系他，但已经找不到人了。电话打不通，家里没人。最后，吴洪在他家里一直等到深夜 1 点多，他才回来。

于是吴洪、陈瑛等，轮流和这位队员沟通。谈公司未来的前景，谈目前"挖人"大战的实质，谈大家共同的梦想。

一直谈到天快亮，窗外的天空露出鱼肚白时，这位队员才想明白，决定留下！

这是一次艰难的沟通，只能以情动人，以理服人。不能用利益诱惑，不能与"挖人"公司拼着去开条件。

多年后，这位在团队已经发展得很好的队员，回忆起当时的情形时说：

"我真的一生都要感谢我的领导们。没有他们，我可能早就不在这个行业干了，更不可能有今天的发展。"

团队外出旅游虽然最后没有成行，但户外拓展培训，还是一次接一次地搞起来了。户外拓展有个好处，一是把大家从那种"挖人"天天约谈的氛围中拉出来，二是可以增强团队的凝聚力、信任感。

户外拓展的空闲时间，吴洪就给大家讲中国当代史，特别是三年困难时期的历史。那时中国与苏联之间的关系出现了裂痕，新中国面临了很大的困难。苏联撤走所有的专家后，中国人自力更生建立起了民用工业、军事工业，并成功发射"两弹一星"……年轻人喜欢听他讲历史，因为在这些历史中，他们能隐约找到自己人生的坐标系和参照物。

一天，在崇州的一个基地，夏天的空气特别清新，吴洪正带着一个团队开展拓展活动。吴洪当过体育老师，任何活动他都身先士卒。在做高空独木桥项目时，吴洪突然感到一阵眩晕，从桥上摔了下来。惊呼的队员们赶紧过来查看，迅速把他送到医院，结果他断了两根肋骨。那时他已经40多岁了，恢复起来比较慢。但没过多久，绑着绷带的吴洪，居然又出现在队员面前，空闲时仍给他们讲历史故事。看到这些，很多当时还在"挖角"诱惑中犹豫的队员，实在不忍离开，也就安心留下了。

经过一段时间的稳定，这场暴风雨也渐渐接近尾声。

对于极少数仍在犹豫的队员，总经理张可在汇总各方面情况后，得出一个结论：既然大家的目标是打造"三高"团队，团队文化是"军队、学校、家庭"，是要建立一支有信念的队伍，那么这也是一个人员筛选的自然过程。在一项事业的发展中，总会遇到"道不同不相为谋"的人。对于那些还在犹豫的，建议最后再面谈一次，开诚布公，只要对方想走，就两个字：礼送！

回忆起这段经历，吴洪说：

"张可总经理那段时间常常给我们讲'山腰意识'。就是登山的时候，如果遇到暴风雨，该怎么办？许多人想到的是赶快下山。但是正确的做法是，继续向山顶跑。向山顶跑，固然风雨很大，但不至于威胁生命。向山下跑呢？风雨其实一点没有变小，但泥石流、山洪等，却可能要了命。"

其实，这里面有一种寓意。向正确的方向走，一定会遇到各种困难。如果这个时候选择放弃，倒是暂时舒服了，但失去的可能是人生最有价值的东西。

这些经历，更让吴洪他们意识到了团队文化的重要性。必须是一支有信念的队伍，才可能去实现宏大的目标。经历这些后，吴洪团队的管理层更加成熟了。

2004 年，吴洪团队培养了 7 位高峰会①会员，太平人寿成都分公司个人业绩前 10 名中，4 名来自这个团队。

2005 年，吴洪带领的营业二区团队，创造了中国（不含港澳台地区）个人寿险最高保额 5 039 万元的纪录。该事件被太平人寿评为当年"十大最具影响力事件"。团队还培养了全系统第一位百万标保精英②，9 位高峰会会员。

---

① 高峰会：中国个险高峰会的简称，是个险从业精英的一个行业组织，只有业绩特别突出的行业精英才能加入。

② 百万标保精英：指当年标准保险保费达到一百万元的保险精英。

从职业、事业到信念

2005 年，也是汪群进入保险行业的第四个年头。这年秋天，发生了一件令她终生难忘的事。

深秋，从成都到攀枝花的公路上，一辆黑色的奥迪轿车正在飞快行驶。汪群的客户，40 岁左右的 T 先生坐在副驾位置。T 先生以前在一家会计师事务所工作，两三年前从单位离职，来到了一个集团公司。

天渐渐暗下来，公路两旁，连绵的群山迅速从车窗往后退去，薄雾渐起。显然，奥迪车的性能不错，司机一点也没有减速的意思。前面一辆满载货物的大卡车慢慢吞吞地跑着。奥迪车打了几次远光灯，鸣了几次喇叭，大卡车还是慢慢吞吞。奥迪车一轰油门，试图从右边超过去，但大卡车好像后面长了"眼睛"，一看到奥迪车很近了，就加速。奥迪车超了好几次都没有成功。奥迪车再一次加速，飞快超过去……然而，就在一瞬间，满载货物的大卡车突然变道，并减速下来，奥迪车硬生生撞在了大卡车的尾部。司机和 T 先生当场死亡。

成都，第二天，汪群正去公司上班的路上，电话响了。电话一接通，T 先生的妻子泣不成声。

保险代理人最怕接到的是客户带着哭腔的电话，因为那可能意味着，一场不幸已经发生了。

"汪老师啊……呜呜……我该怎么办啊……他走了，老二才生下来几天……老大又有肾衰……呜呜……"

"Z姐，你先别太难过，慢慢说，一定要稳住，莫伤到身体。相信天无绝人之路。我马上赶过来，你别着急。"

T先生是汪群的保险客户，他妻子在学校教书。他们大的孩子才几岁就得了肾功能衰竭，因此，计划生育部门给他们特批了二孩指标。然而，第二个孩子刚出生才几天，意外就发生了。

T先生最开始买了一份商业保险，保险费用由他原来工作的会计师事务所支付。后来他到集团公司上班后，T先生的妻子觉得，有集团公司买的社保，商业保险就没必要买了。汪群反复给他妻子讲，社保和商业保险并不冲突，在遇到特殊情况时，商业保险的赔付可能要高得多。汪群还专门开车到她家里，给她解释商业保险的价值，但她还是半信半疑。当天，汪群还将T先生的妻子带到成都市社保局，向社保局工作人员详细咨询了社保和商业保险的区别。咨询完后，T先生的妻子才续交了保费。那时人们的保险意识普遍不高，甚至觉得买一份保险，就已经是给业务员很大的面子了。

突如其来的悲剧发生后，T先生的妻子赶紧给汪群打了电话。

接下来的几天，汪群陪着T先生的妻子把后事办完，然后就到公司办理赔手续。因为突然的变故，一家人都陷入悲痛和绝望中，理赔的各种资料都是汪群自己开车去T先生家里取回来的。最后，太平人寿快速结案，赔付保额40多万元。

还在月子里的T先生的妻子，在电话里听到汪群说赔付额有40多万元时，感动得说不出话来。

几天后，她专门包了一辆车，带着8岁的孩子和没满月的婴儿，还有近70岁的婆婆，一起来到太平人寿所在的冠城广场，接过现金支票，然后把钱从工行取出来存在自己建行的账户上，弄完已经是上午11点多钟了。汪群正要送他们上车，突然，就在车水马龙的街道边上，一家人，包括近 70 岁的婆婆，向汪群跪了下来！那时还年轻的汪群，不知所措，也"咚"的一声跪在他们面前。

来来往往的人看到这一幕，不知道发生了什么，一下子围了过来……

这笔钱，对 T 先生妻子一家，可真是起到了雪中送炭的作用。那时她正按揭买了一套房子，每月要付房贷，而两个孩子，老大一直要透析，老二还在嗷嗷待哺，婆婆已近 70 岁了……

后来汪群回忆说：

"那次经历之后，我开始重新认识自己的职业。从未有过的使命感，就在跪下去的那一瞬间，产生了。我以前更多的是凭理性、凭数据、凭思维和习惯在做事，但那一次后，我开始从家庭和信仰的角度来看待这份职业了。"

汪　群

保险代理是份愉快的工作

在大学，汪群学的专业是国际金融，毕业后在证券公司工作。有一段时间她被分到期货部做外盘①。有了这次"高压力"的经历之后，进入保险行业，她觉得保险代理工作，简直就是轻松加愉快！

证券行业不确定因素太多了，但保险行业则不同。

汪群说："保险这个行业是能够带来幸福感的。对于客户来说，买了保险，如果没有遇到风险，就是幸运的；如果遇到风险，就会得到保障。"

"拜访客户，即使短期没有签单成功，也可能和客户成了朋友。时间一长，随着自己保险专业技能的提升、心态的调整，随着客户的经济条件、风险意识的改变，合作成交只是早晚的事。把保险理念带给客户，他就会朝那个方面去想，毕竟这关系到客户的切身利益。"

刚进入太平人寿时，汪群对保险的认知是"白板"。但汪群是个非常执着的人，认定要做一件事，就会拼尽全力。不管状态好不好，她都会把自己"丢"在团队里。幸运的是，汪群进入了吴洪带领的营业二区。团队文化对汪群起到了至关重要的作用。

汪群说："吴洪是一个具有正向影响力的团队长。他上进好学，胸怀宽广，格局远大，是一位视保险为生命的领导。他'手把手'把我带出来。每当工作中遇到瓶颈、迷失方向的时候，他总能给我指明方向。

"慢慢地，我也受到了他的影响，养成了做事果断、专注的习惯。只要每个月定了目标，就会尽全力去达成。即使被客户拒绝，也只当是下雨天淋了几滴小雨而已，很快就雨过天晴，阳光明媚了。"

---

① 外盘期货：中国大陆以外的期货交易。以美国、英国等国家的交易所内的产品为常见交易期货合约。

把保险当成生命和信仰

汪群 2001 年 12 月底进入保险公司，从试用业务员开始，一步步走来，现已成为太平高新的一名区域总监，带领一支近 400 人的团队。团队中的高级经理 10 多年来一直都和她在一起。有些队员，到汪群团队时很年轻，在汪群的指导下，工作一两年后，就晋升为高级经理。

汪群摸索出一套独特而行之有效的培训团队的方法——"捋顺法"。

汪群说，新人来到团队，我要做的第一件事情，就是让他们静下来，把即将要从事的事业想清楚、搞明白，一条一条地"捋顺"。

职业生涯规划是"捋顺法"中很重要的板块。汪群用富兰克林法则，让队员把利弊分析清楚。这个职业给你的最大好处是什么，让你感受成长、有成就感的有哪些事，把它们写下来。

这样，未来 20 年、30 年的职业生涯规划就出来了。

汪群说，把这些东西彻底弄清楚，目标就清楚了，人就安静下来，遇到困难也就可以面对了。

"教练思维面谈法"是"捋顺法"的另一个关键。团队长和团队队员的关系，就像教练员与运动员一样，成绩是由运动员取得的，但教练的辅助指导和训练方法同样重要。汪群的"教练思维面谈法"就是经常和队员沟通面谈。

面谈分两步：

第一，确定精准目标，回答五个问题：你的短期、中期、长期目标是什么？什么条件下你可以实现你的目标？假如这些目标都实现了，能给你带来什么？你觉得你达成目标的可能性有多大？你打算什么时候达成目标？

第二，理清现状，回答五个问题：你现在的状况是什么样的？你达成短期、中期、长期目标最大的障碍是什么？你达成短期、中期、长期目标最欠缺的资源是什么？你达成短期、中期、长期目标具备的优势有哪些？通过这样的沟通你发现了什么？

汪群说，沟通面谈要达到的目的是让队员深入分析自己，发现自身的问题，对自己的工作有清楚的认知，对保险业有深层次的理解，对工作产生敬畏心，激发自身对保险职业的热爱。

汪群经常问队员："你的船、你的海在哪里？

"茫茫的大海就是你的人生，人生的目标就是从 A 点到 B 点。那从 A 点到 B 点就需要选择一艘船，船就是你的事业。你将选择怎样的一艘船？是一艘小船，还是一艘大船？

"如果你已经找到了你的船，在船上了，你再定位'职业锚'。你把自己定位为船长还是船员？如果是船员，那么你希望做一个怎样的船员？做多久？什么时候准备做大副或者船长？如果你是船长，那么你希望做什么样的船长？

"你选择成为一名船员，没有问题。这不需要付出太多精力，也可以不承担太大责任，但可能会有一些遗憾，因为船要去的地方，不一定是你想要去的地方。如果做船长，就一定要付出更多的时间和精力，承担更大的责任。"

当队员们的工作遭遇挫折时，汪群告诉他们"哪有天空不下雨，哪有眼睛不流泪，哪有心灵不受伤，哪有做事不辛苦"。她要让队员明白，挫折是工作不可分割的一部分，只要工作就一定会遇到挫折，要坦然面对挫折。

汪群告诫年轻人，一定要把思路梳理清楚，要常常问自己三个问题：

我们想做什么？我们能做什么？我们为什么而做？

在太平人寿，汪群已经"修炼"得从容不迫。在帮助队员取得成就时，在给身边的亲人、朋友或者客户带去无数份保障时，在看到客户遇到风险而得到保额时，在客户需要帮助而自己能够帮助时，汪群都觉得无比欣慰。

把信送给加西亚

美国崇尚个人英雄主义，但同时又把团队与组织研究得很透彻。一本畅销百年的书——《把信送给加西亚》，便是一个例证。

1898 年，"美西战争"爆发，美国以西班牙武装镇压古巴反对势力，造成人道主义危机为由，在古巴与西班牙开战。

战争之初，由于古巴极其复杂的丛林地形地貌，美国只有尽快与反抗军首领，一个名叫加西亚的人取得联系，才有可能获胜。但加西亚在古巴丛林的深处，没有人知道确切的地点。怎么才能找到他，并把美国总统的一封信送给他呢？总统幕僚中有人推荐了一个叫"罗文"的人，认为只有他可能找到加西亚。罗文拿了信，把它装进一个油布袋里，封好，挂在胸口，划着一艘小船出发了。三个星期后，他徒步走进了危机四伏的丛林，成功地把那封信交到了加西亚手中。

故事的关键是，当总统把那封信交给罗文时，罗文并没有问"加西亚在什么地方"，而是拿着信就出发了，并最终完成了任务。

罗文的故事，被写成一本书，迅速传遍了全世界。罗文成为敬业、服从、勤奋、有责任感的象征，《把信送给加西亚》也成为打造团队文化的重要参考书。

2005 年年底的一天，总经理张可把这本书放在了吴洪的桌上。吴洪团队开始阅读和讨论这本只有几万字的书。

当激烈的"挖角"大战进入尾声，团队慢慢从混沌摇摆中稳定下来后，也正是太平人寿四川分公司（太平人寿成都分公司此时已更名为四川分公司）需要抓住时机，把业务搞起来，让团队得到进一步提升的时机。

恰好这时太平人寿总公司推出一款新产品，张可觉得这是锻炼队伍的好机会，于是提出一个目标，要求每人在 10 天内完成这一产品 10 万元的销售业绩。

上一个超高目标是"达成万元"，即要求每人每月实现万元业绩。当时看来也是不可能完成的，但几年下来，很多业务员都已经超额完成了。

现在这个目标是上一个目标的"升级版"，业绩要求猛然提升了 3 倍，但时间只有 10 天。

又一个不可能完成的任务，摆在了吴洪团队面前。

谁将是营业二区的"罗文"？谁将徒步穿越丛林、百分之百达成目标？

就像当年罗文从美国总统手里接过那封信一样，吴洪从张可总经理那里接下了这个任务，同样也没有问"行不行""怎样才行"。任务很快在营业二区团队中布置下去。吴洪自己也开始行动，他深知，团队长以身作则是最好的号召力。

目标 10 万元，时间 10 天内。吴洪每天马力全开，打电话、拜访、洽谈……到最后一天时，他离 10 万元的目标还有一点距离。那天下午，他拖着疲惫的身体回到公司。

所有的"利器"和资源都用尽了，但离目标还有一点距离。吴洪甚至产生过一丝放弃的念头，因为实在是尽了全力了！最后这几个小时要完成目标，确实有些不现实。保险业务是需要洽谈、沟通的，无论怎样都需要时间。怎么办呢？

但这个念头一出现，吴洪马上意识到这不是一种正确的思维。一个身经百战的销售员，一个带领过大家历经千难万苦的领导者，"不放弃"是基本的素质。

于是他稍做休息，马上又翻开通信录，一个接一个地打电话。一个拒绝了，又一个拒绝了，再一个拒绝了，下一个还是拒绝了……但吴洪知道，每一个电话都必须认真打，每一次拒绝都要微笑接受。做销售，奇迹从来都是从数和量的海洋中浮出水面的。这时的吴洪，已经40多岁了，不算老，但也不年轻。重要的是，他心态已经变了，不问成败，只问耕耘，永远是一个在路上的年轻人。对，在路上的"原一平"，在路上的"梅第爷爷"……

可能只有在保险公司，人们才可能看到这一幕：

每个人都在电话机旁，或者拿着手机。有的坐着，有的站着，有的走动。电话的另一端，是他们从茫茫人海中搜集到的一串又一串电话号码，而他们每个人都像在古巴丛林中做最后努力的罗文！

离截止时间越来越近了。不只是吴洪，团队的将士们都还在"战壕"里。

下达任务的张可总经理也没闲着。他四处走走，看看，不时拍拍这个的肩膀，问问那个的情况。当他看到双眼布满血丝的吴洪时，既心疼又自豪。

"怎么样，能成为第一个达成目标的人吗？"

"还差点，可能有点悬了……"

"不到最后一刻，决不放弃！"

"……"

学哲学出身的张总，身上却有一种军人气质。

临近最后一刻，奇迹真的发生了。

一个朋友来公司办事，正好从楼道经过，听到吴洪在打电话说保险的事，二话没说，立即就敲定了。

另一个朋友，接到吴洪电话时，正好在公司附近办事。吴洪干脆就请他来办公室坐坐。一进门看到吴洪，朋友啥也没说就定了。

很多人都想知道，吴洪究竟凭什么可以一直保持高业绩。他的老部下陈瑛说了这样一段话：

"敬业、专业、知识面，这些对保险销售当然都是必不可少的。但要做到我们团队长的那个水平，没有巨大的人格魅力是不可能的。"

这一次，吴洪成为第一个"把信送给加西亚"的人！

…………

多年来养成的良好的竞技意识、优异的职业素养，一直伴随着吴洪和他带领的团队，也影响着整个太平人寿四川分公司。

后来有一段时间，分公司的业务出现了普遍的"疲软"。大家都累了，想歇歇了。于是分公司召集领导层开会，希望大家出出主意，看怎么让队伍活跃起来。

"队伍才干了四五年，就开始疲软了，这种状况令人担忧啊。万里长征才走了一小段。咋办？"

"是啊，现在业务员的收入比以前多了，好多伙伴就有些懈怠了。这种时候，竞赛是能激发大家斗志的好办法。大家看这样行不行，我们分公司内部各营业区展开竞赛，物质奖励不是主要的，1万元就够了，重要的是为荣誉而战。"吴洪想起体育竞技，于是提出了这个想法。

"这样好啊，让大家把注意力放在提高业务技能上。好主意！"

于是，一场竞赛展开了，奖金1万元。

团队就是这样，一旦"擂台"摆上了，大家就热情爆棚，下战书、开誓师大会……

许多平时很少到公司来的业务员，也积极参与。集体意识、团队意识被激发了出来。因为是团队业绩擂台赛，所以每一份业绩都很重要，每一个人都感受到团队对自己的需要。

"没有可有可无的人，一个都不能少！"

"没有完美的个人，只有完美的团队！"

"我属于光荣的营业二区，我们是军队、学校、家庭！"

鼓励的短信在队员之间飞快传递，甚至许多客户也迅速转发。表明职级、身份的工作装穿得整整齐齐，各个战队的队歌也唱了起来。

竞赛从2005年5月开始，持续到6月底结束。起初，营业一区领先，其他团队暗自使劲，后来营业二区赶上了，但又很快被反超。截止时间越来越近了，吴洪团队还差几十万元才能取胜。

怎么办？

还是那句话："不到最后时刻，决不放弃！"

最后，一份保费上百万元、保额达5 000多万元的保单，由吴洪团队的陈孝翠完成。竞赛局面迅速发生逆转。

吴洪团队以绝对大比分胜出。

这一次，吴洪团队成了"把信送给加西亚"的人！

这一份百万元级保单的出现，大大提升了四川乃至全国保险业同行们的想象力。

2006年是太平人寿四川分公司收获的一年，年度标保承保保费突破亿元大关。

中国个人寿险保额"第一大单"

在 2005 年那次太平人寿四川分公司内部营业区的竞赛中，最后使吴洪团队扭转败局的那一份保单，给整个团队和全国寿险行业带来了新的思考。

这份保单保额达到 5 039 万元，创造了中国（不含港澳台地区）单张保单的最高纪录，年缴保费 114 万元，缴费期 20 年。签下这份保单的，是吴洪团队的高级经理陈孝翠，大家都称她翠姐。

2005 年年底，该事件被评为"太平人寿年度十大最具影响力事件"，新闻媒体则把它称为"中国个人寿险保额'第一大单'"。

签下中国个人寿险保额"第一大单"的人，是怎样的一个人呢？她究竟有什么样的资历和背景呢？一时间，业内业外，纷纷把惊奇的目光，投向了陈孝翠。

陈孝翠，来自四川彭州的一个农村家庭，在家中四个兄弟姐妹中排行老三。她学习成绩一直很好，她梦想着有一天能走进心仪已久的大学。然而，20 世纪 80 年代，大学录取比例很低，由于高考发挥失常，加之录取环节提供的照片出现了一个小小的失误，使她与心中的大学擦肩而过。她带着遗憾完成了中专学业，但梦的种子一直都埋在心里。

多年以后，她回忆起了自己特殊的求学与保险从业经历：

我的大学

我 18 岁就走上了工作岗位。我一直在思考：我将来会是一个什么样的人？我希望成为一个什么样的人？我一直希望自己成为自信、自尊、自强、自立的现代女性，渴望是一个"白领"，可以在窗明几净的办公室里工作。于是，工作之余，我参加了成人自考，在西南财经大学完成了会计专业的学习，1996 年考取了会计师，1997 年、1998 年通过了注册会计师考试。后来，我又到四川大学进修，拿到了工商管理硕士学位。

2001 年 10 月，我把简历放在了人才网上，于是接到了保险公司的面试电话。2002 年 1 月，我加盟太平人寿成都分公司，成为太平人寿成都分公司的第一批业务员。

能够让我安下心来认真做这份工作，有三个原因。一是我在《保险行销》杂志上看到一篇文章，文章中说，未来的寿险行业，将是金融行业的重要组成部分，非常需要人才。二是我认同公司的"三高"理念，即高素质、高品质、高绩效，并相信它一定会成为公司的核心竞争力。吴洪带领的营业二区团队，充满活力、乐观进取，我每天都能感受到领导对伙伴的关心和鼓励，感受到家庭般的温暖。三是一次重要的培训让我受益匪浅。2002 年 3 月，同事带我去听了两天课。课程的内容是"人寿保险在您生命中所发挥的作用""人寿保险对成功人士所发挥的作用""您的坚持可能让你关心的客户对你感恩不尽"等。讲课的老师是来自马来西亚，当时已有 20 多年从业经历，被称为"亚洲寿险界泰斗"的吴学文老师。他从保障、资金安全、资产增值、资产分配与传承、税务筹划和现金流准备等方面，诠释了保险这种金融工具的特殊的意义与功能。他讲到的"以爱心为出发点、以真心付诸行动、以欢心达成共赢共识"

的工作模式，让我对这个行业、这份职业，产生了敬仰和信念！

心安了，工作就有动力了。那时我想，一定要珍惜这份工作，用自己的努力来回报团队和领导。我每天的工作安排得满满的，每天的工作日志都要求自己在三十分以上（公司当时只要求二十分，就是有名的"二十分管理"）。

这里竟成了我的另一所"大学"。

职业敬畏

人们都说寿险行业是世界上最具挑战性的行业。2002年的夏天，我想体验一下，这个行业究竟有多艰辛。

在非常炎热的那段时间，我选择离公司有三四公里路程的客户，坚持走路去拜访。我穿着职业装，手里提着展业包，也不打伞，汗水顺着脸颊往下淌。脚下的高跟鞋发出有节奏的声音，反倒让我更加自信而有力。我想，寿险行业最苦的，不过就是如此吧，我要在这样的体验中，去找到一个职业寿险人的感觉。

其实，苦与乐都源于自己的内心。正确的从业理念和职业价值感，是一个人的动力和快乐的源泉。

做销售最怕的，就是受伤害，受委屈。保险销售，之所以被称为世界上最难的销售，就是因为其中有人性的较量。人们都向往美好平安的生活，但保险讲的是人生的无常和风险。尽管这恰恰是生活的真相，但人们往往忌讳、反感这个话题。加之当时中国内地的人保险意识淡薄、从业人员良莠不齐，使得这份职业被误解。那么，业务员被拒绝、受委屈的时候就多。但我已经做好了心理准备，我认同这份职业的价值，相信人们需要它。

一天，跑完业务，回到家时已经很累了，我突然看到茶几上放着一张 A4 纸，那是我妈妈从文殊院无意中带回来的。上面写着这样几句话：

感谢伤害你的人，

因为他磨炼了你的心志；

感谢欺骗你的人，

因为他增长了你的见识；

感谢遗弃你的人，

因为他教会了你自立；

感谢绊倒你的人，

因为他强化了你的能力；

感谢所有使你坚定成长的人！

我被深深感动了。心想，莫非妈妈比我更了解我所从事的这项事业？不然带回的这张纸条，怎么会让我热泪盈眶?!

2003 年 6 月，我顺利晋升为高级经理。接下来的半年，我又培育了另一位高级经理，我的职业梦想也在一步步实现。

一波三折的 "第一大单"

2005 年，我签下了当时中国个人寿险保额最大的一份保单。年缴保费 114 万元，20 年缴费期，保额是 5 000 多万元，是以身故为标的的终身寿险。这份保单意味着什么呢？就是合同承保生效后，如果客户在 65 岁之前因意外身故，公司将赔付 5 000 多万元；如果客户 65 岁以后身故，公司将赔付 2 500 万元。签约的前提是，客户必须体检合格，公司营运部工作人员还须面见客户，到客户企业、家里进行实地考察，还需要提供企业的各种营业证照，特别是要提供近三年的财务报表（资产负债表、利润表、现金流量表），还有企业近三年的纳税凭证、银行对账单等，然后由分公司提交给总公司核保部，再由总公司提交给再保险公司进行审核（当时总公司合作的再保险公司是德国科隆再保险公司）。

这位客户，从最初的不了解、不理解保险到后来接受保险，并陆续为自己和家人规划了住院医疗、重大疾病、教育、养老等保险。

我向客户提出这个计划，起因于2004年11月参加的总公司的一个工作总结会。在会上，听取了总公司复业几年来的发展报告，结合自己在分公司的切身感受，觉得太平人寿确实是一家值得客户信赖的公司。而我也明白，保险不是推销一个产品、销售一份保单，而是为客户解决问题。高端客户对保险的真正需求，除了普通客户所需要的医疗、重疾、教育、养老之外，他们需要的是生命价值的保障。

改革开放后，第一代创业的企业家们，他们的个人声誉、身体等对企业的影响极大。我做了一个分析，如果企业家身故，对企业意味着什么，对其家人意味着什么。还有一直在讨论的遗产税、纳税的现金准备等。我还研究了国外把高额保单作为商业合作的前提的现象。带着这样的思考，回到成都后，我约见了这位客户。

在我和客户交流到这一年他的企业经营情况、投资情况后，我向客户提出了这个计划。我说："今年您也做了很多投资，而人寿保险有它非常特殊的不可替代的功能。假如说您每年拿出100万元来买保险，我们能为您提供5 000万元的保障。具体的保障内容，等我给您做一份计划后，再详细向您介绍。"

当时客户听了，没有拒绝，也没有特别表现出对保费的惊讶，我就按这样的思路给客户设计了这份计划。

后来客户听取了他公司两位经理的汇报，从财务角度算了一笔账。我也进一步说，我也是学财务出身的，但对保险的理解，除了财务思维，还有保险思维，就是风险意识，对生命无常的理解，对未雨绸缪的考量，还有对家人的爱与责任等。

我对客户说，其实这份保单，能否成交现在还是一个未知数。首先最重要的是您体检必须过关，我希望您拥有一个健康的身体。接着我安排客户做了体检。体检的过程中，客户有一个心脏彩超回流的问题。医生说心脏彩超回流，可能与心脏疾病有关，但也可能属于正常情况，需要进一步分析确认。体检结束后，在医院门口送走客户。望着他远去的背影，我心里有一种莫名的伤感，我在心中为客户祈祷、祝福。我知道他的企业离不开他，他的家人离不开他，当时反而觉得保单真的不重要了，客户的健康才是最重要的。

后来医院确认客户身体各项指标正常。提交了规定的各种资料后，就等待再保险公司的核保结果了。当时客户在做一个非常大的项目投资，5月份的时候会有一笔大额资金回来，保费应该没有问题，所以我就轻松地等待结果。

到了6月初，客户的那个项目的一个环节出了问题，原计划回来的资金没有到位。这份计划暂时搁浅。客户的妻子原来非常赞同这份保险计划，但这个时候也告诉我说，现在不要谈这件事了。

突然的变故，让我的心情很复杂。但有一个信念支撑着我，我反复问自己一个问题：我做这份保单最终的意义是什么？是为我的客户带去保障，还是仅仅为了完成我自己的一笔业务？我确认首先是前者，于是我的心就平静了下来。作为一名专业的寿险代理人，我非常清楚，这些私营企业主，他们个人健康上的风险，会对企业带来怎样的危害。客户可能不一定明白，而我是专业的，我相信这件事对客户是有价值的。怀着等待的心情，我偶尔给客户打电话、发信息，保持联系，但客户那边好像石沉大海。

这份保险计划经过了近半年的契调、体检、再保险审核，6月中旬终于审核通过，可以按计划申请投保，但期限就在6月底。眼看规定的期限一天天临近，我心里有些着急，但还是不断调整心态，不断问自己，这件事对客户的价值到底在哪里。

6月下旬的一天，终于约到了客户见面，当时满心欢喜。我想客户既然要见我，应该是没有问题了。当我高兴地去见客户时，客户却说：

"你这个计划非常不错，你也做了很多的工作，我们也非常感激你，但我现在不想买这个保险了，因为资金确实挪不过来，以后再说。就这样吧，我还有个应酬。"

我说："这样吧，您先去忙，等您忙完了我们再谈。"

等到客户忙完工作，应酬完，我们坐下来，又开始谈到保险计划。客户说：

"我真的非常感谢你，你给我做的方案好是好，但我现在资金没到位。"

考虑客户辛苦了一天，我说："今天您也辛苦了，能不能明天上午给我半个小时，我再给您讲一遍。如果您觉得真的不想再拥有这份保障的话，也没有什么关系。"

客户说："不，要说就现在说，赶快说。"

"那我问您，这份计划好不好？"

"好！"

"您现在不接受这份计划的真正原因，是因为钱。对不对？"

"对！"

"这份计划是在未来起作用，企业的经营是要持续的。我想问一下，企业目前遇到的资金问题是短暂的还是长期的？"

"当然是暂时的。"

"如果今天因为暂时的一件事情而放弃了一个长期的利益，当您想要拥有而又不能拥有的时候，您会不会后悔？那个时候，作为您信任的专业的朋友，您会不会怪我？现在我希望您拥有这个计划，看起来给了您太大的压力，但是现在短暂的压力是为了将来更好。您觉得有没有道理？"

"……"

"如果您觉得这件事情非常重要，那我相信我们一定能够想办法解决这个问题。"

客户听了非常感动。他和妻子商量后，觉得我说的话还是有道理。我接着说："现在还有几天的时间，我们一起来想办法。您说好不好？"

客户和妻子商量后，最终同意了这份保险计划。

一群人的事业

回想起来，我觉得自己非常幸运。幸运地进入了保险这个行业，幸运地加入了这个团队。我常常想，我是一个很简单的人，如果没有这个团队的氛围，我不会走到今天。吴洪、杜巧丽、陈瑛、简璞、艾英、王玉聪等这些区域总经理，他们的人品、格局、情怀，以及使命感、责任心，都深深影响着年轻队员。他们引领团队向着世界级的卓越团队前进。

这个团队带给队员的安全感，是从他们倡导的团队文化产生的——

一种温暖而透明的关系，让你随时可以敞开心扉。

我曾多次在团队内外分享自己的从业感受：这是一份可以获得自由的职业——身心合一的自由；这是一份可以多赢的事业——自己、客户、公司、社会都可以从中受益；这是一所特殊的大学——培养你终身学习的习惯；这是一个让人成长的地方——心灵和能力得到成长……

…………

陈孝翠

多年后，陈孝翠成为吴洪带领的高新支公司团队的一名高级经理。除了保险，她还从家族信托、遗嘱、税务、慈善等方面，为客户规划家庭财富的守护与传承。

她考取了婚姻家庭咨询师，并开始探索一些新的保险文化。她希望帮助人们减少风险发生的概率，于是，她开始了关于"道德文化经济学"的研究。

她来自乡村家庭，家风醇厚，家人朴素而善良。

她来自吴洪团队，一群有梦想、有行动力的人组成的团队。

正是这样一位女性，2005年，冲破了中国个人寿险行业的天花板，让同行看到了另一片天空，让客户看到了爱心与专业兼备的一群保险代理人。

她平凡，坦诚，执着，她是一代保险代理人的缩影。

从平凡到优秀

这一位从平凡到优秀的人，是后来成为营业区总监的刘华。

刘华在进入保险业之前，是峨眉山机车车辆厂的质检员。在工厂时，她穿着沾满机油的工装，手里拿着榔头、标尺什么的，成天与火车机头打交道。她父母都是西南交大的老师，她最初的愿望只是离父母近一点，然后能穿上干净整洁的衣服上班。

今天已年过50的刘华，看起来比实际年龄小10多岁，身上有一种朴素的美——像一朵安静开放在喧嚣都市中的矢车菊。

2002年，她离职来到成都，寻找自己的"白领梦"。

那时她刚生完孩子不久。按她自己的说法，女人嘛，谁不希望穿得漂漂亮亮上班。

她的第一份工作是到一家担保公司上班，并很快升为办公室主任。其间，她的一个闺蜜被查出患了癌症。在医院陪护闺蜜时，她第一次接触到保险。她闺蜜家是做批发生意的，以前买过几份保险，但都是很小的、几百元保费的那种。治疗很花钱，好几十万元，保险只赔付了几万元钱。当时刘华就想，要是之前买个保额上百万元的多好啊。最后，闺蜜还是走了。

刘华想："万一哪天我得了重病怎么办？我得去买几份保险。"

这个想法决定了她后来的人生。

刘华的保险从业经历，可以用"百感交集"来形容。

"不三不四"的人

准备买保险的时候，我了解了包括太平人寿在内的多家保险公司。为什么要了解太平人寿呢？我以前厂里的师傅，她大学本科毕业，老公是东郊一个厂的副厂长，家里条件不错，她就在太平人寿做保险。我想，她怎么会去做保险呢。于是我觉得我应该去了解一下，然后就这样进入了这个行业。

参加新人培训，要求列出一个名单，要100人，然后按着这个名单去拜访，向他们推荐保险。于是我把认识的亲戚朋友都列出来了，七大姑八大姨，表姐表弟，亲戚的亲戚，朋友的朋友，好不容易凑足了100人，然后就挨个打电话，拜访。

开始，爸爸妈妈、哥哥姐姐都反对，他们说只有"不三不四"的人才会去做保险……

"你还是赶紧回去上班吧，别再折腾了！"

于是，我给他们讲保险的历史、保险的意义。

那时，我的亲戚朋友，好多都是我劝着买的保险。有时我也会想，这究竟是好事呢，还是坏事。

转念一想，当然是好事。没有出事（大病、意外）是好事，出了事也是好事（可以理赔）。自己没出事，给别的遇到意外或生大病的人赔付，就是做了慈善，也是好事。

"保险妈妈"的"大数法则"和"转介绍法则"

保险行业是一个高淘汰率的行业。我们新人班，当时60多个人，现在还在这个行业的，可能就只有一两个人了。

第一阶段，很多人就做不下去了。我也是如此。亲戚朋友人脉关系用尽了，就只能陌生拜访了。

我去拜访一个客户，在龙泉驿大面镇。先坐公交车，再坐城乡接合部的那种班车，然后还要坐摩托车，才能到达。那时也是渴望成功的一种冲劲吧，硬是扛过来了。

在后来的培训学习中，我知道了著名的"大数法则"：只要有一定数量的拜访，就一定会有收获。

没有客户，就必须一个一个去积累。

带孩子去补习的时候，我就坐在教室外面和别的家长聊天，聊保险。给别人递名片，送公司的保险宣传小册子。大家看我一个女的，没那么多防备心，会跟我聊好一阵，好多人都叫我"保险妈妈"。

后来培训又学习了"转介绍法则"，就是请客户介绍他的朋友。于是人脉资源就渐渐积累多了。

我是做少儿保险起家的。我很早就给孩子买了教育险，属于观念超前的那类人。做了半年多保险，好像就做"开"了。一些家长给孩子买了保险后，会慢慢加保（增加险种）。给孩子一般买 10 万元、20 万元的保额，那时保费就 1 000 多元。当时我们公司在打造"三高"团队。我一个月至少也能做到 1 万元的保费业绩，自己就有 3 000 元的收入，觉得还不错。我照着公司"达成万元、责无旁贷"的要求一直坚持做了下来。我认真拜访，每天填写工作日志，慢慢就养成了正确的思维、工作方式和良好的工作生活习惯。

我的生活习惯到现在都很好。我显年轻，也许就是因为睡得早。我一般晚上十点多就睡觉了，早上起来得也比较早。身体好了，才能有更好的精神状态和工作状态。

"俄罗斯套娃"

在保险公司，不仅要考核业绩，还要考核增员，就是组织发展。这无形中就把你培养成了一个"领导者"。在这方面我很幸运，我发展的人都比我优秀。

我的师傅是简璞，玉树临风的简老师。

师傅简璞给我们讲了"俄罗斯套娃"的原理。他说，你一定要找和你一样优秀甚至比你还优秀的人，就像"俄罗斯套娃"，个个都漂亮，这样团队才能发展壮大。

一次，我到人民商场买东西，发现一个售货员很干练，形象气质好，对顾客热情、有耐心。我就想发展她来做保险。师傅简璞陪我去谈，把公司文化、前景、机制讲了一番，正好人民商场也在改革、分流人员，她就跟我来公司了。结果她非常能干。

刘　华

其实我对她的帮助并不大，反而是她的优秀使大家相互促进。

我现在已育成了八个高级经理。有时候我想，自己何德何能啊，他们这么优秀的人这样一直跟着我。现在他们的能力已经远远超过我了。我的价值，就是给他们做一个榜样，工作的榜样，再给他们一些信心和鼓舞。

意外收获

这些年来，除了经济收入之外，我还有另一份收获，我觉得是给自己的孩子做了个好榜样。

记得刚到公司的时候，公司要求完成"三高"目标，所以会一轮又一轮地考试。我就老老实实地学，生怕考不好。结果我在学习，儿子也在身旁学习，慢慢就培养了孩子好的学习习惯。

当妈妈的都想给自己的孩子树立一个好的榜样。孩子看到你每天这么勤奋、努力，就会崇拜你。我的孩子，现在在国外读完研究生，已经上班了。由于工作忙，孩子读书的事我没怎么管，他初中就去住校了，这培养了他的独立性。

我爸爸妈妈以前不支持我做保险，现在，对我的工作，他们引以为傲，特别是看到我把孩子也培养得很好，他们就更满意了。

在太平高新团队，我们觉得很幸福，也会把这种幸福感和爱心传递给下面的伙伴……

亿元大门与 TOP2000 课程

由吴洪带领打造的"军队、学校、家庭"团队文化，在时间的土壤中扎根生长。有一个特殊的培训课程，也不断刷新了这支队伍的专业水准。这就是"TOP2000 培训课程"。

TOP，就是顶尖、顶端的意思。该课程由太平人寿当时的董事总经理郑荣禄博士主导开发。郑先生有 20 年保险从业与研究经历。课程主要包含两大部分，一是成人学习规律和组织学习规律，二是保险业中高端客户群开发实务，包括"中高端市场""中高端客户认识""百万标保销售系统""保持绩效稳定、持续""高端市场批量开发""私人财富管理与全球资产配置""家族企业传承"等。

2006 年 9 月，太平人寿保险全系统第一次举办了"TOP2000"培训，强化队员的专业化学习，为培养团队中"专家级业务员"起到了至关重要的作用。

在一次总结会上，太平人寿四川分公司管理层做了这样的分析：

我们的万元保单中，中高端客户经营，正在逐渐形成特色。太平人寿的中高端客户开发和业务队伍素质，已经位居行业前列。这不是靠口头说，我们有具体的数据支撑。这些数据都是非常令人振奋的。

先看看年度万元保单件数。2004 年、2005 年中高端客户的增长速度很慢，和整个行业的增长速度一致。这说明了什么呢？说明我们在中高端客户经营方面有点顺其自然，没有做专门的探索，仅凭业务员的悟性去做，所以就只有这个增长速度。很多中高端市场进不去，很多业务员做不了大单。

但是，2006 年和 2007 年前 5 个月的数据有了非常大的提升。

为什么会出现飞跃呢？这就更加说明我们太平人寿有优势了，"三高"团队就是我们的优势。

2006 年 9 月份总公司第一次举办 TOP2000 培训后，第四季度万元保单件数就达到 1 762 件，是前三个季度的总和。2007 年前 5 个月我们的万元客户已经超过 3 000 个，5 月份当月就有 1 000 个左右。从这个数据可以看出，我们的 TOP2000 培训，是具有长远战略意义的。如果我们的 TOP2000 培训继续办下去，这个数据的增长速度还会更快，我们会在整个行业处于领先位置。

如果我们持续把 TOP2000 培训办好、经营好中高端市场，那么大家预测一下，再过 5 年我们的万元客户会达到多少呢？过去 5 年万元客户数量增长了 20 倍左右，如果今后 5 年还是增长 20 倍，就有 20 万个万元客户。如果按件均 2 万元计算，保费就有 40 亿元，而实际上万元客户的件均标保是 4 万元。当公司发展到这种程度，将会出现多少顶尖高手、多少百万级的销售人员……

做任何事情，都应该有目标和梦想，而学习，是实现梦想的重要一环。

除了 TOP2000 培训，到各个知名大学的 EMBA 课程班学习，则是另一种开阔视野、融入知识经济大潮的历练。

2005 年，吴洪参加了西南财经大学 EMBA 班的学习。之后，杜巧丽、

陈瑛、简璞、艾英、黄霞等，也相继分别到四川大学、西南财经大学
EMBA 班学习。都因为心中那份执着的梦想：让保险行业受到尊重，让
保险人受到尊重，让太平寿险成为人们的首选。

亿元梦想正在酝酿，亿元梦想也正在实现。

2007 年，太平人寿四川分公司，首次实现了全年亿元保费目标。吴
洪带领的营业二区，也立下了汗马功劳。

2007 年的庆功会上，一个标志性的布景造型出现在会场，一座宏伟
的大门紧紧关闭着，大门上用百元人民币图样，拼出了大大的几个字：
"亿元大门"。

当欢快的乐曲结束，数十面红漆大鼓整齐地摆在两边，身着节日服
装的太平健儿擂响战鼓。四川分公司的领导们，抬着一根重重的柱子，
向"亿元大门"撞去……

"一、二、三……"

亿元大门被撞开了，空中飘洒着五颜六色的纸花和彩带，喜悦和自
豪写在每一个人脸上！

这是吴洪以前想都没有想过的场景，这个场景是那么熟悉，又是那
么陌生……

他想起了一个体育竞赛中著名的案例。

1936 年，当美国黑人短跑选手欧文斯在德国奥运会上创造出 10.3 秒
的百米速度之后，医学界曾做出了这样的断言：人类百米短跑速度不会
低于 10 秒。

1968 年，墨西哥奥运会上，美国选手海因斯跑出了 9.9 秒的世界纪
录。当他第一个撞线以后，他回头看了看计时牌，然后摊开手嘀咕了一
句。画面通过电视传遍世界各地。人们在惊叹他所取得的世界纪录的同

时，也很想知道，他当时嘀咕的一句话是什么。

当记者向他提到这个问题时，他笑了笑，然后告诉记者说：

"我说，上帝啊，原来那扇门是虚掩着的！"

吴洪后来常常给团队的伙伴们说起这个故事，他说，只要你一直在路上，你就真不知道会发生什么样的奇迹！

正是在这种精神带领下，2005 年、2006 年，2007 年，是吴洪团队走出困境后，开始收获的几年。

2006 年，营业二区成为全系统第一个达成全年任务的营业区，获得总公司先进集体称号；诞生了 12 位高峰会会员，1 位高峰会副会长；团队中解莉红仅仅凭续保保费就达成了全系统保费第一名。

2007 年，营业二区年度承保标保突破 5 000 万元，诞生了 3 位区域总监，2 位筹备区域总监。

第三章 震动的巨门

地动山摇

成都，这座有着悠久历史的文化名城，坐落在富饶的成都平原。这里素有"水旱从人，不知饥馑"的美誉，平静而安详。

2008年，一切，都像往常一样。成都人以特有的节奏在这片土地上生活、工作。悠闲中透着忙碌，忙碌中又有一份从容。

新的住宅楼盘、城市商业广场纷纷开建。夏日里，在一些尚未拆迁改造的小巷老街，仍能听到蝉鸣与蛙鼓。都江堰、峨眉山、九寨沟，在成都周边这些旅游景点，导游举着五颜六色的小旗，带着一群群操着各地口音的游客流连忘返……

直到这一天，2008年5月12日，一切，都在顷刻之间发生了巨变！

当天，太平人寿成都分公司的高管层，聚集在四川雅安中心支公司。雅安中心支公司的一个表彰大会和团队文化活动，正在一家酒店的二楼宴会大厅举行。活动也邀请了伙伴的家人一起参加。

下午2点，活动开始，先是领导致辞，接下来是伙伴合唱《感恩的心》。

2点28分，吴洪突然感觉桌子摇动了一下。他心想，谁这么不自觉，抖脚也抖得太厉害了嘛。紧接着，桌子剧烈摇晃起来，桌上的茶杯也摔到地下打碎了……

吴洪猛地站了起来，大声喊道："地震了！"

场面瞬间大乱，惊恐的人们纷纷往外跑。小孩、妇女的尖叫声，桌椅的倒地声，屋顶巨大的水晶灯嘎吱嘎吱的摇晃声，混杂在一起，场面异常混乱……

吴洪高声喊道：

"妈妈带孩子先往外跑，伙伴紧跟其后，到楼下空地去！"

酒店服务员大多都是小女孩，从来没有见过这种阵仗，一下子跑得精光。保险公司的伙伴协助家属带着小孩往外撤离。

吴洪和分公司的几位领导，都站在原地，没有一个人跑。伙伴和家属都跑出去后，他们才赶紧离开会场。

关键时刻，团队文化"军队、学校、家庭"得到了体现。

多年后，吴洪平静地回忆起当时的情景：

"那个巨型的水晶吊灯，就在我们头顶上晃啊晃，眼看就要砸下来……我当时也可能是出于本能吧，觉得做领导的，得注意形象，不能往桌子下面钻，也不能跑。你都慌了，伙伴们会更慌。"

撤到酒店外面的空地上后，当年一起从业的"三剑客"之一，伍诗迁，此时已经是雅安中心支公司的负责人了，看着队伍大乱，心里着急，他走到吴洪面前说：

"吴哥，好霉①哦，好不容易搞个庆典，结果遇到地震……"

"莫泄气！我平时给你们讲要有'积极心态'，这个时候就更加需要！你看，外面太阳这么好，休息半个小时，也许还可以在外面搞嘛。"

当时，震中在哪里，震级有多大，波及范围有多广，现场的人们都不知道。

很快，人们从收音机知道了这次地震的大概情况。

于是，决定终止活动，赶紧各自回家。

———————————

① "霉"：四川方言，指运气不好，遇到不吉利的事情。

　　返回成都，电话信号全部中断，家人一个都联系不上。路上全是急急忙忙开车、骑车去学校接孩子的人。吴洪第一个想到的是父亲，那时他在住院，于是就往医院赶。到医院一看，病人们都被转移到医院的空地上了，有的吊着输液瓶，有的坐在轮椅上，有的躺在移动担架上。

　　妻子比自己更早到了医院，陪着父亲，吴洪心里踏实了点。他又赶紧去看母亲。母亲也很安全。

　　最后才想起去学校接儿子。儿子在温江某外国语学校读书。学校是老房子，书架倒了一地，有的房屋墙体已经有了很大的裂缝。见到儿子时，他倒不那么惊慌。他拉着父亲的手讲起了地震时的情景：

　　"我是最后一个从教室出来的，我没咋跑……"

　　"怎么不跑喃?!"

　　"你以前不是给我说过嘛，成都是风水宝地，在冲积平原上。我觉得不会有多大危险。"

　　吴洪无语。心想，真是个活宝！你可知道，在大自然的面前，人的力量太渺小了！

　　这个特殊的时刻，电视、电台，比其他新闻媒体表现出了更高的效率。

　　一个叫孙静的女主持人，通过电台，用带点四川口音的普通话，每天向人们通报地震、救援的各种信息。这成为当时成都人了解灾情的重要渠道。

　　从成都到都江堰的路上，不时传来救护车的凄厉的警笛声。

　　震后的那几天，人们大多不敢在家里睡觉，公园、大学校园、体育场，随处可见各种各样的简易帐篷。

中央电视台每天 24 小时不间断直播报道灾情，牵动着全中国人民的心。

救灾队伍在集结，救灾物资在运送。

在塌方的道路上，救灾工程队在昼夜抢修生命通道……

那么，刚刚缓过神来的保险从业人员，他们在做什么呢？

"抗震救灾，扶危济困。这是一场特殊的保险理赔战役。"

"最大限度、最快，保险理赔，抚慰伤痛，重建家园！"

"我们平时讲爱心和责任、风险和保障，现在就是见证的时刻！"

…………

火线救援：极端考验下的行业信念

震后第二天，成都，冠城广场，太平人寿四川分公司会议室，公司党委正在召开紧急会议。

会议由太平人寿四川分公司总经理、党委书记程永红主持（此时张可总经理已调往太平人寿总公司任职）。

程永红总经理先向大家简要说明了会议目的。

"这是一场谁也没有想到、谁也不希望发生的灾难，相信大家已经了解了。我们尽管不在最严重的灾区，但我们离灾区最近。平时很多人不理解保险行业，不了解保险行业，现在是我们履行责任的时候了……"这位干练、严肃的女性领导的话，在大家心中激起了波澜。

"是啊，那些受灾的人现在比谁都着急。有的人受伤了，有的家人遇难了，有的房子垮塌了，会担心巨额的费用问题。我们现在要以最快的速度去理赔，也要积极参与救灾。要'赔'出保险业的信用和品牌，要'救'出保险人的勇气和担当……"吴洪首先想到了行业责任。

"许多地方没水喝，粮食、锅碗瓢盆都埋到地下了，大面积塌方致使道路不通，物资送不进去……时间就是生命啊！"陈瑛汇报了自己搜集到的情况。

…………

一番讨论后，会议决定，在四川分公司程永红总经理的统一部署下成立"抗震救灾党员志愿者先锋队"，由吴洪担任队长。

　　太平人寿是中管单位，张可总经理很早就在外勤营销队伍中成立了党支部，吴洪是第一任党支部书记，危难时刻，担任救灾先锋队队长，责无旁贷。

　　工作迅速展开。

　　当下第一件事，是马上联系上都江堰的伙伴，他们最了解情况。

　　然后，就是开通快速理赔通道，主动电话联系灾区的投保人，了解伤亡情况，处理赔付。这时，是受灾家庭最需要钱的时候。

　　随后，成立救灾志愿队，运送救灾物资，包括食品、药品。由各级经理带队，分头行动。在这个特殊时期，这群保险人身上彰显出了可贵的品质。大家热情高涨，行动迅速。

　　大震之后必有余震，这是常识。队员们在参与救灾的同时，也确实担心余震来了自己的家人怎么办。成都不少小区住宅的墙体出现了大大小小的裂缝。自己不在家，余震来了老人小孩跑不动咋办？

　　但是，每天从汶川、都江堰到成都的路上呼啸而过的救护车，还是让这群保险人暂时放下小家，用大爱大勇来面对这一切。

　　特殊时刻，许多单位都放假了，但保险行业不可以，内勤人员一律正常上班。

　　5月14日下午，都江堰的一个投保人的家属打来电话，说他家里人不幸被垮塌的房屋砸死了。业务员迅速处理，保额5万元。投保人的家里急需用钱，但银行那几天不上班，ATM机也因停电而用不了。怎么办？

　　四川分公司党委决定：

　　"快速理赔，不行就大家凑一凑。"

　　指令一下，大家就立即行动起来。但棘手的问题也不少。

"手续不齐，没有死亡证明、火化证明……怎么办？"

"这个时候，哪里去开死亡证明嘛，公安局的人都去救人去了！殡仪馆也不太可能正常运行。特殊处理，最快理赔，然后安排人把钱亲自送去。"

"但手续不齐，会不会以后出现麻烦？"

"放心吧，谁也不会在这个时候来骗保的。出了问题由党委负责！"

…………

于是，业务员带着大家凑齐的 5 万元现金，连夜赶往都江堰。当投保人家属拿到不同面值的钞票凑齐的 5 万元，还有公司送的一些食品、药品时，只说了两句话：

"谢谢你们！感谢太平！"

后来，绵阳、汉旺的几起赔付，基本都是按这种方式处理的。

除了快速理赔，太平人寿四川分公司党委第一时间成立了"抗震救灾应急指挥中心"，程永红总经理任总指挥长。启动紧急预案，推出"无保单理赔"，提供"全国通保通赔"，同时主动联系灾区投保人，帮助他们排查家里的保单，因为有的客户虽然买了保险，但他家里人并不知道。

余震不断，每天都有各种小道消息传来。

"据说今晚有一次大的余震……"

"听地震部门的人说，百年不遇的地震不会就这么结束的……"

"最好不要在家里睡觉……"

大家都很恐慌，但工作还要正常推进。

震后第五天，冠城广场四楼，吴洪团队几百人在会议室汇总各小组伙伴捐赠物资的运送情况。

业务员小田气喘吁吁地跑进来，脸色发白，大声喊道：

"有一个大的余震马上就要来了，可靠消息……"

喊完撒腿就往外跑。

不知道消息可不可靠，吴洪也有点紧张起来。不跑吧，万一真的来一次大的余震，人员伤亡怎么办？跑吧，几百号人，如果余震没有来，不是动摇军心，还闹个笑话吗？

情急之下，他赶紧拨打在地震局工作的同学的电话，同学说大余震的可能性不大。

"你给我赶紧回来，跑啥子，没有大余震！"

已经跑到楼梯转角处的小田，听到团队长的喊声，又嘟囔着返回，坐了下来……

于是，会议里的人们继续忙碌起来，一种镇定的情绪在团队中悄然形成。

…………

接下来的一段时间，车身上挂着"抗震救灾党员志愿者先锋队""抗震救灾志愿者""太平与你在一起"横幅的各种车辆，不时从冠城广场驶出开往灾区。车上装的是大家捐赠的各种物资，棉被、女士用品、手电筒、应急药品等，还有分公司统一采购的地震急救包，里面装满饮用水、压缩饼干、雨衣、药品等。

志愿者刘微雨，和伙伴们组成了一个车队。在一个细雨蒙蒙的上午，满载着志愿者捐赠的救灾物资的一辆辆汽车驶向了都江堰。一群保险人，把安慰和信心送到了灾区。

整个抗震救灾期间，吴洪和他的团队共组织了一百多辆私家车，仅在灾后四五天内，就送出了180多车次的救灾物资。后来，凭借保险公司广泛的人脉资源，又陆续募集了大量救灾物资，送往红十字会。

吴洪带领的营业二区获得了太平人寿总公司授予的"抗震救灾先进集体"称号，吴洪本人被授予"抗震救灾先进个人"，并作为全国保险行业销售人员的代表，到各地做报告。

事后吴洪回忆起这段经历时说：

"虽然我和我的团队获得过很多荣誉，但抗震救灾的荣誉，我非常珍视！我们都是很普通的人，但我们的团队是一个了不起的团队。"

"5·12"汶川大地震之后，一组统计数据，让吴洪的内心沉重且不安。据统计，汶川大地震的直接经济损失 8 451 亿元，但保险赔款仅 20 多亿元，占比约 0.2%。而在国际上，大灾之后的保险赔款一般要占到灾害损失的 30%~40%。出现这种差距的原因在于，国内很多家庭和企业与保险"绝缘"。

吴洪在团队会议上说：

"看来，我们中国的保险代理人，还任重道远啊！"

擂台赛插曲：为团队荣誉而战

按照惯例，每年太平人寿四川分公司都会和其他兄弟省份的团队展开一次擂台赛。2008 年的这次擂台赛，对手是山东分公司。擂台赛因突然遭遇罕见的大地震被迫中止。

震后，全公司的工作重点是抗震救灾、灾后重建与保障。那么，这场擂台赛还要继续举行吗？

分公司领导层在讨论这件事。一种意见认为，灾后困难太多，加上全国上下都还沉浸在悲伤之中，擂台赛最好暂停一届。另一种意见认为，大灾更唤醒了人们的风险和保障意识，业务性质的擂台赛反而可以让团队振奋起来。

山东分公司是太平人寿的后起之秀。地震之后，他们第一时间捐赠了大量救灾物资，同时关切地说"你们都受灾了，今年的擂台赛就不打了吧"。

最后，四川分公司还是决定，擂台赛继续。因为我们比的就是职业精神，比的就是为社会提供保障的业务素质。

吴洪团队也表示，这种时候，是检验我们是否有积极心态的时候，我们比的是保险业务，把业务做好，就是对抗震救灾最好的支持。我们要赶在下一次意外来临之前，把保障送到千家万户！

竞赛是"百日大赛"，没想到 5 月 12 日发生了地震，而 6 月底是截止时间。

于是，团队伙伴们一边紧张地投入救灾工作，一边继续拓展业务。

有了大灾的经历，谈保险业务时，人们多了一份理解。

一场地动山摇的大地震，只有短短的几分钟，却可以改变人们的生活观、生命观。以前从来不觉得自己会有什么风险的人，一瞬间就明白了生命与风险的距离——可能只在一眨眼之间。人们不能杜绝风险，但可以通过保险这一互助的制度，为彼此增加一个保障的支点。

也可能只有亲身经历过大大小小无数赔付事件的保险人，才会体会到，这种一般人眼中的"生意"，实际上可能是一个家庭最后的风险屏障。

保险人以自己的执着，在默默履行着他们的"天职"。

冯莉，是吴洪团队的一名高级经理，到公司三年多了。都6月29号下午了，她一个客户也没有约到。她找出刚进公司时整理的客户名单，给一对夫妇打电话。可是当时他们夫妻俩都在外地。正当冯莉已经不抱什么希望的时候，傍晚，男主人主动打来电话，谈到保险的事，并约冯莉见面。见面后，自然少不了谈起这场地震。冯莉谈到了公司怎么抗震救灾，怎么理赔，以及坚持打"擂台赛"。经历了大灾之后，人与人之间的距离仿佛一下子近了许多。客户听完冯莉的介绍，对公司的行为高度认可。当即表示，你还差多少业绩，差多少我就买多少！

当时都是填写纸质保单，填好之后，还要在晚上十点钟以前上传到总部入档。当冯莉拿着这份特殊的保单，晚上九点多钟冲到办公室时，发现业务中心已经站满了同伴，他们都和自己一样，匆匆赶回来，要在截止时间之前，把保单交回公司。一股暖流顿时从心头升起，冯莉的眼睛湿润了。

2008 年 6 月 30 日，太平人寿四川分公司与山东分公司的擂台赛结果揭晓。四川分公司本来从 5 月 12 号以来一直大比分落后，但在最后三天，居然形势发生了大逆转。消息传来，许多伙伴抱在一起，哭成一片。山东分公司打来电话，表达了由衷的敬意和佩服。

2009 年的擂台赛继续在四川分公司和山东分公司之间展开。

"5·12"汶川大地震之后，全国对口援建灾区。山东援建受灾极重的北川。四川人民对全国人民都怀着感恩之情。因此，2009 年的"擂台赛"，更多是满怀兄弟情义的友谊赛。

一开始，山东分公司一路领先。到 2009 年 12 月中旬，山东分公司依然领先。在最后 15 天的冲刺阶段，四川分公司喊出了"天天交单，人人两万"的口号。

骆沁，是 2009 年刚入职的新人，此时也和团队其他队员一样在努力做最后的冲刺。12 月 30 日了，她还没有签到单。虽然有点沮丧，但还是心有不甘。晚上，她把孩子放在家里，跑到公司。一到公司楼下，就看到停满了车，车里坐着的大多是队员们的家人，他们也来为亲人加油打气。

每间办公室都灯火通明，每个人都忙碌着……

甚至，还有一些客户也来了，坐在公司的长椅上，了解"战况"。骆沁深深感动了。于是她对主管说：

"我今天还是没有签到单。如果我们团队业绩不够，我自己一定要买一些，为团队出点力……"

12 月 31 日，是竞赛的最后一天，四川分公司仍然落后山东分公司

500 多万元。总公司决定，只要在当晚 12 点以前交单，都算有效成绩。

四川分公司从来就有一种"不到最后一刻，绝不轻言放弃"的传统。上千人的团队，还在做最后的冲刺。

晚上，所有人都回到办公室，密切关注最后的结果。大家就像盯着病人的心电监护仪一样，看着屏幕上的波形图：23:00，四川分公司落后 100 万元；23:30，四川分公司落后 50 万元；0 点，四川分公司反超 121 万元……

欢呼声响彻冠城广场。四川分公司总经理程永红和大家一起，打开了香槟……

一种团队的荣誉感、自豪感，在每一个人心中油然升起！

太平人寿回归内地以来，四川分公司一直是全系统的冠军团队。没想到的是即使遭遇了"5·12"汶川大地震，他们依然是冠军团队。这在给全国的分公司做出榜样的同时，也引起了人们对这个团队强烈的好奇：

这是一支靠什么发展起来的团队？他们的制胜之道究竟是什么？同样的制度、同样的市场环境，究竟是什么力量使这个团队如此强大、坚不可摧？

也许，接下来这支团队更多人的故事，可以提供一些答案……

一个美术老师的"保险因果律"

2008 年，对于熊力来说，同样是一个特殊的年份。

因为在这一年的 8 月，已经在保险行业打拼三四年，做了见习总监，年收入 20 多万元的保险代理人，竟然决定到一个新的平台——太平人寿四川分公司营业二区应聘，职位是见习业务员。这一年，他 27 岁。

这在武侠小说里相当于一个已经成名的剑客，突然某一天决定到另一家武馆，从"扫地僧"做起。这里面，既有一种自信，真正的行家的自信，又或许有让人泪目的故事和隐情……

27 岁的熊力为何做出这样的决定？

故事得从更早的时间讲起。

背包里的青春

熊力的家乡在汉代文学家、中国汉赋四大家之一的司马相如的故里——四川蓬安。这里独特的文化氛围，赋予了人们别样的才情。

1999 年，熊力从西华师范大学美术系毕业后，到中学教书，一直到 2004 年。

每到寒暑假，熊力就会背起行囊，和一帮年纪相仿的朋友出去写生、采风。他先后去了西藏、甘肃、青海和新疆的一些地区。对，就是刀郎《2002 年第一场雪》这首歌中唱到的新疆。2004 年，他来到成都后，便再也没有离开。成都，真的是一个"来了就不想走"的地方。

画画的成本很高，所以这群年轻人每到一个地方，就一边写生、采风，一边打打临时工。导游、酒店服务生、培训班老师，什么都做过。有才华、有热情的人，总是很容易就能生存下来。

但是，到了成都，就不太容易了。成都人才济济，就业压力比起他们去过的其他城市要大得多。熊力的积蓄本就不多，成都的生活成本又相对高一些，于是日子就有些难以为继了。

越是受挫，就越想去闯闯。熊力一帮人跑遍了成都大大小小的招聘市场。看来看去，收入高的招聘职位，是保险公司的业务员。一家保险公司的招聘广告上写的月收入是 4 000 多元，一下子吸引了他们。熊力说，进了公司后才知道，没有业绩的话，连生活费都没有，哪有什么4 000 多元钱！

于是，一个才华横溢的年轻人，从此走上了保险销售之路。但这条路上的艰辛，却是熊力以前从未经历甚至想都没有想过的。

那年冬天，是熊力人生中最寒冷的冬天，但可能也是最宝贵的冬天。

尽管到了保险公司才知道并没有底薪，但培训时被许多成功案例吸引，再加上年轻人不愿服输的劲头，熊力很快就积极投入工作中。

身在他乡，举目无亲，没有什么人脉资源，只能从陌生拜访开始。熊力的"起点"也是荷花池市场，那里算得上是几代保险人的"黄埔军校"了。

多年后，熊力坐在太平人寿成都市高新支公司营业区他的总监办公室里，回忆起那个特殊的冬天。

2004 年的第一场雪

当时我身上就只有 1 000 元钱，交了些其他费用后，剩下 500 元，用了三个月，住在一个朋友家里，每天都是吃方便面。

连续 60 天，我的"办公室"就是荷花池批发市场，一大早就去，手里提着展业包，包里装着几份空白的保险合同和一瓶矿泉水。他们上班我也上班，他们下班我也下班，但一份合同也没有签到。冬天，冷，市场里人来人往，相对暖和些，偶尔还可以从云层里看到一束阳光。

连续 60 天，我每天准时去。

后来有人问我："是不是当时觉得这个陌生行业有乐趣，有新鲜感？"

我说："没有任何乐趣。"

"想到过有可能坚持不下去吗？"

"每天都在想。"

"想到过放弃吗？"

"从未想过！"

有的人就是这样，越是被打压，就越不服输！

…………

直到第 60 天那一天，我终于卖出了第一份保险。

记得那天下着小雪，雪花在空中飘舞，落在衣服上马上就化了。

荷花池的早晨，人们忙忙碌碌。我走过一间又一间熟悉得不能再熟悉的商铺，有些落寞。一个大姐把我叫住了：

"小熊，又来'上班'啦。"

"嗯，上班了，哈哈……"

"小熊啊，其实我觉得你那天说的那个东西还可以。"

她所说的"那个东西",就是我曾给她讲的保险。她是做化妆品生意的。她买的是 500 元分红型的重大疾病险。当时 500 元的保费,保额也就 1 万多元。

500 元的保费,拿到的收入虽然没多少,但对我来说,获得的却是巨大的认同感!

我的第一份保险就这样卖出去了。这一天是 12 月 24。也不知是什么原因,从此每天都会签上一两单,从未间断,一直持续到春节放假。

后来我才知道,这就是"大数法则"。你有一定的拜访、讲解数量,就一定会有结果。慢慢地,我又学会了"转介绍法"。我走到旁边的或对面的铺面时,把保险单递过去,然后说上一句:

"张哥,对面的徐姐都买了哦。"

"李哥,隔壁的徐姐都买了哦。"

笑笑,然后就走了……

从此,我就在保险销售的路上越走越远了。

不要说再见啊,兄弟

起初,父母很反对我在外面"混",一直帮我在学校请着"假"。有一次我回家,拿 17 000 元现金给父母看,他们还认为我落入了"传销"窝子。

但我还是坚持回到了成都。

一件特殊的事情,让我决定就在这个行业干了。

荷花池市场里的徐姐,从我这里买了一份保险,是每年交 5 000 元的重疾险。她本来并不富有,是在市场里帮妹妹打理生意。交了几年以后,突然有一天她检查身体,发现得了甲状腺癌。那时她孩子正要上大学,家里又买了房,每月要付按揭款。怎么办啊?

徐姐获得了理赔款 20 多万元。

从那以后，她就叫我"兄弟"了。

业务开始上路之后，在保险公司就必须要做组织发展，就是带团队、增员。

团队建设过程中，要面对的一个难题就是人员流失。我觉得这个人不错，应该在保险行业有所成长，但是他最后离开了；我觉得那个人有潜力，一定能做好保险销售，但他也离开了。一次又一次的离开，对我内心就是一次又一次的折磨。

两年多的时间，我看过太多的悲欢离合。一些人来了，一些人走了。一些人风雨相伴，一些人含泪告别。

小鲁，我们朝夕相伴了两年多。我觉得他很有潜力。

那时，我们每隔一两周都会有一次聚餐，轮流买单。每次聚餐前都有费用预算控制。

一天聚餐，他表现得异常兴奋。平时我们的餐费都是控制在两三百元。那天花了 800 多元，是平时的 3 倍左右。他悄悄去把单买了。一群年轻人，既兴奋，又有些吃惊。临走的时候，他突然说：

"熊哥，今天晚上我们就不考虑预算了。"

"……"

"我只需要留 100 元钱能够回家就行了，因为明天，我就要走了。"

现场一片沉默，朝夕相处两年多的兄弟啊！泪水让眼前一片模糊。

…………

经历了这些事情之后，我就想，我得出来看一看，看看其他保险公司到底是什么样的。

综合对比之后，2008年8月，我到了太平人寿。

我想知道，为什么同一个行业，太平人寿的业绩可以做到其他保险公司的3~5倍。

离开，有年轻人的不服气、好胜，此外也因为不想再看到团队人员频繁的流失。

种子与土壤

到太平人寿保险有限公司之前，我已经在另一家保险公司从业务员、业务经理、高级经理，做到见习总监了。但在这里，我得从见习业务员做起。通过两三个月的深入了解，我发现太平人寿的"三高"团队目标，以及市场定位、培训体系等，都比当时的其他保险公司强很多。吴洪带领的营业二区的"军队、学校、家庭"团队文化，更是让我耳目一新。

后来，对当年使我内心备受折磨的人员流失问题，我也渐渐找到一些答案。

保险这个行业，业务员的业绩每个月都会清零，所以每个月都会面临同样的压力。我觉得应该成熟地看待这个问题。每个行业有每个行业的工作标准、模式，我按照要求做就行了。专注于过程，随缘于结果。

当时，太平人寿保险有限公司的文化是"三高"文化，营业二区的团队文化则是"军队、学校、家庭"。这个团队的氛围非常好。环境好了、氛围好了，许多人的业绩就确实可以是同行的3~5倍。我曾经不服气的太平人寿的"3~5倍业绩"之谜，终于解开了。

种子差不多，土壤不一样，收成就不一样。

这个行业，尽管有的人离开了，但我相信他们或多或少都得到了一些精神上的收获。保险公司的文化是鼓励自我奋斗，鼓励实现自身价值，这些都会给人生留下宝贵的精神财富。

此外，年轻人身上是有不少"毛病"的，要想治好这些"病"，就要去修炼、去改变。比如一些年轻人心浮气躁，小事不愿做，大事做不了。保险行业，可能是最能把这些毛病打磨掉的地方。

我当年受了很多挫折，反而养成了今天良好的习惯：从不轻易放弃！

找到归属

如果说2004年我一头撞进保险行业，完成的是从绘画到保险的惊险一跳，那么2008年来到太平人寿，我则开始了从保险推销员到职业保险人的专业一跳。

我觉得，保险本身就是专业人士所从事的行业，所以这些年我和我所在的团队都在努力向专业化靠近。我看到现在很多新来的人，对保险的认识跟之前已经完全不一样了。目前的团队，就是我之前想要的、内心备受折磨也没有得到的。现在的团队，专业、稳定、有良好的习惯、有社会价值感。

在全国，也有很多著名的保险团队，但是我可以这样说，我们这支团队，一定是一个了不起的团队。管理者之间和睦相处、精诚合作，这就已经值得业内业外美慕了。吴洪带领的核心管理层，没有一个人离开过。团队文化和绩效表现、社会贡献，在全行业都是令人瞩目的。

在我们这个团队，领导都希望自己的下属比自己更优秀，下属都希望自己的领导是最牛的领导。这种团队文化一旦形成，团队力量一旦凝聚，其竞争力是非常可怕的。

这个团队改变了很多从业者的命运。比如曾经的家庭主妇，经过四五年时间的努力，华丽转身，年收入达到百万元……

这个团队也帮助了很多客户。一次理赔，就可能挽救一个绝望的家庭。

在这样的商业模式和团队文化中，人们不会去追求那些"虚"的东西，要的是"实"的东西：业务的积累、收入的提高、个人的成长、价值观的体现……

在管理和经营哲学方面，我们团队也是国内数一数二的。不少团队都在学习太平人寿的管理模式，并且很多也成功了。

"内勤服务于外勤"，内勤为外勤营造温馨舒适的工作环境，做好后勤保障工作。这是太平人寿特有的经营理念之一，可以避免产生利益纠纷。

…………

熊　力

多年后，熊力在总结自己的从业经历时，顿悟般地发现，一切的一切，其实都有一种"律"的存在。纷繁的表象背后，有一个不变的哲理。

熊力说："这是一种'因果律'。曾有人说，如果你看到一个人在读《羊皮卷》，那么他不是在做销售，就是在去做销售的路上。这本书我也曾经读过，现在看来它只是对人有激励作用。长期来看，中国的《道德经》更值得我们认真研读。道的核心是什么？是规律。规律的核心是什么？是因果关系。因为你有拜访，客户才会了解；因为了解，客户才会熟悉你和你的产品；因为熟悉你和你的产品，才会有后面的购买。这是道。如何让客户信任你，如何延续你们彼此的交往，这是术。两者都需要。"

熊力说，在保险行业做得越久，你会发现需要学习的东西越多……

2004 年，熊力进入保险行业；2008 年，熊力进入太平人寿吴洪团队，2009 年升职高级经理，2016 年担任高新支公司第 24 区区域总监。

如今，熊力仍怀有画家梦想。空闲时，他还会拿起画笔，把自然和人生的缤纷色彩，重重地挥洒在画布上……

从大地仰望天空

谢家珍，成都新都人，70 后，秀外慧中，又不失干练。她的丈夫开了一家公司。

认识她的人都很难相信，这个十多年前的"宅女"、略显文弱的"乖乖女"，现在是带领两百多人团队的区域总监，吴洪营业二区的一员特殊"女将"。

谢家珍出生在农村，大学学的是财务专业。毕业后，她曾在外企做过化妆品销售，也自己开过餐厅。

谢家珍在回顾自己的从业经历时，感慨地说，自己能够从一个腼腆的"宅女"，到如今能够熟练地做业务、带团队、培训伙伴，最关键的因素，就是太平人寿的团队文化。

看见天空

参加培训，是感受非常好的一段经历。在外面打拼多年，心里常常感觉很冷。在外企，有时真的像"外人"一样。但在这里就有了一种家的感觉。这里的学习氛围浓厚，而且大家都很关心你、关注你。老师就像带小孩一样，有一点点做得好的地方，老师都会表扬你。那种感受就特别好。

我发现这个团队有很多优秀的人。他们几乎每天都会分享自己的心得、经验、感悟。这种分享文化，给了我们新人很大的支持。有很多人愿意帮助你，陪访、教你工作细节、帮你做客户分析……跟这样的一群人工作，每天都能学到很多知识。你觉得很开心。

原来觉得工作就是挣钱，挣了钱就去吃喝玩乐，也没有太大的目标了。但在这里，我们早上要唱司歌，唱司歌之前，我们还要大声念出我们的使命：

"为天地立心，为生民立命，为往圣继绝学，为万世开太平……"①

每次当我念这几句话的时候，都会热血沸腾。过去我从未想过，熙熙攘攘人群中那个小得几乎看不见的我，居然今天可以与这样伟大的使命联系在一起。对不理解的人来说，他们也许会觉得，你们无非是找个工作，挣钱养活自己，何必搞得那么热血沸腾，不知天高地厚呢。但只有我自己清楚，每当和同伴一起朗诵这段文字时，我真有一种看见天空的感觉！人，不仅要有物质的支撑，更需要精神的引领啊！只有认识到了工作的意义，你才会感受到工作的乐趣。

在我的成长过程中，瑛总（陈瑛）起到了决定性的作用。我原本是"丁克一族"，但在她的影响下，我现在已经是两个孩子的妈了。

在晋升总监之前，有段时间，我非常纠结：一是担心自己能力有限，不能带领团队更好地发展；二是家里人不支持。丈夫不支持我晋升，认为我不能太拼，应以家庭为主。父母觉得拼事业是男人的事情，我应该打理好家庭，花更多的时间陪伴孩子。

瑛总了解情况后，特别安排时间和我进行了一次面谈。她不仅认真帮我分析，还给予了我极大的肯定和鼓励，让我有信心站上总监的平台。事实证明，今天的我，事业、家庭两不误。

千里马常有，而伯乐不常有。人生中能遇到这样的领导、恩师，何其有幸！

---

① 此为北宋著名思想家、教育家、理学代表人物张载的名言。

特殊的大学

我不善言辞，不善交际，丈夫的应酬也不愿多参与。在我的生活圈子里，大家都把我看成需要被呵护的小姑娘……

但现在，我要上台讲话、分享，去激励别人。

刚开始上台讲的时候，有些慌乱。老师们就帮我整理课件，告诉我应该怎么讲。这为我后来当讲师做了准备。公司还安排我去参加 PTT 讲师培训。经过多次历练后，又让我去做突破大保单的讲解。

还有一个课程对我帮助很大，就是太平人寿的 TOP2000 培训课程。TOP2000 培训，上课的时间只有两天半，回来就要用两个月的时间突破自己。

两个月里，我沉浸在学习与实践中，不断在数据中心看到自己的突破和成长。我开始签下单张十万元保单、五十万元保单、百万元保单、千万元保单，我的内外职业生涯发生了巨大的改变。

一次我参加同学会，大家都带着孩子。孩子们翻看我们的老照片，发出疑问：

"怎么谢阿姨和你们的年龄看起来差距这么大？"

"妈妈，我以后也要做谢阿姨这样的人。"

我能够从一个无名小卒成长为总监，离不开公司健全的培训体系和学习环境。

于我而言，这里就是一所特殊的大学，我在这里得到了历练，得到了升华。

定力与未来

从业这么多年，我有一个感悟，就是做任何事，都是需要定力的。

当然，遇到一个好的团队也非常重要。

我很幸运，从进入太平人寿，就一直在一种优秀的团队文化中熏陶、打磨、成长。团队成长了，我自己也成长了。

也有许多人中途离开了。但我认为，很多事不是用不断跳槽的方式能解决的。在哪个行业，都需要特殊的定力。

现在，我也很关注年轻一代的成长。

现在很多年轻人，他们有理想，有抱负。太平人寿是一个很好的平台，在这里可以得到系统的培训，涉及保险、金融、销售等多个方面，对个人的内、外职业生涯帮助很大。在外面报一个培训班，动辄就要花一两万，甚至三四万元。而在太平人寿，公司举办的培训则完全是免费的。

随着互联网的发展，现在年轻人的工作模式与我们当年有些不一样了。出现了许多新的平台，如微信、抖音等。我们那一代人还不太适应。但正好，我们把传统的经验教给他们，他们把新的模式带给团队。

…………

"传递，传承，正向影响力"，谢家珍的娓娓讲述，无意中道出了组织与管理学的另一个核心要素。她后来带领的小团队的队员都非常年轻，有很多90后，他们中有的早早就自己创业，很有思想。

她说，他们来这里不单是为了挣钱，一群对生活品质要求极高的年轻人，他们觉得这份事业不仅可以帮助别人，也是一种社会责任和担当，很有意义。他们非常认可公司的文化，珍惜在公司的每一次学习成长的机会。

由吴洪和陈瑛、艾英牵头组建的"创新委员会"，将这些年轻人吸纳到创新功能组，为大团队注入新的活力。

"为天地立心"，立什么心？就是爱心，信心，恒心。"为生民立命"，立什么命？就是让人民生活有保障，老有所依，幼有所养的使命。"继往圣之绝学"，继的是什么绝学？就是启迪良知，对有为人生的追求。

一个保险销售团队，用得着这样的"高言大智"吗？但事实证明，今天每一个企业人和团队，其实每天都要面临内心价值观的争战：是按丛林法则、利己法则做事，还是用爱心、信心、共好理念来成就事业？

答案显然是后者。

一个普通的化妆品销售员，一次偶然的机会，在这个团队开启了一种完全不同的人生。

谢家珍

爱心的大门

2008 年，发生在四川的那一场大地震，震惊了世界。

在山崩地裂之后，在举国驰援之后，一些看不见的变化，在人们的内心悄然发生。

吴洪团队，对这些变化感受颇深。一是人们的风险意识、保险意识增强了；二是团队的爱心被激发。

有时候，爱就像一个神秘的密码，把时间和空间、一些人与另一些人，奇妙地连接在一起。

2007 年，吴洪团队的杜巧丽、陈瑛、简璞、艾英等一起，发出倡议，启动"一份保单一份爱"爱心工程：业务员每成交一份保单，捐献最少1 元钱。倡议发出后，业务员们积极参与，说是最少 1 元，很多伙伴一张保单就奉献十元甚至上百元……

2008 年地震后，一天，陈瑛在《华西都市报》看到了一篇贫困山区艰难办学的报道。

李子乡爱心小学，位于四川省凉山彝族自治州西昌市礼州镇的一座小山脚下，离县城有 100 多公里。该校是凉山州少有的民办学校。前些年，李子乡有不少失学儿童。他们由于父母残疾、早逝，或外出打工、家庭贫困等原因而辍学。于是，两位有爱心的老师罗承业、陈小平，在当地教育主管部门的大力支持下，创办了这所学校。资金不够就贷款。

这篇报道，在陈瑛的心中激起了波澜。看着照片上那些简陋的教室、破烂的桌椅，陈瑛仿佛看到了自己的童年和少年。

于是，陈瑛和她的伙伴们行动起来，包括内勤、外勤业务员等。第一个阶段，他们以助学的方式，把其中一部分孩子全年的学费包了。这大大减轻了这所民办学校的压力，也帮助到了孩子的家庭，使孩子能够安心上学。第二个阶段，对每个班成绩优异的学生，给予助学金、奖学金和生活费。李子乡爱心小学的许多孩子都说：我这学期的目标就是要获得"太平奖学金"。第三个阶段，陈瑛和伙伴们开始向孩子们捐赠衣物、鞋帽、学习用品等。

冬天的李子乡，大雪把山顶和河湾都变成一片银白，穿着成都保险代理人寄去的衣帽鞋袜，孩子们的心里暖暖的。

李子乡爱心行

　　2010 年，吴洪团队正式设立"泰阳基金"，持续推进"一份保单一份爱"公益活动，并向李子乡爱心小学贫困学生捐助资金和物资。这一活动也让每一位团队成员增强了社会责任感和使命感。

　　虽然工作繁忙，但那个山村小学的孩子们，一直是陈瑛和她的伙伴们心中的牵挂。2011 年，他们开着车，沿着崎岖的山路，来到了李子乡，终于见到了大山里这群亲人般的孩子。

　　助学，成为这群都市保险人的另一个目标。此后的十年，吴洪团队又相继完成了对甘肃、青海等地的多所学校的助学计划。

　　在陈瑛和她的伙伴的带动下，吴洪团队的许多年轻人也开始展开各自的爱心行动。高级经理窦小辉，在团队成立了"尚善服务队"，给贫困小学捐建图书室，给偏远山区捐建"爱心井"……

　　爱心的大门一旦打开，就是一条河流。

　　2013 年，四川芦山发生地震后，吴洪带领伙伴，开着满载物资的汽车，奔驰在救灾路上；2014 年，吴洪参与了"企业家全球领导力'孝行天下'"慈善活动，为邛崃敬老院送去物资；2015 年，吴洪牵头主办了"金沙之夜"，为尼泊尔地震灾区捐赠物资……

　　忙于生计、迫于竞争压力的都市人，有时真有点像"套中人"，把自己紧紧关闭在职场的大门内。但是，一旦爱心推开了这扇大门，通向了更广阔的空间，人们看到的就不仅仅是业绩、客户，还会看到与人人生命相连的另一种风景——乡村、河流、星空。

　　这些，也常常给这群保险人带来新的思考：什么才是真正的生活？

自主经营模式

大地震后，人们的风险意识逐渐增强，市场空间也更加广阔。人们需要用保险来分散风险，获得保障，社会需要更专业的保险人才和团队。2010年，中国保险业开始探索自主经营模式。

其实，太平人寿四川分公司从2001年成立伊始，就已经在探索这种模式了，并将其视为"三高"团队的目标之一，可谓先行一步。进入2010年后，吴洪团队将自主经营模式进一步细化为"把发动机装在每一个部门"，使这种模式更加完善、成熟。

可能有人会问：自主经营不是已经在企业界实施很多年了吗？难道保险行业才刚刚开始自主经营？

是的。由于中国保险行业的特殊性，在团队管理方面，一直存在是采用"外勤驱动"还是"内勤驱动"的争议。所谓外勤驱动，就是营销队伍自我管理，管理内容包括考勤、考核、晋升、分配、培训、创新等。吴洪认为，保险行业自主经营，应以"外勤驱动"为主，"内勤支持"为辅。

保险行业业务员的收入与业务绩效挂钩，这就在人力组织和管理上存在较大难度。既然收入主要来源于保费业绩，那么业务员来不来公司？什么时候来？以怎样的心态来？是否参加培训？应以怎样的专业水平走出去？这些常常很难控制。因此，各大保险公司一度都是以"内勤驱动"为核心。"内勤驱动"的优势是便于管理，但劣势也很明显，就是创新性、主动性受到限制，优秀团队很难成长起来。

以"外勤驱动"为核心的自主经营模式，容易激发团队中外勤人员的积极性、创新性，但对各层级营销主管的综合素质要求较高。

在以"外勤驱动"为核心的自主经营模式下，外勤营销主管要同时担负四项工作：第一，主管必须做业务，因为他只有做业务，才会对市场、销售、客户服务等方面有深入了解，才知道客户需求是什么。第二，主管要增员，就是要发展新的团队成员。第三，主管是训练者，他要把他的技能、价值观传承给业务员。第四，主管要管理团队，无论团队成员有多少，都要把体系、制度、文化建立起来。

外勤营销主管要做好这四项工作，就必须具备很强的综合能力，包括学习能力、沟通能力、自律能力、专注能力、管理能力、领导能力等。同时，外勤营销主管还要具备很高的综合素质：一是要有正确的从业价值观，才能处理好方方面面的日常事务；二是要有梦想，才能把事业做大，让团队有追求目标；三是要讲诚信，保险业最高的原则就是诚信原则；四是要正直，才会使一个高素质团队具有凝聚力。

不得不说，这是一个高要求的角色定位，需要经年累月的磨炼和成长。幸运的是，吴洪团队的各级主管，都是在市场大潮中经过风浪，得到了"超常规"的成长。

吴洪后来在评价团队管理层时说道："许多时候困难就是成长的机会，越是有大困难，就越有大成长、大收获。真正要做到"自主经营"，对主管的要求确实是很高的。许多人在这个过程中，流过汗，流过泪。'军队、学校、家庭'的团队文化，无疑为这种'超常规'成长，提供了土壤和氛围！"

2010年，当其他保险公司开始试水"自主经营"时，吴洪带领的营业二区团队，已经将自主经营发展到百花齐放、各具特色的阶段了。

吴洪作为团队的领导者率先垂范，要求主管做到的，他也一定去做。比如做业务，他一直是一个超级业务员，连续多年成为太平人寿高峰会会员、世界华人保险大会讲师等。比如增员，后来成长为主管、总监的许多队员，都是吴洪带进公司的……

在自主经营模式下，人的创造力被激发出来，人的发展空间得以大大扩展。

团队成员创意不断，内容丰富的各种活动纷纷出现。

"读书会"出现了。艾英团队的读书会，每周吸引大量伙伴参加。一本好书，就是一份精神食粮。年轻人在做完枯燥的业务之后，读一本好书，就仿佛得到了甘泉的滋润。

"圆桌访谈"出现了。伙伴们在圆桌访谈中，提高沟通技能，探索人性奥秘。

"电影沙龙"出现了。电影永远是人们认识生活、了解自我的流行方式。

"假面舞会""户外徒步""帐篷露营""温情酒会""自拍短片"出现了……

这些活动看似与工作无关，实际上却大大拉近了业务员与客户之间的距离。

同时，自主经营模式也大大激发了个人、团队的荣誉感，面对困难时能够凝聚力量。

临近 2011 年年底，太平人寿四川分公司的其他几个营业区，都相继有业务员完成了"百万标保"，而吴洪带领的营业二区的情况却不容乐观，其中简璞的营业部没有一位完成。于是，简璞成立了一个"百万冲锋队"，全员出动，冲击目标。晨会、夕会都加大培训力度。他本人更是每天加大拜访量，周末无休，风雨无阻。终于，在年底的最后几天，简璞个人率先达到"百万标保"。

以"外勤驱动"为核心的自主经营模式，会不会导致外勤营销主管各自为政的局面呢？每个外勤营销主管所辖团队，在百花齐放的同时，怎样才能与大团队有机融合呢？

为解决这些问题，吴洪及其核心领导层找到了两个法宝，一是保险公司的"基本制度"，二是跨部门形成的"功能委员会"。

保险公司的"基本制度"，是所有保险人都必须遵循的制度，包括晋升、绩效考核、日常管理等。按照吴洪的说法，这就是底线。大家自主经营，百花齐放，尽情发挥，但底线是任何人都不能突破的。

"功能委员会"，又称为"功能小组"，是营业二区整体团队的支持性系统。比如吴洪负责的是"创新发展委员会"，简璞负责的是"业务推动委员会"，杜巧丽负责的是"组织发展委员会"……

功能小组是跨部门的，功能小组的负责人全是兼任的。这实现了低成本和高效率的最佳组合。

保险公司"基本制度"、自主经营模式、功能小组，成为吴洪团队从最初的营业部到营业二区，再到后来的高新支公司的核心组织支撑。经过十多年的运行，实践证明，这些管理手段为团队每年的业绩递增、人员递增、素质递增，提供了有效的组织保障。

有过企业经营管理经历的人都知道，企业组织管理中最难的，一是销售，二是人力人才的有效管理。

从这个意义上看，吴洪团队在组织建设、经营管理方面进行的这些探索，对行业内外的企业管理者们极具借鉴价值。

也许正是这些，让这个团队既能吸引优秀人才，又能留住优秀人才，最后，还能让人才在这里得到更大的发展，而团队业绩也得以同步增长。

特殊的感恩答谢会

2011年2月，成都，初春的气息已经从枝头的嫩叶上显露出来。一位三十多岁的美丽女性，正和自己10岁的孩子一起，为筹备她保险从业五周年的感恩答谢会忙碌着。

这是一场特殊的感恩答谢会。她邀请了近百人。她给每一位客人准备了一份精美的礼品，是一块特别的石头。那是她从送仙桥古玩市场买来的大大小小的寿山石，石头上刻着每一位客人的名字。

她说，来到成都的这五六年，正是这些人，陪伴她走出了人生的低谷，她要感谢他们……

是什么经历，让她要这样隆重地去表达感激之情？

事情要从5年多以前说起。

王玉聪，四川宜宾人，父亲走得早，在家中排行老大的她成了当家女。大学毕业后，她留校任教，后来担任学校团委书记。她丈夫在成都工作。那时他们的孩子4岁多。一切看起来都那么美好……

然而，一场突然降临的灾难，使王玉聪的人生进入了至暗时刻。

一天，在老家的弟弟传来一个不幸的消息。在一个工地上班的弟媳，不幸被卷进了卷扬机。经过抢救，虽然保住了性命，但却永远失去了左腿。作为家中的"当家女"，王玉聪必须站出来，为弟媳讨个说法。

王玉聪

正是家人的这场不幸，让她与保险结下了不解之缘。

为了帮弟媳讨回公道，也为了与分居两地的丈夫团聚，2006 年，她带着儿子来到了成都。

多年以后，已经统领千人团队的区域总经理王玉聪，回忆起那段经历，仍然感慨万千。

"骗人"的保险救了命

我是家里的老大，妈妈是农村妇女，没读过什么书，妹妹也还很小，弟弟也没太多文化，遇到这种事情，全家人自然都把希望寄托在我身上。他们打来一个又一个电话，催我回去签字决定是截肢还是不截肢。

按理说，这个事故，工程方是必须赔偿的。但黑心的工程方用尽心思要把已经截肢的弟媳往死里医（因为身故赔偿比残疾赔偿少）。我们被迫只能走法律程序，被迫经历了人生中的第一次官司。经历了法院一审、二审、发回重审……赔偿仍然遥遥无期。法院一审、二审、发回重审……赔偿仍然遥遥无期。

一个农村家庭，要承担高昂的医疗费用，早已不堪重负。在那种时候，没有钱，真的可能要命啊，但令人更绝望的是人心的冷漠。

好在，就像人们常说的"天无绝人之路"，弟媳竟然有一份保险。弟媳为了照顾人情，曾经在一个做保险的熟人那里买了一份保险——200多元的意外险。没想到这份善意的"人情单"，居然在这个时候救了一家人的急。弟媳被评为二级伤残，保险公司赔了8万元。

一边是理应赔偿的一方，费尽心思不赔偿；一边是常常遭受人们质疑的保险公司，很快就支付了8万元的理赔金。这鲜明的对比，给我带来了很大的冲击。怀着感激，带着好奇，我思考：人们常说的"骗人"的保险到底是个什么东西呢？它的原理是怎样的呢？我要一探究竟。

我是学会计的，在学校也教过10年会计课程。于是，我开始了解保险的历史、保险的原理……追根溯源，直到把自己"研究"进了保险公司。

我的保险从业生涯就此开始。

两本通信录

刚到成都时的困难是难以想象的。一个女人，带着一个5岁的孩子，身在异乡，举目无亲。积蓄本就不多，交了房租后就更紧张了，连坐公交车都要好好计算一下。现实的压力，身份的落差，让我不堪重负。我常自问，成都，你是我的伤心之城，还是我的崛起之地？！

好在，从小就养成的独立和倔强的性格，还有不服输的斗志，让我挺了过来。更重要的是，我所选择的太平人寿营业二区这个团队，有一种积极的氛围，有一群彼此激励的伙伴，很快让我在这个陌生的城市看到了希望：我不是一个人在战斗！

刚进公司，就在新人班学习。每天满满的学习内容，为我打开了一个新世界的大门。

然后开始"实战"。最初，我加了一个QQ群，群里全是当了妈妈的姐妹。我在群里和她们聊保险，讲自己真实的经历。她们相信我，也认识到了保险的意义，也有人从我这里购买了保险。工作有了小小的进展后，我的信心也增加了。

后来，一次偶然的机会，一位做企业的客户买了一份保险。我按照新人班老师讲的，签了保单后就把保单给他送去，同时也请他介绍一些朋友，专业术语叫"转介绍"。他说："这儿有本通信录，你可以用你的专业去照顾这些人。但是，不要提我的名字，因为你提了也不起作用，他们的实力都比我强，我影响不了他们。"

当时我想，他不让我提他的名字，但又希望我用我的专业去照顾这些人，说明他是认可我的专业的，也是信任我的。我很感动，我觉得我应该有所担当，必须对得起这份信任。

于是，我开始给通信录上的人发短信，向他们介绍保险、讲解保险专业知识。但这个过程中却充满了等待和煎熬。有的人偶尔回复一次短信，有的人干脆视而不见，短信如石沉大海。但我认为，既然我选择了这个行业，准备在这个行业干一辈子，就不能被这点挫折打败。今天不能成功，还有明天、后天，今年不能成功，还有明年、后年。慢慢经营，总会有客户的。

概率、因果关系，是一个神奇的东西。慢慢我发现，只要你的产品是有价值的，有判断力的人总会看到。特别是一些高端客户，他们本身就会思考关于风险、财富一类的问题。所以，越是有判断力的人，成交就越容易。

每当我服务了一个新的客户，我都会去感谢我最早的那位客户，告诉他我又照顾了多少个人了。

在我从业五周年的时候，我就想，我要用一种特殊的方式，表达我对所有客户的感谢。因为有了第一个客户，才有了后面的几个、几十个、上百个客户。

我特意到送仙桥古玩市场买了一些寿山石，请人在石头上刻上每一个客户的名字。我觉得这是一种特殊的人与人的关系——彼此照顾的关系——我用我的保险专业去照顾他们，他们用他们的信任照顾我！

后来，我又通过一个总裁班的朋友，拿到了第二本通信录。我的高端客户大多都是这本通信录上的陌生人。我也慢慢总结出，每个人都有独特的天赋。我的特长不在"缘故"（亲戚朋友）拓展方面，而是在陌生高端客户开发方面。在这方面我越做越专业，越做越系统化。可以这样说，这两本通信录，就是我浓缩的保险人生。

这种人与人之间全新的关系，让我感受到从未有过的美好，也让我经历了多重打击的内心越来越柔软，爱的柔软！奇妙的是，我甚至用这份柔软，找回了丈夫，修复了差点破裂的家庭……

"赔"出来的从业信心

2014年四川太平人寿最大理赔案，发生在我的一位客户身上。

那是一位高端客户，一个著名建设集团的副总，为人谦和，事业成功。我是通过前面所说的通信录认识他的。他很信任我，在我这儿买了7万多元的保障型保险产品（意外险）。

2014年9月27日，他在从泸州回成都的高速路上发生了车祸，不幸身亡。

作为家庭顶梁柱的他走了，留下了年迈的父母，悲伤的妻儿。多年客户胜亲人，当风险发生时，我能为他们做些什么呢？我开始认真整理客户签下的保单。风险无情，保险有爱，感谢公司给力，7万多元的保费高效理赔了475万元。这一刻，我知道我所有的努力都是值得的。

还有一件事情发生在我的一个闺蜜身上。她知道我在做保险之后，不知是不是碍于情面，在我这里买了5 000多元的健康险。

33天之后，没想到我这个才35岁的闺蜜，居然检查出晚期肺癌。附加险已经过了30天观察期，公司理赔住院医疗费10万元。在医院治疗5年后，闺蜜去了"天堂"，主险赔付金15万元交给了闺蜜年迈的母亲。悲伤的母亲感动不已。

人生真是无常啊！无论是高端客户还是普通客户，无论是陌生人还是亲朋好友，都有可能面临风险。当风险发生的时候，我希望自己能够为客户和客户的家人做点有意义的事。

处理过这些理赔案以后，面对任何业务困难我都不害怕了：我知道我在做什么！我做的事情也许他们暂时不理解，但它的确是很有价值的。

意想不到的人生收获

西方有一句谚语："含泪撒种的，必欢呼收割。"

2008年，我升职为高级经理。

吴洪总带领的营业二区，一直都有一种浓厚的学习氛围。我们的团队文化是"军队、学校、家庭"。

后来，吴洪总又带领我们去恒通私人财富研究院学习。学习的主要内容是保险和保险的外延，比如保险与税务、保险与法律、保险与移民等。这些知识，大大丰富了我们在高端客户领域的服务内容，如遗嘱、信托等。

吴洪总引领着大家一步一步往更专业的道路上走，成为风险规划师、财富管理师……

吴洪总还鼓励我，利用做过团委工作的经验，向团队组织方面发展。我入行晚，经验不多，而且在高新支公司的六支团队中，我们团队是最新的。但前辈们建立起来的团队文化，有时让我感觉就像站在巨人的肩膀上一样。

"品质为先，责任为重，感恩奋进，求真务实"，是我现在所带团队的宗旨。团队内部倡导相互欣赏和感恩，都只看对方的优点。由于我们是新团队，如果要跟上其他团队，或者要不比其他团队差，就必须要勤奋。无论做什么行业，"天道酬勤"是颠扑不破的真理。要学习的新东西很多，所以更应该注重求真务实。

人的行为很大程度受思维模式的影响。我们团队很多人都参加过以思维模式为核心的教练技术课程，所以管理起来相对简单，队员之间沟通也更加顺畅……

我一直认为，我不是一个能干的人，但我的不能干，让我能更多看到团队中伙伴们的才能。

我们团队率先成为当时营业二区的千人团队。

我在这里的另一份收获是锻炼了领导力。团队中的前辈，像吴洪、陈瑛、简璞、杜巧丽、艾英等，都是身经百战，他们是我学习的榜样。

吴洪总是高新支公司的掌舵人，一个很好的大团队长。他明确提出了"打造世界级卓越寿险团队"的目标。这个方向是很重要的。如果没有这个方向，大家就可能不好定位，甚至每一天的具体工作目标和内容都不好确定。

吴洪总是一个率先垂范的领导者。他不会只说"你给我冲啊"，而是自己冲锋在前。他的个人业绩年年都在千万元以上，高新支公司每年新单保费都近十亿元。

吴洪总也是一个大气包容的人。高新支公司有7 000多人，6个区域总经理，十几个区域总监。尽管大家风格迥异，但在文化和价值观上又高度默契。我觉得这是一份极其宝贵的财富。

…………

王玉聪

王玉聪说，十多年这样走下来，真是得到了许多意想不到的收获。王玉聪的弟弟后来也到了保险公司，一个不幸的家庭终于在这里找到了新的港湾；她的儿子，那个在她人生低谷和她一起来到成都，还帮着妈妈筹办"感恩答谢会"的小男孩，后来考上了清华大学……

她开发了"陌生高端市场开发""转介绍增长的路径与方法"课程，作为她在保险行业的一个总结。她以感恩的心为这个行业奉献自己的微薄之力。

一个曾经跌入谷底的女性，在成都，在太平人寿的团队，得到了满满的收获！

王玉聪说，除了感恩，便是责任——把保险带给更多人的责任！

"慢"的奇迹

世界上目前已知的最快的速度，是光速。那么最慢的速度呢？可能要算人类从蒙昧到文明的速度……

但快有快的优势，慢也有慢的美好。

有时，人们会从大自然中看到"慢"的奇迹。比如，水珠，点滴汇集，成了一条小溪；无数涓流，缓缓汇聚，成为一条江河，在寂静中，流过清晨和夜晚的田野。她总是在人们不经意的时候，让生命长出绿色。如果遇到是一座大山，她又会以滴水穿石的韧性、逢山开路的力量，打开一条全新的道路。

当人们看到滚滚东流、蔚为壮观的大江大河时，其实，她已经历经万水千山了。

2013 年名扬中国保险业界的黄霞，便是吴洪团队中"水滴石穿"一样的人物。

黄霞，20 世纪 70 年代出生于四川乐山一个普通工薪家庭。乐山古称嘉州，岷江、青衣江、大渡河，三江在此汇合。这里钟灵毓秀，人杰地灵。在江边长大的黄霞，身上散发着特殊的灵慧之气，说话语气平静但思维极快，同时又有一丝"高冷"——高屋建瓴的"高"，冷静恬淡的"冷"。

黄霞读高中时便被称为才女。她能流利背诵上百首苏轼的诗词，打乒乓球、唱歌样样都行。大学毕业后分到省政府作公务员，后来"下海"，从事保险业。

2002 年秋天，一个偶然的机会，黄霞了解到太平人寿保险团队，"三高"理念对她产生了一种特殊的吸引力。她毅然离开原来的公司，加入太平人寿吴洪团队。在原公司，那时她已经是高级经理，有 30 多人的团队，还持有公司的原始股，但她还是毅然决定从零开始……

工匠一样的父亲

黄霞的父亲是乐山国电大渡河流域系统的一名汽车司机，为人谦和。尽管他只是一名司机，但对机械却有着工程师般的爱好和精通。小时候父亲常对她说，会开车不算什么，会修车才是专业。在黄霞眼中，父亲更像一个工匠，一个专注于把一门技术研究到极致的工匠。

也许正是由于这样的影响，黄霞的身上既有女性的敏锐、细腻，同时又有研究和实干精神。只是，她研究的不是汽车，而是可以服务更多人的金融保险业。

大凡有特殊天赋的人，都既有特别厉害的一面，又有"迟钝"的一面。用黄霞自己的话来说："我是一个在某些方面比较笨的人。因为笨，所以发展得很慢……但我渐渐懂得享受这种慢的乐趣了。慢，就能静下来；静下来，就能生出智慧来；智慧，能给自己和别人带来乐趣，带来益处。这也许是受家乡环境的影响。你看峨眉山、乐山大佛，薄雾中，明月下，也有一种慢和静。人生就像一场禅修。静下来，可以看到前面更远的路、更大的空间，人也就更包容了。"

她对金融保险有着极大的兴趣和热情，行动力也超强。她透彻研究金融保险工具，包括法律、证券、投资、遗嘱、信托等，最后的落脚点都是"如何使投保人利益最大化"。

如果把太平人寿比喻成一所医院的话，那么黄霞就像是一名专家型的医生，擅长多种医学学科综合治疗的医生。她了解各种金融工具的长处和短处，能为客户制订相互弥补的完美方案。

保险市场上的高净值人群对量身定制保险方案有强烈需求，但只有少数保险代理人才能做到。

高净值人群是改革开放之后出现的特殊人群。他们拥有巨大的财富，同时也面临巨大的风险，比如市场的瞬息万变、突发的人身意外等。他们需要专业人士为他们定制财富管理方案，比如通胀时资产的保值增值，家族财富的传承、分配等。

服务这个群体面临的问题有两个，一是给他们提供服务的金融保险人员要够专业，二是他们要对服务人员的人格和才识有足够的信任。

黄　霞

"从小父亲的专业和实干精神就影响着我。我做一件事情就要把它做到极致。读书时,学习诗词,我不是泛泛而学,而是力求专精。我高中的时候就会给汽车换轮胎。我还会杀鸡。刚开始我也不敢,但父亲说,你不能只会吃不会杀啊,谁会为你服务一辈子呢。父亲告诉我'梅花香自苦寒来',我觉得这句话太有道理了,所以我特别喜欢蜡梅。"黄霞常常回忆起父亲对自己的影响。

五千万元巨额保单的诞生

2013 年,经过与客户长达四五年的相处、沟通,中国个人寿险业的一张巨额保单产生了,每年交五千万元保费。完成这个业务的就是黄霞。这对投保人和保险人(公司)来说,都是一个巨大的资产项目。除了需要极高的专业考量之外,黄霞个人也必须赢得对方的信任。

一时间,行业内引起轰动,行业外则把它作为一则财经新闻进行报道。

有人问,黄霞是不是一个大美女,不然怎么能签下如此大的保单。

黄霞确实有一种美,一种不一样的美:知性而优雅,睿智而恬淡。

黄霞回忆说:"先是客户的夫人认可我,认为我人品很好,知性、优雅,还有一种女性少有的直爽。我与客户经过长时间沟通后,对方对我的专业也高度认同。最后大家相处得就像一家人一样。谁不希望有这样一位好朋友呢?!他的能力和专业可以为自己几千万元、几亿元的资产进行资产配置需求分析。"

于是,这位沉淀了 13 年的保险风险规划师,在行业内外声名鹊起;一位拥有巨额财富的企业家,也获得了最佳的财富保障方案。这为黄霞所在的吴洪团队赢得了荣誉,也给中国保险业带来了信心。

从行业发展的角度看，这一业务的完成，意味着传统人寿保险业务与高端财富人群的资产保障，实现了一次高层次的对接，给整个保险行业和高财富值客户人群，都带来了新的思考。

在谈到这一系列荣誉时，黄霞依然保持着专家型保险财富顾问的淡定。她说：

"我真的是一个比较笨的人。因为知道自己笨，所以我做事情认认真真、扎扎实实。我从来没有'高瞻远瞩'的那种聪慧。我都是从别人的成功和失败中学习，在我自己的思考和努力中学习……

"有些方面，我还很弱。比如在照顾别人方面，不够周全、不够细心。好在大家都很包容我。从团队长吴洪总到艾英总，在我不那么擅长的方面，他们常常想方设法支持我。所以，后来我带团队时，也是这样，尽量发挥每个人的特长。所以我特别感谢这个团队。我也非常认同'军队、学校、家庭'这样的团队文化。

"除了专业之外，还要有耐心面对客户的刁难、质疑。客户不理解的时候，怎么办？会产生什么样的心态？我认为只有从自身找原因，先改变自己，才能影响别人。我常常对自己和团队成员说，做一件事要尽力做到更好，对自己、对伙伴、对客户都要尽可能做到极致。如果做一件事，99%你都是对的，你只有1%的错，别人有99%的错，那么是改变自己的1%容易呢，还是让别人去改变99%容易呢？可不可以先改变自己的1%呢？"

"精诚"团队

保险公司特殊的发展模式，不仅需要个人业务优秀，还必须在组织发展上同样优秀。经过多年的沉淀，黄霞带领的团队极富个性。"精诚"，是黄霞团队的核心价值观："团结协作，精益求精，诚者自成"。

黄霞以特殊的方式，践行着她的人才观、团队观。

多年以后，面对记者时，她这样说：

相较于吴洪总那种更高的格局、更广的维度，我带的团队，人力不多，但尽可能精英荟萃。我要的是小一点的团队，但要聚集最优秀的专业人士，彼此携手，从诚信走向成功。

"团结协作"讲的是态度，"精益求精"讲的是专业，"诚者自成"讲的是结果。有态度、有专业的一群人，放下骄傲，释放才华，一定可以做出很精彩的事情来。有了这样的维度，才是我理解的成功。

十多年来我一直信奉这样一种理念：一件事，反复做，持续做，精进做，十年如一日，滴水就能穿石。千万不要做十年如一日原地踏步的人。

我的特长在财富管理领域。在这个领域我有不同的身份，比如财富管理专家、财富规划师等。为什么要做团队呢？因为一个人的力量一定是有限的，那就要"复制"更多优秀的人，甚至未来可以超越自己的人。这是我这些年来不遗余力地带领杨雪、朱琴、张嵘、陈霞等，带领团队成长和发展的动力。我认为只有一群人的事业，才是可持续的事业。

怎么才能"复制"优秀的人才呢？首先师傅必须很优秀，先得自己成为千里马，再成为伯乐。这种"千里马兼伯乐"的逻辑，注定师傅一定会很辛苦。

这种"传、帮、带"，是高新支公司多年来的一个传统。

在财富管理领域，我可能对遗嘱、信托、保险、法律、投资更关注。我希望自己在保险行业这六七百万从业大军中，成为顶尖的0.01%。我们可以跟律师讲保险、讲法律和保险的结合，可以跟上市公司老总谈投资与保险的关联……他们懂的，我们必须懂。虽然不一定与他们同样专业，但是他们不了解的，比如在财务风险管控领域，我们则必须是专家。否则，不知道风险，怎么来谈保险、谈安全呢？我们只有知道最大的风险是什么，才能了解安全的价值是什么。

这就要求我们跟企业家的对话要更精准和清晰，不是去追一张保单、一次业务，而是追求专业的融合，给彼此行业带来新的融合性的那种合作。

我常常想，做专业的事和做人的道理很类似：心大了，事就小了，事大了，心就小了。

亿元保单的秘密

2017 年，黄霞再一次刷新了自己创造的纪录，完成了一项保费上亿元的保险业务。

一时间，黄霞再一次被推到了荣誉的顶端。

业内的许多人都不禁好奇地想知道：究竟是怎样办到的？这背后的奥秘是什么？

新闻媒体也在探寻：是通过什么方式实现的？这一事件对人们的启示是什么？

在北京，著名的水立方，黄霞应邀发表了一个题为《对话企业家》的演讲，揭开了亿元保单背后的秘密：

…………

许多人都很关注我的五千万元保单、亿元保单。我很少讲，不是我不开放，而是因为我觉得客户的隐私胜过我的荣誉。我认为这是一种职业素养。有人问我亿元保单是怎么签下来的，我说你签过十万元保单和百万元保单吗，如果这些你都经历过，那么亿元保单也同样如此，过程都是一样的。

其实，我们之所以能跟企业家对话，取决于五个维度，即一个人的情商、财商、险商、法商、政商。这五个维度都需要我们不断地去修炼，花很多时间学习。客户本身的资产在那里、需求在那里，不是你说了什么话客户才认同你的，而是客户的需求一直存在，只是我们的专业水平或高或低，只有通过自我完善，最后和客户的需求达成一致，才可以达成目标。

第一，要有时间；第二，要有情感；第三，要专业。有的人很幸运，不需要花费太多时间就可以做成一件事。但我完成一个业务需要很长一段时间，要与时间做朋友。不过，专业却是任何人都需要花很多时间去学习的。你能遇到谁，可能取决于你是谁。你是什么特质的人，可能就会遇到什么特质的人。所以，专业才可能赢得尊重，成就大单。

我跟"亿元保单"的客户认识了10年以上。客户的保险意识和观念是他在不断经历风险的过程中形成和加强的。他本人是有宏远目标、有风险意识的人，不是一个太冒进的人。我在服务的过程中不断学习成长，加上有专业作为支撑，天时地利人和，公司又有产品，自然就成了。同时，我也深深地感谢客户的信任。

我常对我的团队成员说，很多人说我们做保险，就是帮人家化解风险的。是的，但是你"化解"的风险是有限的。我们需要从全局去看，把一个一个的产品接地气地组合起来，最后帮客户解决问题。我们需要关注到这个保单不足的地方，然后用其他工具，比如金融工具和管理工具来弥补。不能让客户把所有的资产都买成保险，不要房产，不要股权了，不可能的，要配置，完美的配置才是最佳方案。单一的产品就是文字，而系统的方案是文化。

哈佛管理学院的教科书里有这样一句话："客户购买的是你对他的关心，他对你的信心。"你对他的关心，体现在你的温情和服务上；他对你的信心，则来自你的专业和品格。所以，我们与企业家的对话，其实就是人性、专业、品格的对话。

…………

云淡风轻的表述背后，黄霞揭示了中国一个特殊的市场和人群对顶级保险、理财专业人士的特殊要求。

为什么要去爱

成功的事业背后，都离不开一个字：爱。黄霞对自己的工作也充满了热爱。多年后，她这样回顾起自己对保险业的这种"特殊情感"：

在我完成了太平人寿最大保单之后不久，我遭遇了人生的不幸：一段时间，口不能言（失声），脚不能行（脚踝骨折）。

一天，在做完一次分享之后，我突然气息上不来，不能说话了。此后整整 3 年时间都不能正常说话。一说话就气喘吁吁，后来慢慢恢复到可以讲 5 分钟、10 分钟。失声还不到 4 个月，我的脚又受伤了。当时我看见我的一个客户的孩子从楼梯上滚下来，就顺势用脚一挡。孩子没事了，但我 5 年不能正常走路。医生说我永远不能穿高跟鞋了，也再不能穿丝袜了，连三伏天都要穿厚袜子。在治疗的过程中，我慢慢悟到：人生路上的问题是堆积已久的，绝不可能一朝一夕解决。所以我慢慢开始修炼自己的性格，变得更加平和；同时也开始思考一些精神层面的东西，比如爱，比如奉献……

从马斯洛的需求层次理论来讲，人们从低层次的生存需求，到高层次的精神需求，再到自我实现的需求，是一个金字塔式的结构。人们需要做一些看似没有收益和回报的事，这就是"爱"的需求。我们做公益，就是一种爱的传播。吴洪总带着我们太平高新团队一起去做。

我同样也觉得教育能兴邦，读书才能改变人生。所以，我愿意把我挣的钱一年拿五千、一万、两万、三万元去扶持一个个"珍珠生"。所谓珍珠生，就是学习成绩优异，但由于家庭经济困难，无法继续完成学业的贫困学生。他们就像珍珠一样隐藏在贝壳里，等待着被人发现。

当时保险行业有个平台叫"华人保险大会"。我们就在大会上认捐"珍珠生"，全国范围内的贫困的优秀学生。我每年都会认捐5个。我不需要知道这些孩子在哪里，我只需要知道这些孩子因为我的捐赠读完了初中，读完了高中，还上了大学，就够了。看到邮箱里面他们发来的成绩单，我就觉得我在默默地做一些有情怀、有信仰的事情。这是我过去十年做的事情，也是吴洪总带着太平高新伙伴都在做的事情。

偶然间，我因为一句话接触并加入了一个公益群体，之后便一直践行这个群体的公益精神。"一方水土，养育一方人。我们不能把现有的资源全部消耗掉，应该为子孙后代留下碧水蓝天。我们每一个人的能量很小，但来自天南地北的我们聚集在一起，就会产生巨大的能量，留住长江的微笑，留住世间的姹紫嫣红。"我想，人活一世，除了为自己创造美好的生活，还需要为这世界做些什么。这个群体让我从此找到了归属感，踏上了"长征路"，我用自己的时间、精力和金钱贡献一份力量。

我做的另一个公益就是关注患白血病的儿童。很多人可能是因为小时候居住的环境和吃的东西不好，而导致发病。所以除了教育，我对健康、环保方面也越来越关注……

一次我儿子问我："妈妈，你这么忙，为什么要做这些公益？"

我告诉他说："儿子，一个人有才华不算什么，真正成功的人都是有利他之心的人。你有了这份初心，才能认识更多优秀的人。与优秀的人为伍，与智者良师同行，你就会成长得更快了。"

儿子后来考取的是政法大学，录取通知书上写着"为社会公平正义"。

这句话，我连读了三遍。我对孩子说，学法律一可以保护自己，二可以帮助他人。懂法守法是社会人、企业人的底线，要做一个对社会有价值、有利他之心的人。

直到今天，我依然这样认为，父母应该成为孩子的榜样，身教大于言传。我希望孩子的未来比我更好。

…………

这就是从一个才女到一个工匠，从保险精英到社会精英的黄霞。

黄霞先后荣膺太平人寿高峰会会长、精英大会会长、世界互联网保险大会副主席；获得世界华人保险大会白金龙奖……

面对众多荣誉，经历过成功也经历过挫折的黄霞，依然云淡风轻：

"还是那句话，我不是英雄，但我成长在一个英雄的团队。"

记忆 2013

英国著名的散文家、哲学家弗朗西斯·培根（Francis Bacon）曾说过："时间，是衡量事业的标准。"

2013 年，对于吴洪和他带领的营业二区团队来说，是一个值得特别记忆的时间节点。

这一年，团队人数从最初的 138 人发展到上千人。

这一年，全年承保标保首次突破亿元大关，营业二区团队终于撞开了属于自己的"亿元大门"。

这一年，在北京人民大会堂，吴洪团队营业二区被全国总工会授予"全国工人先锋号"这一国家级荣誉称号。

这一年，四川雅安芦山发生 7 级地震，吴洪和他的伙伴们又在第一时间赶赴灾区。

这一年，中国太平保险集团（以下简称"中国太平"）完成重组改制，整体上市，成为中国四大保险集团之一，中国保险行业第一家跨国公司。

这一年，中国太平提出了"打造世界金融服务杰出中国品牌"的战略目标。

这一年，为进一步在公众中加强保险宣传，提高全社会保险意识，中国保监会决定，将每年的 7 月 8 日确定为"全国保险公众宣传日"。第一年的主题是"保险，让生活更美好"。

…………

从 2002 年年初太平人寿"四川开局"，迄今已整整十一年。

十一年，可以做多少事情？十一年，可以带来哪些变化？

吴洪和营业二区的伙伴们用十一年时间，把当初的梦想渐渐变为现实：

"打造寿险行业的正规军"，"让保险人和保险行业受到应有的尊重"，"成为投保人的首选，成为高素质从业人员的首选"，打造"军队、学校、家庭"团队文化……

在这个英雄团队，诞生了完成中国个人寿险保额"第一大单"的陈孝翠，诞生了完成个人寿险五千万元保单的黄霞，诞生了把一个又一个培训课程推向中国保险行业的艾英、王玉聪，还有创造了一个又一个业界奇迹的杜巧丽、陈瑛、简璞，还有许许多多正在冉冉升起的业界新星……

2013 年，对于吴洪个人来说，也是铭心刻骨的一年。

2012—2014 年，中国太平提出三年再造一个新太平（简称"三年再造"）战略，是顺应行业发展的重要举措。这关系到以后的业务发展方向，也关系到市场竞争格局的变化。

但正是在这个关键时候，吴洪长期住院的父亲病危。大家与小家，事业与家庭，如何兼顾？

白天，他在公司参与各种经营会议，主持晨会、精英沙龙、研讨及培训等。晚上，他赶到病房，照看父亲。他默默躺在父亲身旁的陪护床上，两代男人的生命在这里进行无声的交流和交接。进入保险行业这十多年来，经历了各种风风雨雨之后，吴洪似乎才开始理解什么是人生……

4月19日，吴洪从病房赶到公司。正在开会的吴洪，接到了父亲去世的噩耗。人们常说生命中总会有奇迹发生，但这一次，他没能看到奇迹，甚至没能见上父亲最后一面。

遗体告别那天，他为父亲守灵，一夜没有合眼。第二天上午，送别了父亲，下午他就出现在公司的新产品的第一场发布会现场，并担任主讲讲师。商场如战场啊，上千人的团队，容不下一个男人的悲伤！

团队许多在场的伙伴，眼眶湿润地听完他对转型新产品的讲解和部署。

那个当年催促他去买保险的人走了，那个曾经用毛笔给他写招聘广告的人走了，那个一直鼓励他、默默陪伴他在保险行业打拼十多年的人走了……

父亲走了以后，吴洪下班回家，常常坐在母亲的床前，默默地久久拉着她的手。虽然此时母亲瘫痪在床已经十多年了，但他心里还是默默感恩上苍，让他和妻子还有机会守护这个对他们来说最珍贵的人。

4月28日，吴洪来到北京，从中华全国总工会主席的手中，接过了"全国工人先锋号"的授牌。

从北京回来，在机场回市区的路上，大片大片的麦田从车窗向后退去。吴洪想，这可能就是生命吧。在时间的长河中，一代人走过了，另一代人又来了。就如同这片田野，在冬天的荒芜之后，又翻滚起绿色的浪涛。

第四章 **打造世界级卓越寿险团队**

"三年再造"：发展从变化而来

2012 年，中国太平提出了"三年再造"的重大战略，并提出总资产、总保费、净利润实现三年翻番的具体目标。

为什么要"三年再造"？为什么要"三年业绩翻番"？这是一个看起来几乎没有可能实现的目标啊！

时任太平人寿总经理的张可，这样解读其中的背景和原因。

从 2002 年到 2012 年，中国太平回归内地已经有十个年头。十年的努力，成就是巨大的，但日积月累的一些问题也开始显露出来。

一是人寿保险行业发展总体比较低迷，市场增速缓慢；二是许多团队已经慢慢失去了创业之初的冲劲，有些安于现状；三是太平人寿与市场第一名的距离在拉大。从时间上看，尽管太平人寿在内地开展业务才十年，但根据自己的市场直觉，这位长期在市场领军率队的企业家感到了危机。商场如战场，从来就是不进则退。如果不实现战略上的大突破，就会长期处于被动。

但是，三年，要使总资产、总保费、净利润翻番，就意味着三年完成的业绩，要比过去十年的业绩还要多。

这是一个"拍脑袋"定的目标，还是经过了更深刻的市场分析？

这是一个不顾现实的冲动，还是对自己的人力资源、组织效率、产品研发、业务经验的自信？

行业还是这个行业，市场还是这个市场，政策还是这个政策，如何在三年让业绩翻番？

如果把宏观分析聚焦到一个微观团队，就更能理解这个目标的难度了。

从 2003 年到 2013 年，吴洪带领的营业二区的总保费和人力情况大致如下：

2003 年，人力 293 人，全年保费 1 553 万元；2007 年，人力 700 多人，全年保费 5 000 万元；2013 年，人力突破千人，全年保费上亿元。这用了 10 年的时间。

按照三年翻番的目标，吴洪团队应该在 2014 年年底完成 3 亿元以上的保费业绩。

他们能够办到吗？

如果连这个一直是太平寿险系统的冠军团队都办不到，那么结果也可想而知。

最后的事实证明，太平人寿总公司办到了，吴洪带领的营业二区当然也办到了，而且是超额完成。2014 年年底，高新支公司（此时营业二区建制已升级为高新支公司）全年承保标保实现 3.16 亿元。

2014 年年底，是中国太平团"三年再造"收官之时。第三方统计数据表明，太平人寿总资产、总保费、净利润，均实现翻番，其中净利润指标是原来的 3 倍，总保费市场份额提升 1.8 个百分点。

值得注意的是，2014 年太平人寿年度保费中有超过 300 亿元来自续保保费，相当于老保单的保费"每天一个亿"。2014 年以后，太平人寿的个险期交业务①、个险边际新业务②、银保标保业务③等的增速都超过了 30%……

在众多的企业经营案例中，这无疑是一个非常值得研究、极具参考价值的案例。

三年业绩翻番，是从总资产、总保费、净利润三个财务指标提出的。也就是说，简单靠规模大战、费用大战，是无法实现的。三年业绩翻番也是在"风控合规"与"客户经营"同等重要的前提下实现的。

对整个中国寿险行业来说，这不仅是一个值得浓墨重彩宣传的经典案例，更是一次对市场需求"新大陆"的发现。

没有市场需求，无论多么宏伟的目标都是无法实现的。但发现和满足这种需求，则是企业家不可替代的价值。

换一个角度来看，正是这种需求的发现、产品的研发、团队的组织，才实现了社会在某个领域的进步。

张可总经理后来说，"三年再造"不仅是业绩上的单一指标，更是内在的组织结构、功能、文化、机制、流程、激励方式等全方位的再造。"三年业绩翻番"，也不是"拍脑袋"或冲动而来的，而是经过深入研究、论证、回顾、总结产生的。

吴洪团队参与了这一太平再造工程，并且在这个过程中，个人和队伍的能力得到大大提升。

随着"三年再造"目标的实现，中国太平又提出了"精品战略"目

---

① "个险期交业务"：保险专业术语，指个人保费分期缴纳的业务。
② "个险边际新业务"：保险专业术语，指由主要保险业务带来的边际业务。
③ "银保标保业务"：保险专业术语，指保险公司与银行合作，由银行系统完成的保险销售业务。

标。吴洪带领的高新支公司，则相应提出了"打造世界级卓越寿险团队"的目标。

2014 年突破 3 亿元大关之后，每一年，吴洪团队的年度业绩都在亿元规模上增长，实现了连续十五年的业绩正增长。

团队业绩从千万元级到亿元级，从亿元级到几亿元级，从几亿元级到十亿元级……这其中的奥秘是什么？这里面有什么值得其他企业参考或借鉴的呢？

吴洪提出的"打造世界级卓越寿险团队"的目标，能够落地吗？

一个新的生长周期已经来临，一种与更大力量结合的、大自然的潮汐已经开始。

精彩，从来都只属于那些主动去迎接生长周期、与潮汐共舞的人。

新的潮汐：发展机遇

2014 年 8 月 13 日，国务院发布《国务院关于加快发展现代保险服务业的若干意见》（简称"新国十条"），明确了保险业的发展目标。

"新国十条"指出，到 2020 年，基本建成保障全面、功能完善、安全稳健、诚信规范，具有较强服务能力、创新能力和国际竞争力，与我国经济社会发展需求相适应的现代保险服务业，努力由保险大国向保险强国转变。保险深度（保费收入/国内生产总值）要达到 5%，保险密度（保费收入/总人口）要达到人均 3 500 元。

"新国十条"的出台，把发展保险事业，从行业意愿上升到国家意志，以"顶层设计"形式，明确了现代保险业在经济社会中的地位。

这时，距离 1995 年 10 月 1 日《中华人民共和国保险法》施行，已过去 19 个年头；距离 2006 年颁布《国务院关于保险业改革发展的若干意见》（简称"国十条"），已过去 8 年。

从保险立法，到保险业深化改革，再到保险业升级发展，经历了近20 年。

"新国十条"的意义究竟是什么？

简单来说，一是明确了"保险业是现代经济的重要产业"。也就是说，它与农业、工业、信息产业等一样，是国民经济的重要组成部分。二是明确了其产业特性，是社会风险管理和财富管理的基本手段、有效工具。也就是说，只要你有一定的财富，就需要这样的工具来管理。只要你可能存在风险，就需要有这样的工具来规避风险，保障生活。

有学者认为，这是中国保险业与国际接轨的重大举措；也有学者认为，这是国家治理、公共管理层面的初心回归。无论怎么说，对于保险行业来说，这都是一轮新的产业潮汐，新的生长周期，也有新的使命内涵。不能简单地只追求业绩，而是要为客户提供高品质的多方位保险服务。

正是在这样的背景下，中国太平提出了"精品战略"和"打造最具特色和潜力的精品保险公司"的目标，吴洪团队也相应提出了"打造世界级卓越寿险团队"的目标和"深化精品战略"。

最终，吴洪团队提出了 2020 年的具体目标："保费 30 亿元，人力 1 万人"。

按照吴洪的说法，只有高远的目标，才能凝聚人心，催人奋进。目标越具体，越能让所有的人兴奋，让团队知道"要到哪里去"。目标分解越阶梯化、体系化，越能让团队明白"究竟该怎么做"。

简璞说，没有最好，只有更好。如果目标定得太低，就会约束大家的潜力，"贫穷真的会限制想象"。

一轮新的产业发展潮汐，让吴洪、杜巧丽、陈瑛、简璞、艾英、王玉聪等，再一次把行业初心与精彩纷呈的业务创新结合起来，演绎"高新人"的亿元大"聚变"，同时也把保险这个曾经被许多人误解的"边缘"产业，变成人们不可或缺的"财富服务商""风险管控商""保险文化传播者"。

团队文化，再一次起到了连接和催化的作用。

"快"的奇迹

武侠小说里有一句名言，"天下武功无坚不摧，唯快不破"。

快，是一种境界；快，是能量的积蓄与爆发。

太平人寿的传奇人物之一彭钢，无疑是属于"快"的典型。

2012 年 6 月他"白板"入司，作试用业务员，2016 年 3 月晋升为区域总监，带领上千人的团队，不到 4 年连升 7 级。他是寿险行业迄今为止从"白板"入司晋升到总监，用时最短的人之一。

彭钢，人称钢哥，宜宾人。高大壮实，性格开朗。说话声振屋瓦，略带沙哑的嗓音透着一丝沧桑感、豪迈感。进入保险行业时，他已经年近 50 岁。他教过 10 年书，其间做过 7 年教务主任、3 年校长，后因患了职业病慢性咽炎弃教从商。经商近 20 年时间，成功创建了 8 家独立法人企业，业务涉及广告、化工、体育、建筑、IT、健康产业、酒业……

按他的说法："教书，我从来没有拿过全省三等奖，最低都是全省二等奖。

"做企业，我至少把一个企业做到了有全国影响力，一项技术产生了世界性影响。"

有全国影响力的，是指他参与推动的全国糖酒商品交易会；产生世界性影响的，是指他和团队研发的氟化石墨生产技术。这一技术确实可与美国顶尖的技术媲美。日本一家公司曾经为了获得这项技术成果，到成都苦苦等了他一个多月……

这位来自长江第一城宜宾的成功企业家，是怎样加入保险行业的呢？为什么又要加入太平人寿成都市高新支公司这个团队呢？

儿子启发了老子

21世纪初，很多产业都在发生变化，特别是传统产业的变化更大。彭钢所做的产业，也正处于转型之中。

糖酒会广告，因为互联网的迅速发展，已经一年不如一年；体育产业陷入停滞；最让彭钢骄傲的化工产业，就是氟化石墨产业，也因为涉及军事用途而受限……

如果说彭钢的前20年，见证了中国改革开放的活力，那么后面的10多年，则经历了产业转型的无奈和阵痛。产业转型，对于老板和员工都是痛苦的。熟悉的业务，要放下。重新学习新业务，又不是一件容易的事。更何况，那些跟着自己打拼多年的伙伴，岁数都大了。以后怎么办？抛下吗，不是彭钢的性格，也不符合他的逻辑；扛着吧，确实又有很多难处。

"必须打破这种局面。"彭钢不是坐以待毙的人。但出路何在呢？

正在这时，在英国读书的儿子大学毕业了。回国后，为了锻炼他，彭钢只给他1 000元车费，让他去上海闯闯。上海，在走南闯北的彭钢眼中，是最锻炼人，也是机会最多的地方。

到了上海的儿子居然应聘到一家保险公司工作。这是彭钢很不满意的。彭钢认为，一个人只有在没有出路的时候，才会去保险公司。

然而，一年以后，当儿子把收入单、银行卡放到他面前时，彭钢惊讶了：一个在宜宾上完高中就到国外读书，在上海举目无亲、刚参加工作一年多的年轻人，平均月收入居然在1.5万元以上。惊讶之余，他开始怀疑儿子做的所谓保险会不会是传销呢。彭钢悄悄做了一番功课，进一步了解儿子所在的公司。得知这确实是一家知名的正规人寿保险公司，彭钢的心才算放了下来。

接着，父子两人的交流开始了。

"老爸，你确实 OUT（落伍）了哦。我建议你到英国看看。在英国，保险代理人和教师、律师、医生一样，是受尊重的职业。中国的保险业因为起步晚，所以好多人还不太了解，甚至有误解……"

"那你给我详细讲讲保险这个行业，比如历史啊、原理啊这些。还有保险公司的运作、分配机制……"

当过老师的父亲，开始对这个行业产生好奇，希望了解一些行业本质的东西。

一个守约的电话

与儿子的一番研究课题似的沟通后，彭钢对保险业有了大致的了解：财险、养老险、寿险……

他仿佛发现了一片蓝海。这个在传统行业打拼了几十年的企业家，决定放下身段，从零开始。2012 年，他把自己的简历挂在了招聘网站上。

他的简历上要求的职位是：一、合伙人：双方可以合伙做生意，投资做一件事或者好的项目。二、职业经理人：月薪不能低于 3 万元，年薪不能低于 50 万元。

多年以后，彭钢回忆起了自己具有戏剧性的从业选择经历。

…………

简历投出之后，第一个联系我的是王玉聪总。当时她的助理给我打电话说："明天下午一点半，请你到我们公司来面试。"

我说行。接了他的电话后，另外一家公司也给我打了电话，让我第二天上午八点半去面试。那是中国最大的财产保险公司。与老总交流后，他们当即聘任我去金牛区做负责人。我觉得条件待遇都不错，所以基本上就定下来了。

那是上午11点45分，我准备开车回家，好好准备一下，第二天走马上任。正准备发动汽车时，我突然想起昨天约好的，下午一点半还有个面试。我当时心想，人要有素质嘛，如果不去了，出于礼貌，应该给对方回个话。我按照昨天打过来的电话号码回拨过去，告诉他我不去了。但接电话的不是昨天约我的那位助理，而是王玉聪总本人。我说，我不去了，我已经决定到另一家保险公司了。谢谢你们昨天的邀请。她却说：

"没关系。首先恭喜你智慧地选择了保险这个行业。你去的是保险公司，我们也是保险公司。你的简历我看了，我们是老乡，都是宜宾人，而且我觉得你更适合做人寿保险。反正也已经中午了，过来多了解一下，对你也没什么妨害。对吧？"

我想也是，就开车过去，20分钟就到了。在陈瑛总的办公室见到了她。

后来我才知道，为了这次见面，王玉聪总做了充分的准备。当年的办公室，不同职级是有面积大小区别的。王玉聪总是高级经理，她的办公室基本上放一张桌子、两把椅子、一台电脑就没什么位置了。陈瑛总是她的师傅，已经是区域总经理了，所以陈瑛总的办公室很大很漂亮，有茶几，展示柜里全是奖杯，墙上挂着她与梅第爷爷的合影……

在陈瑛总的办公室我们开始交谈。

"你有信用卡吗？"

"有。"

"你有储蓄卡吗？"

"有啊。"

"是哪几个银行的呢?"

"基本上四大行的我都有。我是很多俱乐部的会员,有很多 VIP 卡。"

"这些都叫金融。你有这么多金融行为,为什么不来从事金融行业呢? 农业时代、工业时代到信息金融时代,这是世界发展的规律。你不成为金融的从业者,就会被动地成为金融的消费者。"

我想想,也是。她又说:

"做保险不是卖几份保单这么简单,你实际上是在找一个平台。太平出产品,你是代理产品的,就像五粮液出产品,你是代理商一样。你是来当老板的,用 3~5 年乃至更长的时间建立一个年净利润几十万、几百万、几千万甚至上亿元的永续经营的企业。"

我觉得好有深度啊! 她接着说:

"做寿险,虽然下面没有保底,但是它上面也不封顶啊。为什么不封顶呢? 因为你服务的客户可以无限多,你的团队也可以不断壮大,当然收入就不封顶啦。对吧?"

"那我来做老板,人从哪里来呢?"

"招的呀。"

"那我可不可以带几个人一起来呢?"

"当然可以啊。你的推荐人是我,你带的人来培训,培训完了,他们的推荐人就是你。"

"那当经理的标准是什么?"

"就是 1+4。只要你的团队有 4 个人,达到公司的相应要求后,你就可以当经理了。当然也有业绩考核。"

……………

聪明人的对话总是简短的。一个说到点子上，一个听到点子上。彭钢在简短的交流后，改变了自己几个小时前的决定……

几年后，彭钢不但实现了他年收入的预期，也实现了他带千人团队的愿望，更重要的是，实现了他"合伙人"的创业梦想。

彭钢守约的一个电话，给自己和伙伴们找到了新的事业平台。

王玉聪的急中生智，为自己找到了一个得力助手。

世界的因缘就是这样，在恰当的时间，恰当的地点，不知不觉中成就了一段传奇。

"快"的数据

入职，只是彭钢新事业的开始。在这个完全靠业绩和数据说话的保险行业，彭钢还能再创辉煌吗？

彭钢后来用一组数据和一首歌，解读了自己的奇特经历。

"2012 年 6 月 21 日，我带着 5 个人来培训，其中 4 个人和我一起入司。6 月 25 日转正，9 月 25 日，我晋升业务经理。

"10 月 28 日，我腰椎摔伤住院，离开公司 5 个多月。

"2013 年 4 月 15 日回到太平，我发现我的 7 位组员一个都没有了。我的职级也降成了正式业务员。怎么办？从头再来。

"2013 年 6 月 25 日我又以人力'1+4'模式，第二次晋升业务经理。

"从 2013 年到 2016 年，我 3 年连升 7 级。3 年后，我的团队人数达到 1 088 人，我晋升为区域总监。"

这确实是一个传奇！

但这种传奇也许只能出现在太平高新这样一个有强大团队文化内核、又极具包容性的团队里。

那几年，一个年过半百的男人，早上 7 点出发，开车到公司，无论刮风下雨，都把车窗打开，把车内音响调到最大声，高声唱用汪峰《北京，北京》改编的《二区，二区》：

"我在这里欢笑，我在这里哭泣。我在这里活着，也在这里死去。我在这里成长，我在这里辉煌。我在这里付出，也在这里进取……二区，二区。"

那沙哑的、带着沧桑的歌声，引来满大街惊诧的目光。天天早上 7 点出发，晚上 10 点半回家，3 年从来没有休息过一天……

2013 年 9 月 19 日，周四，中秋节，恰逢公司教育培训部开新人班，公司放假一天。大家都回家过中秋了，彭钢却在这一天向新人班输送了 8 位新人。

…………

老男人的网络增员秘诀

彭钢的团队 2013 年 6 月 5 人，2014 年 313 人，到 2015 年年末已达 1 088 人。如此快速的发展，究竟有什么秘诀？这几乎是每一个采访彭钢的人都想知道的问题。

彭钢也常常毫无保留地分享他的"互联网增员"秘诀：

"我的团队发展得如此之快，并不是因为我在行业的时间久、人脉资源广，而是因为网络。团队的 1 088 人中只有 3 个人我认识：一个是我大学同学，一个是我儿子，另一个是我儿媳妇。这在我们业内叫'缘故'。其他成员我都不认识，他们全部来自网络招聘。

"'快'是我团队的一种文化：新人从进入公司到转正，最快的 19 分钟；从进入公司到晋升业务经理，最快的 56 天；从进入公司到晋升高级经理，最快的 15 个月；从进入公司到晋升总监，最快的 3 年。"

2016 年 9 月，悉尼，"富杰全球领导者论坛"，彭钢作为太平系统营业部的双料冠军，代表中国队担当国旗手，手举五星红旗，走进会场。在会上，他做了题为《中国寿险代理人的招募与培养》的主题演讲。富杰保险是比利时一家拥有 200 多年历史的著名保险公司。"富杰全球领导者论坛"每年的重点，就是世界各国保险团队交流组织发展经验。

彭钢用了 3 年时间，根据自己团队网络增员的实战经验，总结出保险与传统行业的不同，相继开发了"行业六比较之 OON 逻辑""团队建设的闭环效应""打造个人与团队协同成长的共赢联盟""职团开拓，批量签单"等课程，在行业中产生了较大影响。

荣誉和成就也接踵而至：

总公司百万标保精英；

世界华人保险大会 IDA 龙奖获得者；

参加历届 TOP 精英论坛和组织发展论坛；

TOP 组织发展论坛荣誉讲师；

总公司高峰会会员；

四川分公司风云人物；

太平保险集团优秀展业团队；

太平人寿四项吉尼斯纪录创造者；

天雁论坛最受欢迎的讲师之一。

2016 年 3 月，彭钢晋升为区域总监。

彭　钢

如果仔细研究彭钢"唯快不破"的经历，就会发现，"快"的真正难度和奥秘，在于观念和思维的转变、心无旁骛的坚持。

在传统行业思维模式中浸润了二十多年的彭钢，用短短几年时间，不但完成了观念和思维模式的转变，而且还进行了卓有成效的实践。这无疑是值得中国企业管理者研究与借鉴的。

他说，成功源于热爱，他爱人寿保险这个行业，爱这个公司，爱这个团队。

他说，他要让更多人得到保障……

人们不时还会听到这个老男人沙哑的、带着沧桑的歌声：

"如果有一天我不得不离去，我希望人们把我埋在这里。在这儿我能感觉到我的存在，在这儿有太多让我眷恋的东西……太平，太平，高新，高新……"

变奏："快乐星期三"与"二十分管理"

静与动，变与不变，从来都是事物发展的两个形态。

"三年再造"是变，从业初心是不变。这两种特质，在吴洪身上朴素而天然地结合了起来。

2012—2014 年，吴洪经历了"变"的奇迹，于是，他和管理团队希望进一步把"变"做得更深、更有内涵，直到产生新的血液和生命。

2014 年，吴洪带领的营业二区正式挂牌为太平人寿成都市高新支公司，办公地点也迁到高新区的核心地段茂业中心。建制扩大，场地扩大，规模扩大，事业的空间和舞台也扩大了！

随着时间的推移，团队创业者们逐渐步入中年，团队中的 80 后、90 后越来越多。世界是他们的，未来的市场主体、消费者都是他们，事业也要逐渐交到他们手中。

一直身处一线的吴洪及其管理层，更能感受到这种变化。

作为前辈，应该给这些年轻人传递什么？什么才是有利于他们成长的东西？

随着中国太平"三年再造"战略的落地，吴洪他们更深刻地意识到，最大的再造，除了业绩、利润之外，是人力的"再造"。

19 世纪 30 年代，第二次世界大战之前，时任美国陆军总参谋长的乔治·马歇尔（George Marshall），不仅看到了"变"的不可避免——大战一触即发，更看到了在"变"中取胜的核心要素：兵力与兵源。于是他提出并实施了著名的士兵训练计划，为赢得战争的最后胜利奠定了基础……

无独有偶，吴洪和管理团队的人力计划也相继出台，他们确立了"三年之内人力翻两番"的目标。

一切创新都来自人，一切业务都需要人去完成。

在吴洪团队的两项人力计划中："快乐星期三"为新人提供舞台，成为"新人练兵场"；"二十分管理"为新人提供时间管理工具，培养"新人执行力"。

通过分析，吴洪他们认识到，80后、90后的年轻人，大多家庭条件比上一辈人要好，这得益于改革开放。他们的保险意识和接受新事物的能力，也比上一辈人强。他们在互联网时代成长起来，善于利用网络等新工具。假以时日，他们一定会比上一辈人强。

但问题在于，如何让他们看到行业前景，如何让他们愿意为自己的选择负责任，同时也对别人产生责任感，如何建立他们的团队归属感，让他们愿意在这个行业施展才华。

进入21世纪的第二个十年，许多需要密集人力的行业都面临增员难、留住人更难的局面。极具职业挑战性的保险行业，更是如此。

一个全行业都面临的问题，摆在了吴洪他们面前。

为此，吴洪、杜巧丽、陈瑛、简璞、艾英等，开了多次"功能小组"讨论会。他们必须找出问题的症结，找到解决问题的办法。人力组织专家级的"会诊"开始了。

专业，无论面对任何问题，一直都是这个团队解决问题的不二法门。

结论终于出来了。

艾英的分析是：

"第一个问题是心态问题，第二个问题是技能问题。只要新人能够留下来，在行业中经历一次又一次磨炼，他就会成长。专业度提高了，客户成交率也会提高。以前可能花80%的时间在完成业绩上，但仅仅获得了20%的客户。以后会只花20%的时间，就获得80%的客户。也就是说，第一个问题能够解决好，第二个问题也迎刃而解。"

陈瑛进一步分析：

"要留住新人，首先要给予他们存在感。千万不能忽略他们，应该给他们创造展示才华的机会和平台，这样才能让他们更快融入团队。"

但是，在这个老牌营销团队中人才济济，哪里有他们的机会呢？如何给他们存在感呢？

于是，一个创新性的方案出台了，那就是"快乐星期三"，一个专门让新人展示的舞台，包括主持晨会、分享、才艺展示，全部由新人承担。团队有"学校""家庭"文化，老业务员都以积极鼓励的心态对待新人，新人的压力也没有了，气氛一下子就轻松起来。

意想不到结果出现了。

"来到公司以后，每一次看到别人在台上分享，自己也好想上去，但努力了很久都没能实现。现在好了，我们有了自己的舞台和观众。每一次分享下来，都觉得收获很大。"

一批又一批青涩的新人，正是从这个讲台起步，成长为新的保险精英。

"二十分管理"，是太平人寿四川分公司多年来总结出来的经验。当时这方面做得最好的是太平人寿四川分公司青羊团队。吴洪团队管理层迅速吸纳和借鉴了他们的经验，并因地制宜实施。正如吴洪常说的："优秀的团队总是不断对标其他优秀的团队，相互促进。正确的文化，就会带来正确的思考；正确的思考，就会带来正确的习惯；正确的习惯，就会带来正确的结果。"

如果一个伙伴整天无事可做，或者有事也不愿意做，那他就离离开不远了。伙伴要在团队生存下来，就必须要有一定的"活动量"。吴洪他们回顾当年创业时的情形，那么艰难，但大家都"活"了下来，原因就在于每天都有一定的"活动量"。如果新人每天都有事干，就会有收入，自然就容易存留下来。

但是，任何指标都是需要管理的。要保证新人有一定的"活动量"，就要进行"活动量"管理。于是，他们探索出了"二十分管理"的新人成长法则。

"二十分管理"，就是把伙伴的工作进行分解、量化。这类似于管理大师彼得·德鲁克的"积分制管理"。伙伴每天打多少个电话，发多少条短信，拜访多少个客户，向客户提交多少份保险计划书等，对每一项内容打分，然后考核。要求每一个伙伴每天达到二十分以上。

有了管理标准，就规范了行为，产生了执行力。这样坚持一段时间之后，伙伴慢慢就养成了正确的工作习惯。

这一制度实施以来，效果显著。但时间一长，监督也费时费力。怎么办呢？于是，开始变别人监督为自我监督，然后每天向主管汇报。

新人"活动量"管理成功以后，又推进到增员方面。同样，对增员过程中的每一个步骤进行分解、实施、监督。增员的效果也很不错。

"二十分管理"，实质上是目标管理与过程管理的结合，只是更微观化，更具体化。成效是很显著的。

在这个过程中，吴洪常常强调：目标，目标，还是目标！

但需要注意的是，目标的分解和量化，一定要可实施、可落实。目标，是管理的核心。

此外，还必须建立协调和指挥机制，这就是会议机制。吴洪确立了每周总监会机制。所有总监级别以上的外勤和内勤，都要参加会议，目的是让各部门之间有效协调。最终的目的还是达成目标。

可以说，在这场应对"变"的战役中，吴洪管理团队完成了几件事情：

一是抓住了"变"的核心因素：人力的提升，从数量、规模到人力质量的提升。

二是抓住了人力提升的核心因素：存在感、心态、技术，以及工作的分解、量化管理。

三是抓住了管理的核心因素：目标，并确立了实现目标的管理机制——会议机制。

1954 年，彼得·德鲁克出版了《管理的实践》一书。在书中，他提出了一个具有划时代意义的概念——目标管理。

吴洪团队的伙伴们，大多不是学管理出身，但他们在丰富的实践中，将日常工作与管理学结合了起来，更接地气。用一句大家熟悉的话来说，就是"在战争中学会战争，在游泳中学会游泳"。

"三鹰计划"与人才培训体系

从 2015 年开始，由于"新国十条"的政策推动，也由于行业发展的需要，保险行业出现了前所未有的人力"井喷"。此后的三四年里，全行业从业人员规模从 300 多万达到了 700 多万。事实证明，吴洪他们的人力计划，又先人一步，走在了市场的前面。

在多年的管理实践中，吴洪和他的同伴们都有一个特点：做一件事情，要反复论证才会确立目标。但是，目标一旦确立以后，就会持续地、不畏艰难地去推进和实现。

打造"军队、学校、家庭"团队文化是这样，实现"达成万元"目标也是这样的，现在的完成"三年人力翻两番"目标还是这样……

这几乎也是所有成功的企业家、领导者的一个共同特质。按照吴洪团队的话，这叫作"达成目标，责无旁贷"。

但是，要形成这种特质，并且从管理和组织学的高度去认识这种特质并不容易。这就是管理领域人才难寻的原因。

保险行业，需要理论与实践高度融合，甚至有时，实践还要等待姗姗来迟的理论。

"三鹰计划"，就是在这样的情形下实施的。

当 2015 年行业内各大公司开始增员时，吴洪团队已经初步完成了增员，接下来他们考虑的是如何使增员变为增效，如何使人员得到梯度提升。

在大自然中，鹰，是一种奇特的鸟类。它们目光敏锐，行动迅速，目标高远。早期成立的"泰阳团队"，就是以鹰作为团队形象和标识的。

2016 年，高新支公司系统搭建了"三鹰计划"培训体系。"三鹰"，即金鹰、雄鹰、雏鹰三个不同层级。针对这三个层级，相应设计不同的培训方案和业绩目标。

"金鹰计划"主要针对区域总监级别以上的人员，通过系统内外的各种培训，包括留学、海外交流等，提升他们的格局和境界。

"雄鹰计划"主要针对高级经理级别以上的人员和部分资深、绩优的业务经理等，提供相应的培训资源，提升其业务品质和眼界。

"雏鹰计划"主要针对资历较浅的业务经理和优秀新人。"雏鹰计划"中还包含一个过渡型的"鹰翔计划"，主要针对入行一年以内的新人，提供三天、一周、一月的专项技能培训。

一个典型的金字塔型的人力提升体系搭建完成。特别是在金字塔的底部，时间、人数、内容，都是占比最大的，目的是夯实基础。在金字塔的顶部，这里高度最高，视野最宽，目的是培养领导型人才。

这一体系中，融合了培训、管理两个脉络，如同人体的"大小周天""任督二脉"。

正如艾英所说："要开拓高端客户市场，我们就需要知道高端客户他们在想什么，关心什么。这就需要我们有更高的个人素质、更综合的知识面。只有学习型组织才能培养出这样的人才。"

除了公司层面的培训，吴洪他们还倡导团队利用行业内的其他平台学习，如世界华人保险大会（IDA）、中国国际保险精英圆桌会（CMF）、天雁论坛等。

当然，培训和学习型组织的建立，都是需要一定成本的。但公司知道这种成本的价值，也知道如何把眼下的成本变成未来的价值，不让它成为"沉没成本"。具体的办法就是，当一个业务员达到一定业绩的时候，就额外给予"培训课程"奖励——因为许多内部和外部的培训课程，是要付费的。

这一有效的方法，把内因和外因都调动了起来。利用一切外部激励去调动内因，是个人和组织成长的核心规律。

许多公司对业务员的奖励是旅游、奖金等，但高新支公司对业务员最好的奖励是培训。

天平人寿高新团队澳洲之旅

看似一个细节的差异，其中蕴含的管理精髓却是大有文章的。因为管理本身就是由无数个细节构成的。就如一个跳水运动员，成绩虽然由起跳和入水的那一刻形成，但动作细节却贯穿在每一根神经、肌肉甚至每一秒的意念之中。

"三鹰计划"一旦实施，就会长久延续下去，成为团队生命的一部分。

吴洪从业多年，在管理上，对有生命的东西，有一种天然的敏锐。从企业的角度来看，所谓有生命，就是可以持续发展，自我循环。

"百家讲坛"与"师徒制"

培训的思路和体系产生后，还需要解决三个问题：一是师资力量，二是参与者和培训时间，三是业务和培训要两不误。只有这些问题落实了，"三鹰计划"才能落地执行。

具体该怎么办呢？领导团队再一次发挥了作用。

经过一番讨论，最后决定在团队中设立一个"百家讲坛"。所谓百家讲坛，就是由一些在行业内称得上专家的人，在一个公共讲坛上讲课。

"百家"从何而来呢？

就是团队内的精英们。他们各有特点，又身经百战，还常常外出学习交流，当然有很多能让伙伴受益的内容可以讲。"世界上最能打动人的是故事，讲别人的故事不如讲自己的故事。"

"百家讲坛"讲师的定位很高，相当于团队的"院士"级别。要求讲的内容要有权威性，要有针对性。每次时长一个小时。讲之前发海报，告知内容，吸引听众。要求开发的课件要达到全系统"TOP"水准……

这一举措，发掘了不少团队内部优秀的讲师，也提高了伙伴学习的积极性。后来，许多内部讲师正是从这个讲坛，走向了全行业、全系统，甚至全国。

"百家讲坛"的推出，还激发了团队老牌精英们的个人荣誉感、学习干劲。大家把十几年的工作经验系统化、深入化，总结出来，成为团队一份宝贵的财富。

讲着讲着，胸襟就越来越开阔了。这变为了一种专业，一种情怀，成为一种爱的传递、文明的传承。

这是与现代教育观高度契合的一次尝试，是突破"小我"、汇入"大我"的一次跳跃。

现代教育观的一个核心，就是知识和经验的分享，分享的目的，就是形成"共好""共赢"。这样，就带来了文明的进步。

于是，在这个团队出现了这样的场景：官教兵，兵教官，能者为师，德高为范……

怎样在共享时代避免人们对知识产生"廉价"感呢？怎样避免"快餐式消费"带来的浅薄和浅尝辄止呢？答案是传统，传承。

任何一门技艺，都需要技术与品格的融合，特别是为人提供服务的技艺。这是古今中外颠扑不破的真理。

于是，高新支公司再一次推出了"师徒制"，并赋予"师徒制"更丰富的内涵。

"师徒制"，是中国传统的技艺传承方式。除技艺传授，还有伦理内涵。也就是说，师傅不但要传授经验、技术，还要教徒弟做人。而徒弟呢，要谦虚好学，要有感恩之心，要懂得长幼有序、先后有度。

如果说"百家讲坛"借鉴了现代教育的模式，那么"师徒制"则吸收了传统文化的精华。

在技术层面，师傅要先示范，徒弟再跟着演练。人人过关才算一个环节完成。

在做人层面，徒弟刚入行，难免会遇到各种心理、情绪、思维等方面的问题，师傅就要多关心、多开导。在克服困难中，双方建立起深厚的情感。

这些制度设计，可以说处处用心，点滴积累，厚积薄发。

此外，团队还为新人建立了一些激励机制，比如三个月转正的新人，给予物质奖励；专门为新人设计一些他们感兴趣的活动，增强团队的凝聚力；关心和支持新人业务员的再教育，专科升本科，本科升研究生，读各种 MBA 班等。

吴洪说："在涉及人和人的成长的问题上，我们都很严谨，不敢有丝毫马虎。团队的价值，除了履行社会责任、公司责任，还必须担负起帮助每个队员成长和发展的责任。"

保险精英的 EMBA 班

高层管理人员工商管理硕士（EMBA）学位的设立，旨在培养能够胜任工商企业和经济管理部门管理工作的高层次人才，特别是务实型、复合型、应用型人才，注重理论与实践相结合。

能接受 EMBA 教育，是企业管理人士的梦想之一。

这也是吴洪的梦想。2005 年，吴洪报考了西南财经大学 EMBA 研修班，学费高达 12.6 万元。对当时的吴洪来说，这是一笔不小的投入。于是他请求公司支持，很快得到了张可总经理的同意。

吴洪说，想读 EMBA 班的初衷，一是想改善一下自己的知识结构，二是提高学历，便于以后开展工作。没想到，到了 EMBA 班之后，结识了许多朋友，建立了人脉关系，也提供了许多保险服务。

吴洪完成学业后，团队看到了成果，于是杜巧丽、陈瑛、艾英、王玉聪、黄霞、汪群等，都纷纷到大学参加了 EMBA 课程的学习。

去之前，大家都有些担心，因为班上的同学都是企业家或公司高管，怕自己的思维高度和他们不在一个层面上。但结果到了班上学习时才发现，他们在保险行业扎扎实实干了这些年，积累的东西，班上同学们很认可。

更重要的是，他们发现自己学到的内容对团队发展和业务开展极为有用，都后悔来晚了。他们还把学到的知识及时分享给团队的伙伴们，成为知识的"二传手"。

多年在现实中摸爬滚打，难得有学习机会，他们如饥似渴，像海绵一样贪婪而快乐地吸收着。

杜巧丽和陈瑛都先后在西南财经大学和四川大学学习 EMBA 课程，收获颇丰。

一次，杜巧丽听完中国领导力研究院院长刘峰教授的课后，赶忙回到公司把录音整理成课件，作为团队的培训资料，反响很好。

而陈瑛在毕业时，班上同学把"最佳人格魅力奖""最佳贡献奖"颁给了她，让她深受感动。陈瑛回忆说："可能是我从事保险行业的原因，人脉广，一些同学遇到解决不了的事，我就帮他们解决，算是传播了点保险的正能量吧……"

多年的企业实践，特别是销售业务和组织发展实践，再加上学习了 EMBA 课程，杜巧丽、陈瑛的专业知识和自身能力都得到了巨大提升。按她们的话说，真有一种脱胎换骨的感觉。这实质上是实践与理论融合后的"更上一层楼"。

班上许多同学，纷纷邀请她们去自己所在的企业帮助解决问题，去做培训，特别是销售、团队文化建设、人力组织发展等方面的培训。

一次，一个大型企业的老总听了陈瑛的培训课，非常惊讶太平高新团队取得的业绩，就要求公司所有骨干来听陈瑛讲课。后来他还把公司的全国经销商都邀请来，带到太平高新团队考察学习。

吴洪团队管理层的深造学习，带动了团队更多的人，经理、高级经理、总监等纷纷开始学习 EMBA 课程。几年下来，无形之中，太平高新团队又上了一个台阶。

有了收获以后，吴洪团队就想，如何给客户也创造这样的学习机会。这不仅可以帮助企业客户成长，而且还是一份感恩客户的最好的礼物。

"我们能不能与一所知名大学合作，也办一个管理研修班，让我们的
VIP 客户也能得到这样的学习机会?"

这是一个有点大胆的想法。从保险行业跨界到教育行业。

当他们把这一想法汇报给公司后，很快得到了肯定答复，公司积极
调动资源来支持。团队中，艾英是教育培训功能组的负责人，与西南财
经大学一直有联系。于是，在吴洪和她的进一步推动下，很快与西南财
经大学合作，联合开办了"太平光华管理研修班"，成为他们"精品战
略"的组成部分。

团队成员参加 EMBA 课程学习、"太平光华管理研修班"的开办，是
太平高新团队实施人力计划的一部分，是"三年再造"战略的深入推进，
也给行业带来了新的启发。

这些最终都体现在了业绩指标上，取得了令人惊喜的成果。

太平光华管理研修班新班授旗仪式

精品战略：让卓越看得见

2015 年，中国太平在实现了"三年再造"目标之后，又提出了具有战略性、前瞻性的打造"最具特色的精品保险公司"的目标。

对于保险行业，"精品"的具体内涵是什么？

在高新支公司，吴洪负责创新发展这个板块。所以，关于保险行业"精品"的内涵，吴洪开始进行发明家般的思考、工匠般的实践、社会活动家般的组织……

"深刻领悟，快速行动，整合资源"，一直是他的特点。一个有 20 多年实践经验的保险企业家敏锐地看到，这不是一般的小敲小打的创新，而是可能关系到未来经营思路的探索。弄得好，团队发展就能驶入新的轨道，幸运地与一个新的增长周期共同成长；弄得不好，就可能输给时代。

因为，从市场和客户群体来看，"变"已经露出端倪，并将成为潮流。客户群体的年龄结构在变，消费偏好在变，信息文明带来的人的思维习惯、生活习惯在变，连产业形态都在变。

他看到了服装行业的变化。以前是大工厂、流水线、大库房，一个模板一款样式；但在互联网时代，开始了"定制模式"，进入了个性化、零库存时代。

他看到了银行业的变化。从存折、银行卡，到数字存单、手机银行。

…………

那么，保险行业呢，会怎么变？该怎么变？

所谓"精品"，一定是相对于"非精品""简单品"而言的，在内涵上，一定包含了产品端、客户体验端、业务服务端、信息反馈端、产品升级端等一整个闭环中的多个环节。

于是，针对客户服务、客户体验的一系列创新，开始实施。按吴洪的话来说，在变的时代，创新探索不见得 100% 成功，但不探索、不创新，则 100% 会落后。

2015 年，吴洪团队为了提升客户服务，与西南财经大学西部商学院成功举办了多期"太平光华管理研修班"。客户保费达到一定指标的，就免费奖励研修班学习的机会。团队内部优秀人才，业绩达到一定指标，也奖励到研修班学习。

为践行"精品"理念，吴洪团队还与企业界的客户携手，联合打造了"互惠联盟线上平台"和"线下汇展"，延伸服务。也就是说，吴洪团队不仅关注客户的风险保障问题，还利用平台共享思维，为客户提供更加广泛的服务。在信息时代，一切可以挖掘出来的价值，都可以共享，为客户所用。由此，保险代理人与投保人的关系变为共赢、共好、共享的关系。

吴洪团队在看到互联网普及给行业带来的冲击的同时，更看到了互联网的红利。

他们多次组织高端客户"极致自驾之旅"，让客户与团队精英们在旅途中、在共同的经历中，建立情感、信任。你可以理解为这是对客户的情感服务，也可以看成"以用户为中心"的人性化服务，还可以理解为是对客户个性化需求最好的调研。

在一次自驾之旅回来后，吴洪感慨地说："人们在变，变得更需要大自然，更需要真诚，更需要朋友。这些，是一张简单的保险合同，完全不能替代的。那该不该去满足呢？当然要，因为我们自己也需要啊。"

2015年9月，太平人寿成都市高新支公司邀请成都中医药大学附属医院的专家和上海泰坤堂（成都）国医馆的医生，为客户带来义诊活动和"中医食疗调理亚健康"讲座，近百名客户参加。

2015年10月，太平人寿成都市高新支公司"名家有约：《孙子兵法》与现代商战谋略专题讲座"开讲，82位企业高管到场参加。特邀国学大师、商战专家解析现代商战。专家的"先谋势后谋利、先求强后求大、先做人后做事、先知彼后知己、先借梯后登梯"的"五先五后"策略，"善胜者不败、善败者不立"的管理精华，"稳胜、奇胜、变胜"的战备管理思维，得到与会者的高度认可。

2016年9月，北京同仁堂太平高新馆在成都开馆。多位名老中医带着一身绝学来到成都，为太平人寿的客户进行了2 000多人次的治疗，也弘扬了中医文化。

2016年10月，吴洪团队先后多次发起、组织客户游学知名企业的活动，到阿里巴巴、腾讯、华为等著名企业，研究考察他们的团队文化、组织管理；到太平总部，与顶尖精算师一起了解保险科学的起源、发展。

2016年10月，近百名客户和保险代理人相约，以禅茶、中医脉诊、芳香治疗、养生温泉等方式，体验太平的客户服务。

2016年10月，VIP客户参与云南古滇养老社区体验，感受山水之间的豪情与旷达。

2016年11月，"名家有约"第41场开讲。国内知名法律、金融专家莅临成都，为太平人寿的客户分析经济形势，讲解法律风险及防范，获得高端客户极大认可。"名家有约"先后举办了几十场，分别邀请国内知名国学专家、历史学家、经济学家，到成都为太平人寿的客户开讲座，使客户开阔了视野，拓展了资源。

2017 年，邀请四川大学华西医院、四川省人民医院多名专家，举办健康讲座 5 场，累计服务客户 5 000 多人次。

2017 年暑假，"太平演说家"少儿才艺大赛第二季拉开帷幕。这是太平人寿精品客户服务活动，为少儿客户提供展示才华的平台。

2017 年 8 月 9 日，举办"青春放肆浪，盛夏一起嗨"活动，超过 2 000 位客户共同体验了太平人寿品牌的影响力。

2017 年 9—11 月，举办的活动有"绝美新疆"太平人寿 VIP 客户自驾之旅、"名企游学会"、"彩云之南古滇颐养之旅"、"光华管理研修班"、"太平客户互惠汇展"……

2018 年 7 月，太平人寿成都市高新支公司在银泰影城开展《超人总动员 2》观影活动，到场客户、伙伴共计 192 人。

阿里游学

2018 年 6 月，太平人寿成都市高新支公司"名家有约：中美贸易战下的资产配置"讲座开讲。200 余位太平人寿客户齐聚一堂，聆听名家精彩讲座。

2018 年 6 月，高新支公司 18 位客户参加了三天两晚的云南古滇养老社区体验活动，切身体验感受太平人寿的"候鸟式"高端养老模式。体验结束后，客户对太平人寿的服务充分肯定，对太平人寿品牌更加认同。

…………

现代人对健康越来越重视。对企业家而言，个人健康状况不佳，不仅个人和家庭要承担风险，而且整个企业也要承担风险。吴洪深知，关爱企业家健康，就是关爱他们的家庭和企业。

为此，高新支公司专门成立了健康管理服务中心，以服务客户为宗旨，整合国内外优质医疗资源，搭建以健康咨询、挂号就医、保健养生为主的健康服务平台，让医疗专家与客户进行无缝对接。

数字化、信息化、人工智能、物联网等，是人类在互联网时代对时间的全新阐释。每个人、每个行业，都在参与和体验着这一全新的时间概念。高新支公司当然也会高度重视这一点，并将其融为"精品战略"的一部分。时间，就像艺术品，在卓越的工匠手中会散发出璀璨的光芒。

为此，总公司打造了高新支公司的"太平人寿智慧营业厅"，总面积548 平方米，于 2019 年 1 月 18 日正式投入运营。

整个营业厅以"数字服务，惠享健康"为设计理念，借助人脸识别、人工智能技术，突出科技应用与客户体验，客户只需"刷刷脸、动动手、划划屏"即可快速办理业务，带给客户舒适愉悦的科技感服务。

营业厅按功能划分为四个区域，分别是客户承接区、自助服务区、健康体验区、人工柜面区。客户承接区依托人脸识别技术与智能设备，实现精准的客户承接与快速业务分流。自助服务区则为客户提供多样化的自助式保险服务，如投保、保全变更、理赔业务、视频客服等。健康体验区，为客户提供健康监测服务，帮客户建立健康档案，通过关注公众号"中国太平95589"，建立与客户间的深入联系，增加客户黏度。人工柜面区是自助服务区的补充，办理目前自助无法完成的业务。

乔尔·L.弗雷施曼（Joe L. Freishman）教授在《基金会：美国的秘密》一书中，深刻地揭示了这样一个秘密：美国取得巨大财富的家族，他们是怎样将财富进行传承的——既避免巨额财富成为家族后代的危害，又在保障他们利益的前提下，让财富有效率地回归社会"能量"中去呢？

他所揭示的美国的秘密，也正是中国改革开放40多年后，许许多多财富人群同样面临的问题。为此，吴洪团队先后多批次组织了国内企业家、法律专家、理财规划师等，到美国杜克大学研学、考察。

随后，他们成立了"泰阳传世"，为客户提供家族财富的资产传承、健康管理、税务筹划、家族教育、遗嘱设立、法律咨询等服务。按照财富家族的多方位需求，从金融资本的保值增值到家族资产的综合配置，从家族财富的传承规划到社会资本的构建维系，为财富家族的几代人提供高度个性化的持续服务。

通俗地说，当一代人的财富已经积累到很大规模时，后面怎样去传承和管理，怎样从法律和理财的角度，让财富既使后代人长期传承，又能有效率地成为社会投资的"正能量"，参与和促进社会发展，这是需要极为专业的服务机构帮助筹划的。

财富，同样也像是一件艺术品，只有在卓越的工匠手中，才会绽放出永不凋谢的生命之花。

　　…………

高新支公司业务团队

如果说 2015 年中国太平提出"精品战略"是高屋建瓴、富有远见的，那么 2015 年开始吴洪带领高新支公司实施"精化客户服务"，则是在实战中近乎完美地演绎了这一规划。这样的演绎，不但带来了业绩的亿元级提升，更为深刻的是，还带来了时代变化中未来经营方向、业务模式的摸索创新。

总公司层面，可能是通过论证、逻辑、调研做出宏观判断，目标指令。

吴洪团队则在进行思维创新，实践验证，细节刻画，深化落实。

没有一点花架子、虚招，也容不得花架子、虚招。一切都要用业绩数据来印证。

从微观层面来看，这是一个团队几年来卓有成效的创新探索；但从宏观意义来看，这可能也是保险行业在面对令人措手不及的"变"局时，一个具有启示性意义的应对案例。

结论是，主动应变，要从本质上发现应变的规律，找到"变"与"不变"的辩证关系，才能与新时代共舞。

"亿元级增长现象"解密

2014 年，太平人寿四川分公司杜晋涛总经理做出了一个重要决定：吴洪带领的原营业二区建制升级为高新支公司，办公地点迁至茂业中心。从 2013 年年底，到 2014 年、2015 年、2016 年、2017 年，高新支公司的业绩每年都出现了亿元级的增长。2013 年之前的十年时间，都是千万元级的增长。

2013 年实现 1 亿元目标，2014 年 3.15 亿元、2015 年 3.64 亿元、2016 年 5.8 亿元、2017 年 8.86 亿元，2018 年、2019 年出现回调。

人力规模上，从 2013 年的千人团队，发展到 3 000 多人，5 000 多人，7 000 人……

这一巨大的变化是怎样产生的？他们是有什么神奇的"点金术"吗？

如果说"新国十条"唤醒了公众的保险意识，是一个外因，那么内因呢，是哪些因素使吴洪团队产生了这样的"聚变"效应呢？

在 2018 年的新年献词和一次关于领导力的培训中，吴洪可能提供了部分线索。

一是团队和领导者。吴洪说："从业 20 年，我深刻认识到，一个事业能否走得远、走得稳，团队的力量是不容小觑的。而作为团队的领导者，其影响力又是团队永续经营、持续发展的核心武器。""建团队首先一定离不开领导力。我们很幸运，从四川分公司最早的张可、程永红总经理，到后来的杜晋涛、冯堂平、李志宣总经理，我们都看到了很好的领导力示范。张可总经理最早以企业文化打天下，程永红总经理强调执行力，杜晋涛总经理把企业文化继续发挥到极致，冯堂平总经理和我们一起开发高端市场，李志宣总经理则续写了新的传奇……"

二是目标，坚定的团队目标。吴洪说："从业之初，我们就矢志不移地要打造寿险行业的'梦之队'——一支世界级卓越寿险团队。这个志向和目标从来没有变过，无论遇到什么样的困难都没有变过。2012年'三年再造'目标的提出，高新支公司就驶入了跨越式发展的快车道。2014年年末，我们实现了人力、业绩四倍增长，在经营管理、创新发展的软实力上也明显提升。"

三是分解目标。吴洪说："经营就像一条奔流不息的河流，方向和目标选择后，每一个阶段都需要常变常新。2016年，我们提出了'专业、品质、创新、自主经营'的关键词；2017年借用改革开放总设计师邓小平的那句话，我们提出了'发展才是硬道理'；2018年我们提出了'强基固本，锻造品牌'的关键词。关键词，就是我们阶段性的分解目标。"

四是与公司一同成长。吴洪说："到2017年，高新支公司成为太平人寿系统唯一一个连续十五年业绩正增长的团队，这与总公司、四川分公司具有战略性、前瞻性的大战略是分不开的。我们能及时将总公司、分公司的战略落地，具体分析临战市场，做实做深，做精做透……在团队内，我们讲'单丝难成线，独木难成林'，在大系统内，我们则讲'与公司共同成长'。"

当然，亿元级增长现象的背后，一定也与团队的规模和服务质量有关。

到2017年，高新支公司诞生了1个亿元营业部，1个5 000万元营业部，16个千万元营业部，32个百万元营业部；1位亿元精英，5位千万元精英，8位500万元精英，114位百万元精英；6位营业区总经理，7位营业区总监……

生死救援

2017 年 8 月 23 日，一条紧急献血的求助微信，在高新支公司几千人的队伍中飞快传递。

发布这条信息的是高新支公司的高级经理林枫。

她的一位客户，59 岁的孟女士，突发疾病，正躺在成都一家医院的手术室里，等待做开胸心脏瓣膜手术。但由于医院缺血，迟迟无法开始手术，急需 800 毫升 A 型血液救急。

时间就是生命。能不能找到充足的血源，决定着一位客户的生死。

消息发出后，很快，7 名太平高新团队的伙伴自愿献血，其他多名同事也做好了准备。最后，4 名献血者合格，共献血 1 400 毫升。手术顺利完成，病人得救了。

此前，病人曾在公司买有 5 万多元的重疾险。经过审核后，理赔款也及时送到病人家属的手中。

2017 年 4 月，一面特殊的锦旗送到了高新支公司，上面写着"太平保险保太平，快速理赔暖人心"。

送来锦旗的是高新支公司保险代理人段红梅的一个客户，也是她的丈夫。之前，段红梅给自己买了一份保额 100 万元的重疾险，她想让丈夫也买，但无论怎么劝说丈夫就是不愿意，说是没钱，经济压力大。幸好，在段红梅的反复劝说下，他也买了一份保额 100 多万元的重疾险。

2017 年 3 月，在一次体检中，段红梅的丈夫被发现患了癌症。知道这个消息后，丈夫一直想用锻炼来抵抗癌症，每天都在操场跑步。一个月下来，虽消瘦了十多斤，但病情不见好转，最后还是决定做手术。但巨额的治疗费用，家里即使把房子和车子卖了，也很难凑齐。

所幸，之前买的保额 100 多万的保险发挥了作用。段红梅丈夫做完第一次手术后，拿到了太平人寿的 120 万元的理赔款，后续治疗费用有了着落。

2017 年年初，一位藏族大姐来到了高新支公司，满怀感激地献上哈达。

原来，几年前这位藏族大姐的丈夫，完全是出于人情，买了一份保额 100 多万元的驾乘意外险。没想到他突然遭遇车祸，不幸去世了。家里突然失去了顶梁柱，全家人的生活面临危机。所幸公司很快进行了理赔，100 万元赔付款打到了这位藏族大姐的银行卡上，一家人的生活有了着落。

汪群常常说："世界多一份保险，人间就少一份苦难。"

黄霞也常说："我们不仅要做保险精英，还应该做社会精英，把在保险行业的影响扩大到社会，因为社会需要保险。"

高新支公司亿元级增长现象的背后，也许人们还可以看到，当一个团队的保费业绩增长的同时，其实他们承担的社会责任也在增长。

这也正是吴洪团队 20 多年来为什么要坚持做一件事，坚持把一件事做大、做精、做深的根本原因。

内勤：后勤保障的"特殊部队"

在一些人眼里，保险从业者，就是穿着职业装，在茫茫人海中忙碌的保险推销员。但是，在太平人寿，他们却把自己定位为"一支特殊的部队"。一支与贫困、死亡、疾病、意外事故、绝望等，每天作战的部队。他们的职责就是，在这些不可控的危害发生之前，帮助人们建立风险意识和保障，在这些危害发生之后，第一时间给予援助。

既然是一支部队，就必然有内勤和外勤两个组成部分。这两个部分共同协作，才能"打赢"战争。

太平人寿四川分公司原总经理张可，很早就对这一定位做出过独特的阐述：

"内勤服务于外勤，外勤服务于客户，总经理服务于全体人员。

"后援支持是不可替代的。后援离市场、离一线多近，公司就能走多远。

"内勤，一是要满足一线队伍的需求，不能让他们在前线'流血、流汗'，回公司后还要为内勤的态度、效率而流泪。二是要满足客户的需求，从咨询、承保、回访、理赔等方面，让客户得到满足感和愉悦感。"

在高新支公司，内勤，正是这样一支定位为后勤支援的"特殊部队"。在这个团队的形成、发展、壮大，从平凡到优秀、从优秀到卓越的过程中，这支"特殊部队"起到了关键的后勤保障作用，是高新支公司管理中的重要一环。

保险公司内勤的工作也是高强度、高负荷的，收入却比相对成功的外勤要低得多。十多年能够始终如一做下来，除了个人素质之外，行业信念、团队文化，起到了至关重要的作用。共同的文化、价值观，使这支团队的内勤与外勤，成为一个血肉相融的整体。

赵耿，是营业二区成立之初的第一位内勤主管。创业之初，千头万绪，常常要加班到很晚。一次他妻子下班后来公司等他，等到散会，已经是凌晨2点多了，他从会议室出来才发现，妻子已经在外面的椅子上睡着了……

他为营业二区"以服务为导向"的内勤工作打下了坚实基础。他后来调到了太平人寿苏州公司。

当时，公司要推出一个新产品，需要及时将产品手册、培训资料制作出来。那时设备落后，要半手工制作。内勤熬了一个通宵，把所有资料都赶制出来，保证了第二天的培训和业务需要。

陈瑛团队的张前英至今还清楚记得，一次，天下着大雨，已经很晚了，外勤小组的业绩还差一点才能达到目标。张前英和伙伴们一起打出租车出去找客户签单。这个时候，正是陈瑛团队最困难的时候。内勤伙伴们站出来说："还差多少，我们买一些！"当时的分公司内勤领导梁少华也说："放心，我们一直加班，等你们回来。"

最后，当任务完成时，陈瑛在晨会上感动地说："我们的'军功章'，有一半是属于内勤的！"

晋升，几乎是每一个外勤的梦想。一次，一个外勤伙伴只差一张保单就可以晋升了。这张保单客户同意了，只是还没有签字。她决定无论再晚都要找到客户，把字签了，把保单交回公司。当时太平人寿四川分公司负责人杜晋涛知道后，特意安排一位内勤加班，直到晚上十点多，保单才终于交回来。

等待的这段时间，内勤没有打一个电话催促！

杨琨，曾担任过内勤领导，她的名言就是"把内勤工作做到极致"，为团队发展起到点滴积累的作用。内勤讲师蒲俊玲，亲人去世，奔丧后第二天就赶回公司讲课。内勤钟晓燕，虽然家中有重病亲人，但从来没有耽误过公司的工作；内勤王耀铭，为了支持团队业绩达标，直到婚礼前一天，才匆忙筹备……

后来的内勤领导，赖琴、文宇、王晓茜，年轻富有活力，同时又传承了前辈们的忍耐、细致、有责任心、有亲和力。

赖琴，从最基础的保险销售员开始做起，曾是高新支公司的内勤负责人。因为有过销售一线的从业经验，赖琴对保险外勤人员在业务工作上的不易感同身受，因此她对公司"内勤服务于外勤"的理念非常认同，在实际工作中更是用超高的标准要求自己，身先士卒，在后方为一线做好保障工作，甚至临产前还在岗位上工作。一次，在内部高级经理培训时，她的孩子在家里发烧，大家都劝她回家陪孩子，但她是活动的负责人，一直坚持在培训现场……

文宇，大学毕业就来到了高新支公司，一干就是12年，后来走上了内勤领导岗位。这个英语达到8级的才子，十多年时间，把后勤服务精神融入了生命中。他能力强，是个多面手，会做的事情自然很多。从写企划书、对内对外宣传文案，到对外接洽，他都能近乎完美地完成。更难能可贵的是，他对待任何事情都有积极心态、积极思维——有难度的事，他把它变成乐趣，脸上永远挂着微笑，职业装穿得永远整整齐齐……

超强的事务处理能力与强大的内心世界，完美结合，这是文宇12年来在太平高新团队产生的巨大变化。这个有才华的青年，已成长为这支传奇团队的中坚力量！

2007 年，王晓茜因机缘巧合加盟太平人寿，从事寿险营销。2011年，她转入幕后，成为太平人寿成都市高新支公司的一名内勤。因为有保险营销的基础，"专业"成了她的代名词。肯付出，能吃苦，工作中她从不叫苦叫累。她对市场有着敏锐的感知度，在内勤岗位也能发光发热，是一名平凡但不普通的幕后英雄。

一支伟大的团队，人，从来都是关键！不同特长、性格的人能够聚集在一起，有明确的共同的目标，有共同的价值观，是这支团队的幸运。

团队与群星效应

20 多年来，这个团队发生了太多的故事、出现了各样的人物，除了前文中讲到的那些优秀的保险人外，还有许许多多人，他们有的仍默默无闻，有的转了行。但他们在这个光荣的行业奋斗过，流过的汗水、泪水，都会留下痕迹——无论在自己身上，还是在保险这份事业上。

这如同夜晚天空中的星星，有的又大又亮，有的默默躲在一个角落，有的划过夜空飞向远方……但她们，都是太阳系、银河系的一部分，是光荣和梦想的一部分。她们的职责就是照亮，在黑暗的地方发出光，在绝望的地方带来希望，在死亡的地方带来新生。

大自然中有一种现象，天空的星星很多，第二天天气就会晴朗。在企业组织中，人才越多，事业就越兴旺。

解莉红

一眼望到头的生活让人安稳却乏味，有时不经意的一瞥就能挑动心中的梦想。

在那个信息主要来源于报纸的年代，报纸上的一条保险公司开业的广告，改变了解莉红波澜不惊的日子。

宽敞明亮的大厅，整齐挺括的职业装，一尘不染的洗手间，清晨 8:30 就激情四射的职场……解莉红成了保险公司的第一批业务员。

如果说想改变是当初加入的原因，那么得到升华则是坚守下去的动力。

2006 年，解莉红成为太平人寿第一届 "TOP 钻石班" 的学员。钻石班上传递了一个理念："两个月的突破，换来一生的改变。"

两个月的突破换一生的改变，这不正是我需要的吗？但真的能改变一生吗？这个没有什么人脉关系，也不会 "四川传统社交项目"（喝茶、打麻将）的小女生，决定试一试。她希望用自身的改变来赢得客户，打开保险市场。

为了在两个月内完成一年的业绩，她列出客户名单，制订拜访计划，勤拜访，多总结，在学习与实践中不断进步。

其中的艰辛可想而知。但当两个月每天重复的动作变成一种习惯，她真的改变了，业绩不断突破。

第一阶段，她取得了全国前五名的成绩。但接下来，第二个阶段她遇到了业务瓶颈。新的突破口在哪里？离截止期限越来越近了。

一天，她偶然得到一个消息，一位客户需要给自己企业的三千多名员工购买保险。兴奋的解莉红当即约了客户见面。当她讲完保险计划后，客户不置可否的态度让她感到，自己还没有真正得到对方的认可，对方好像还不太确定能否将购买企业保险这样的大事，交给眼前的这个小女生。

于是，解莉红自信地将自己的梦想、自己这几年在公司的成长，讲给客户听，还把自己进入全国前五时的领奖录像拿给客户看。客户让她第二天去公司详谈计划。

第二天在吴洪的陪同下，面对对方十多位公司领导，解莉红自信、大方地讲解了给他们制订的保险计划，结果客户签了一份十几个单的团险。这让她一举夺得了全国第一!

后来她问客户:"是什么让贵企业选择了我的计划?"

客户说:"是你自信、专业,还有你讲到的你的成长。我觉得,能这样改变一个人的公司,一定也是值得信任的公司。"

黄嘉

年轻的生命需要方向!

2002年大学毕业的黄嘉,希望通过自己的努力在成都买车买房。都说做销售赚钱,但销售什么呢?

一位很有学识的师兄给她分析未来的经济走向,建议她去很有前景的保险业,并把她介绍给了自己的朋友陈瑛。就这样,因为简单的相信,让她和太平高新团队结缘。

一个刚毕业的大学生没什么人脉,做销售有难度。但是黄嘉的心态好,她想"讲不讲是我的事,买不买是你的事"。她开始做陌生拜访。

有一次,她去一个很偏僻的地方见一位转介绍的客户,出来已经是晚上十点了,此时已是万家灯火。她拖着疲惫的身体,走在冷清的街道上。望着一扇扇透着温暖灯光的窗户,她心里一阵酸楚,不知道何时才会有一盏灯是为自己而亮。她舍不得打车,坐上了最后一班公交车。回到租住的小屋时已是深夜。她再也撑不住,趴在床上大哭起来。她想:如果当初不选择这个行业,是不是就不会这么苦,这么难?!

擦干眼泪,第二天又是新的一天,黄嘉依然走在拜访客户的路上!

销售需要一个积累的过程,也是从量变到质变的过程。半年后,黄嘉的业务终于慢慢好起来了;自身的成长与改变,也让以前并不太支持她做保险的家人,开始认同这份职业。朋友开始给她介绍客户,还有几个大客户也因为她的专业和热情而纷纷签单……

多年后，黄嘉说，如果人生重来，太平高新还是自己唯一的选择。

周琳

说到保险的价值，说到保险真正改变人的命运，周琳可以说最有发言权。她从事保险工作 15 年，为客户提供了 6.8 亿元保额的保障。比起销售业绩，她更加庆幸自己促成了客户当初的选择，为客户送去了实实在在的保障。

周琳经营了 8 年化妆品公司，也曾是太平人寿的客户。2004 年，她入行成为太平人寿的一员。因为有客户积累，她开局 3 个月就成为"新人王"。到了第四个月资源耗尽，只好开发家人市场。可说得口干舌燥，还是遭到坚决拒绝。但出于对家人的负责和担忧，她自掏腰包给亲人买了保险。她也由此发现，做保险不能仅靠人情，于是开始用"转介绍法"拓展客户。第一位转介绍来的客户，随后又给她带来了第二位客户，第二位客户又带来第三位……周琳的客户越来越多。

对第一位为自己介绍资源的客户，周琳一直特别感激，以诚相待，用心交往，诚心服务。客户也很认可她。

正是这位客户，2008 年"5·12"汶川大地震时，与周琳一起经历了"惊魂时刻"。

当时在客户的公司，周琳去给她介绍一款新产品。正要签单时，地动山摇，她和周琳一起从楼梯冲出大厦。周琳后来得知，这个客户新装修好的别墅，那天成了一片废墟。第二年，地震一周年时，她的别墅重建好，邀请周琳过去。她感慨地说：

"去年的这个时候我们在一起，我们是共过生死的人。今后谁来讲保险我都不买，你来我才买。"

也许有人会说，"生死之交"需要机缘巧合，但在周琳看来，更需要的是年复一年用心去经营和维护。要想走得远，就一定要成为客户身边不可替代的保险代理人。

入行十多年，周琳也陪伴了客户十多年。有一位客户，患尿毒症，做换肾手术前前后后花了100多万元，保险为他解决了绝大部分的开销。尽管他本人后来买不了保险（因为身体原因），但作为保险的受益者，他常常向周围的人宣传保险，还给自己的家人都买了保险。

每当为客户送去保险赔付款的时候，周琳都觉得自己是在做一件好事。她说，哪怕只是送去了一点微光，但对客户来说，都是一份可以慰藉人生的温暖。

胡新华

2004年，胡新华抱着试一试的态度加入太平人寿。没什么人脉关系，靠拜访陌生客户开拓市场的她，一直在纠结要不要坚持下去，可是有一件事彻底改变了她的想法。

当时她一边工作一边学英语。在学习班认识了一位漂亮女士，一来二去两人成为朋友。胡新华给她做了一份保险计划。对方觉得自己年轻，不需要保险，经过反复沟通后终于同意买一份，并约定过完春节办相关手续。可是节后胡新华一直联系不上这位漂亮的女同学。

胡新华想，可能对方不想买保险故意不接电话吧。但出于责任，她还是与另一位共同的朋友联系，询问情况，没想到朋友说，这位女士因为车祸去世了！

震惊的胡新华在参加葬礼时才知道，不幸去世的女同学，原来是家里的顶梁柱。她这一走，家就塌了。听到朋友家人撕心裂肺、迷茫无助的哭喊声，胡新华自责不已。

这件事彻底改变了胡新华，她从此坚定信念，在保险销售的道路上坚持走下去。

邓于楠

和刘觅一样，"科班出身"的邓于楠也选择了挑战自我的保险销售。

2006年，邓于楠从西南财经大学保险系毕业。同学大多选择进入保险公司做内勤，有一位同学在做保险销售（外勤），干得很不错，让她也去试一试。

踌躇满志的邓于楠在销售一线却处处碰壁，学校的理论知识似乎都派不上用场。谈一个客户需要交流很多次，成交一张保单也要很长时间。有时邓于楠会想，当初自己的选择是否正确。直到后来身边发生的一件让她终生难忘的事，彻底改变了她的想法。

当年因为人情，一位客户在她那里买了一份小额保障型保险。没想到客户在37岁时，住进医院，被诊断为癌症晚期，一个月后去世了。当客户妻子拿到20多万元的理赔款时，立即让邓于楠给她的两个孩子都加了保。

这件事让她又难过又欣慰，越发觉得自己的工作是很有价值和意义的，于是坚定了走下去的决心。

爱思考的她发现理赔是最好的服务。当把关于生老病死的保险介绍给健康人时，多数人都会觉得是危言耸听，甚至还有人觉得不吉利。只有真正经历过病痛折磨或失去亲人的人才有深刻体会，往往患者的家属是最容易接受保险的。所以，她非常愿意为客户做理赔服务，也特别喜欢向客户推荐健康险。在她看来，保险最重要的意义是为客户提供保障，而这份保障是人人都需要的。

实践经验的积累，加上大学学习的商业保险知识，使她成为一名客户认可的专业保险销售精英。12 年来，邓于楠卖出超过 1 000 份保单，其中 80% 以上都是医疗险，为客户理赔 300 多件。

在邓于楠的心里，专业是她的利器，但坚持的力量却源自心底深深的爱与责任！

窦小辉

保险行业人才济济，群星闪耀。窦小辉就是一颗卫星，在太平人寿成都市高新支公司的一方天空中，绕着既定轨道坚定地运行着。

窦小辉曾经营过一家 IT 公司，听说保险公司的培训做得非常好，抱着取经的想法前来"卧底"学习，没想到这一学，这个老板就"变节"了。

有过经商经历的窦小辉，非常了解用户需求。她常常换位思考，总是站在客户的立场去为他们着想，收获了亲如朋友、家人一般的客户关系。她有位客户是个女性董事长，先生八年前突然失踪，她临危受命接管公司，女儿也从国外回来帮她。小辉想着这母女俩在商场打拼不容易，就经常去关心她。有一次去参加客户公司的活动，小辉特意把客户的照片装在一个精致的相框里送给她，令她非常感动。她把小辉当成知心朋友，很多对女儿都不讲的话，会对小辉讲。

这位女客户在别的保险公司也买了保险，但几乎没有得到什么服务。有一次，她叫小辉陪她去另一家保险公司办事，当面批评他们只在收钱时才出现，让他们多学习学习小辉的服务精神，说得对方连连道歉。

小辉听了，既感动，又痛心，她不想听到客户这样评价同行。但这也更加坚定了她要做一名"三高"保险代理人的决心。

在团队发展上，她重点增员企业主、个体户，带领他们把保险当作企业来经营，而不是来打工。

后来她的团队发展到了三四百人，其中很多人都是像她一样优秀的企业主。他们都将自己的事业延续到了保险行业。他们都成为太平人寿这方天空中一颗颗稳固而忠实的星星，绽放出自己的光彩。

严魏翔

严魏翔，一位在太平高新的天空中发出亮眼星光的年轻人。帅气的他热爱运动，充满阳光、朝气。他喜欢跑马拉松，还曾参加过全国工会系统五人制足球赛并获得季军。严魏翔身上有着与体育教师出身的吴洪相似的坚韧与拼搏精神，有一种积极向上的力量。

严魏翔入职那天是 2010 年 5 月 12 日下午，正好是汶川大地震两周年。这个特殊的日子让他印象深刻。让他同样记忆深刻的，是他从业初期遭遇的拒绝。有一次临近春节时，严魏翔一行三人去一个很远的乡下拜访客户。当时已经很晚了，他们还没有吃饭。进了客户的家里，为了不麻烦别人就告诉客户说自己吃过了。但是客户并不愿意了解保险，硬是把他们赶了出来。当时的他初入行，经济并不宽裕。为了节省，同时也想挑战一下自己，严魏翔提议沿着高速公路的路线走回去。足足走了30 公里，到家的时候已经是第二天凌晨五点了。即便是热爱跑马拉松的他，在寒冷的冬天，也是双腿麻木，脚底打起了血泡。

虽然很苦，但是好像反而被困难激发出了更强的斗志。严魏翔想了想前辈们的创业故事，他没有睡觉，也没有颓废，而是洗了一把脸，又去公司上班了。后来严魏翔和同事又去找了那位客户三次，客户最终被他们的诚意感动，买了保险。

就是因为这份坚持带来的合作，让这位客户后来对他感激不已。因为第二年，这位客户的孩子不幸得了很严重的病，公司赔付了大约 20 万元。这份保险不仅让这个孩子获得了新生，还让严魏翔与客户之间有了更深的信任。这位客户甚至让自己的孩子认严魏翔作干爹。严魏翔也非常庆幸当时自己的坚持。

严魏翔不仅身体灵活，头脑也很灵光。他找到医院院长谈合作，帮助医院下乡宣传医疗知识、社保知识，然后顺带宣传自己的保险。他还在传统的"扫楼"模式中动脑筋，去找小区的物管合作，将自己的保险产品和个人信息登在小区办的内部刊物上，将刊物送到业主家，让更多业主认识自己。这样，不仅业绩提升了不少，还为他扩充了团队。

短短两三年，严魏翔就成了太平人寿系统最年轻的高级经理。在收获了事业的同时，他还在公司收获了爱情，组建了家庭。为人父之后，严魏翔更加感恩太平人寿这个大家庭了。他常常很自豪地对别人说："太平就是我的人生！"

武颖

同属金融行业的银行，与保险有着天然的关联性，所以在两者之间转换起角色来也更加流畅自如。2011 年，点亮太平高新团队一方夜空的武颖，就实现了从银行分行副行长，到保险代理人的角色转换。

年轻漂亮的武颖在银行从业超过 15 年，并且凭着出色的能力，成为一家国有商业银行支行的副行长。拥有各种令人羡慕的资本的她，居然从零开始做起了保险！

面对别人的不理解，武颖并不在意。因为她对人生早就有自己的规划。原来的职业上升空间已经可以看到尽头了，可武颖想要的，是能给孩子更多的陪伴，是能给自己更灵活的时间，以及创造出更大的价值，让自己和身边的人都过得更好。从前工作繁忙，孩子读一年级就住校，作为母亲在孩子最重要的成长阶段，一直是缺席的，她心里非常愧疚。此外，这么繁忙也并未让她突破职业的天花板。

于是她经过多方考察，选择跟随自己和先生共同的朋友艾英，来到了太平人寿。太平人寿的分享文化非常契合武颖单纯的个性，也让她学到了很多宝贵的经验。这个年轻的团队充满了活力。不论外勤还是内勤，都有着极强的工作责任心和高效率。武颖在这样的团队氛围中如鱼得水。入职后的第一个季度，她就成了"新人王"。

在新的行业，她的感受与以往完全不同。

有一次，武颖在逛街时认识了一个女孩，两人聊得很投机，互加了微信。后来这个女孩成了她的客户，买了一些健康险。一天，女孩生病，她身在重庆，丈夫又出差，没人照顾。武颖立即来到她的身边，像姐妹般无微不至地照顾她，让她非常感动。后来，这个女孩成了武颖忠实的粉丝客户，最后成了她的钻石级客户。

从事保险行业后，武颖感触最大的，就是人与人之间的关系。她说，对一个人好，并不在于你为她做了什么大事，而在于细枝末节上的关心呵护。人与人之间，彼此关爱才是最为动人的。

张丽

张丽，曾是一位喜欢挑战和崇尚自由的保龄球教练。2013年，她决定像打保龄球一样，把自己的职业规划推倒重来。于是，她选择加入了太平人寿。

张丽的人脉资源不多，初期的业绩都来自陌生市场，困难重重。但她总会憧憬辛苦过后，取得胜利的满足与快乐。任何收获都是在付出辛劳之后才会得到。受到冷遇、遭到拒绝并不可怕，大不了重新"开球"，又是新的一局。

经过半年的不懈努力，张丽的业绩做到了太平人寿四川分公司的第六名。第二年，一举夺冠！第三年，在领导的鼓励下，10月就完成900多万元的标保保费，蝉联冠军！她的成功背后有汗水、泪水，以及与客户之间建立起的心心相通的信任。

2016年，公司举办"开门红"大赛。张丽在冲刺的过程中遇到了困难，迟迟看不到成绩。这时，一位交往了两年、关系很好的女客户知道了情况，表示会尽最大的努力帮她达到目标。几天后，客户打电话约张丽去家里吃饭，希望张丽能给自己的两位好友讲讲保险。到了客户家，张丽才知道客户正在发烧，但还是坚持下厨给大家做饭，好让张丽有充分的时间和那两位朋友交流。吃完饭，客户也极力推荐张丽的保险，并讲述了保险给自己带来的益处。就这样，信任开始建立，两位朋友决定支持张丽，当天就成交了。

最后，张丽达成目标，成功入围当年的高峰会！

张丽说："客户的经营是一个持续的过程，如同日复一日的训练，无数次努力的叠加，最终汇聚成一个好的结果。"

晋淑红

有的星星并不是最亮眼的，可只要你抬头寻找，它总是在那里等你。在太平人寿，晋淑红就是这样一颗星星。

2015 年，晋淑红经营的广告公司出现了融资难的情况，最终，保单贷款为她解了燃眉之急。这时，她发现保险不仅能给家庭提供保障，还可以为企业提供现金流，便决意加入保险行业。

入行之初，晋淑红经历了很多困难，之所以没有放弃，是不愿意让自己的客户买的保险，因为自己的离开而成为"孤儿单"。她不能辜负朋友和客户们的信任。然而，晋淑红的丈夫一直不希望她做保险。为了打消他的顾虑，团队长吴洪请他到家里吃饭，跟他交流。见过吴洪之后，晋淑红的丈夫非常敬佩吴洪的大气、有格局，也明白了保险的意义，开始支持妻子的事业。

一个月后，晋淑红领到三万多元的收入。一年后，她的收入竟然并不比做广告公司时差。两年后，她的收入实现了翻番……

其实，发生变化并不仅仅是晋淑红的收入，还有她的内心。她变得越来越有爱、越来越平和与包容了。她总是春风化雨一般，用自己的诚意去温暖、感化自己的客户，这让她收获到与以往不一样的人际关系。

她有一位大客户，是太平光华管理研修班的学员。一次客户课堂缺席，晋淑红打听到是她母亲去世了。晋淑红立即联系客户，表示想去吊唁。客户很感动，可发过来的地址让她错愕：江西吉安！天寒路远，但晋淑红觉得，做人要真诚，不能食言。于是她买了第二天早上六点多的机票，飞到井冈山机场，又坐了几个小时的汽车才辗转到达客户母亲家。见到双眼都哭肿的客户，晋淑红给了她一个紧紧的拥抱。

晋淑红是旅游达人。她经常组织客户旅游，国内的新疆、内蒙古，国外的南非、英国等地，都留下了他们的足迹。在与客户一起旅行的过程中，他们彼此都更加亲近，渐渐像亲人一般。

组织客户自驾游

晋淑红的真诚、爱心也影响着团队的氛围，伙伴们越来越明白保险代理人的价值，懂得团队成员彼此之间、与客户之间，那份恒久不变的守望与关爱。

朱琴

家境优渥的朱琴进入保险行业，是很多人没有想到的。而更让人没有想到的是，她的入行让她破茧成蝶。

朱琴家族的企业做得很大，她以前一直购买境外的大额保险。后来，她的一个生意合伙人加入了太平人寿，向她发出了邀请。她碍于情面，便答应来太平人寿的一个精英班参加学习。

听完课后，朋友就动员朱琴去面试，希望她能加入太平人寿。这让朱琴很吃惊：她从不知道卖保险还要面试。

也许是出于好奇，也许是她想证明自己，2015 年 11 月，朱琴见到了面试官艾英。艾英的轻松和从容给朱琴留下了深刻的印象。面试中，艾英时不时接个电话，谈的都是读书会、沙龙、花艺什么的，这让朱琴既好奇，又喜欢。于是，2015 年 12 月 12 日，朱琴开着她的玛莎拉蒂来报到，正式成为太平人寿的一员。

转正对于朱琴来说易如反掌。转正后，朱琴正赶上公司"开门红"业绩冲刺。主管黄霞根据朱琴的特点，专门为她设计了个人发展规划。设定目标任务时，朱琴受上一位同事的影响，也给自己定下了 500 万元的目标。初生牛犊，无知无畏，她并不知道这个目标对新人来说，是很难实现的。

主管黄霞和她一起，精心设计了一个极具专业性的活动。当天，朱琴邀请了 45 位朋友来参加。会上，朱琴并没有大力宣讲产品优势，而是富有感情地讲起了自己的心路历程：

"我不想等到孩子上学的时候，向老师介绍说自己的爸爸是一位优秀的企业家，而妈妈没事可做，天天在家打麻将……我希望他说，妈妈是比爸爸还优秀的保险企业家！"

朱琴的真诚感动了在场的朋友，颠覆了朋友以往对她的印象。他们看到了一个焕然一新、追求事业的朱琴。大家纷纷支持，当场签单，帮助朱琴一举冲到太平高新业绩第二名！

当年，朱琴成为四川分公司保费"新人王"，当选分公司 2016 年十大风云人物，同时也是全系统"新人王"件数第一名，入围总公司高峰会，并成为 IDA 会员。

除了高业绩带来的高收入，朱琴还获得了公司奖励的许多学习机会，包括到中欧商学院学习，这让她对宏观经济、投资、金融、经营、管理等方面都有了新的认识。这样朱琴更加坚定了留下来的决心。

充实的学习让朱琴的视野更加宽广，业务也做到了全国。2017 年的第一天，朱琴晋升为高级经理（一级）。2018 年，她的业绩进入高新支公司前三名，在全系统也排前列。后来有很多公司来找她，开出了很多诱人的条件，但她都没有离开太平人寿。因为她想要做太平人寿的一颗恒星，争取做高峰会长，同时想要肩负起更多的社会责任，做一个有信念的保险企业家！

刘伟

刘伟来自新疆。他阳光帅气，身上有着大西北的豪迈广博之气。他当过老师、进过银行，通晓四门外语，24 岁就成为家乐福全国最年轻的店长，最多时曾负责四十家分店的运营。他的优秀让他绽放出令人瞩目的光彩。

可是，一位同事在外调过程中的意外离世，让他真正意识到了人生的风险并不会被光彩抵消。于是，他开始为自己和家人规划人生、做风险保障。在这个过程中，他认识到了保险的价值，成为保险消费的忠实粉丝。随着孩子的降生，家庭负担增加，刘伟曾尝试着做一些小生意，但均以失败告终，不仅没赚，还赔了不少。见此，他的保险代理人陈瑛真诚地向他提建议："你不要轻易做生意，因为你有家庭、有孩子，输不起。但是你可以来做保险，你也适合做保险。首先，你主动买了很多保险，说明你有风险意识；其次，你人品很正。"陈瑛向刘伟抛出了橄榄枝。刘伟认真思考了半年，最终选择了这个更能展现自己高光亮彩的行业。

刘伟大气沉稳，又有丰富的职场经验和广阔的视野，所以看问题很敏锐。他很快就发现，制约保险销售的不是客户的需要，而是代理人是否能够正确理解保险的价值，并真诚地传递给客户。因为刘伟曾经也是保险客户，因此能够对客户的需求感同身受，加上通过公司的专业培训，短短 9 个月时间，他就做到了 200 多万元保费，成了当年的"新人王"，找到了属于自己的那片天空。

刘伟说："我想做世界级的保险代理人，我愿意为了这个目标而努力！"

越是高远的天空，越能激发起雄鹰展翅翱翔的梦想和壮志！

颜书伦　孙倩

人生也许会跌落谷底，但也会因挣扎迸发出前所未有的力量！

颜书伦和孙倩是高新支公司的一对高级经理夫妻，在他们自信、默契的眼神中，人们常常会读到特别的生命故事。

颜书伦，十几年前在广告公司做设计师，每月收入虽不低，却因生活开支大而捉襟见肘。

为了挣更多的钱，夫妻俩开过网络公司、服装店，钱没挣到，颜书伦还得了腰椎间盘突出。后来孙倩怀孕了，没法上班。收入减少，孩子又即将出生，经济压力骤然加大。颜书伦一年间去了 22 家公司应聘，都没有找到满意的工作。就在绝望之际，他遇到了后来保险公司的师傅。在他的一番开导下，颜书伦决定背水一战，加入保险行业。

2007 年年底，颜书伦来到太平人寿。第一个月，收入 40 元；第二个月，收入 1 500 元；第三个月，收入翻了十倍。他好像看到了希望的亮光，终于找到了改变命运的机会。

可是，第五个月发生了汶川大地震。孩子早产，出生时体重不到两千克，产妇也大出血。孩子在医院住了 45 天保温箱，花了七万多元钱。

夫妻俩不但花光了所有积蓄，还刷了信用卡，借了外债。生活真的给他们开了一个大大的玩笑！颜书伦想，这算是人生的谷底了吧。

这次灾难让夫妻俩真正领悟了保险的重要性，对这份职业也有了全新的认识，孙倩也加入太平人寿，两人并肩战斗。

当时孙倩完全没有客户资源，颜书伦的人脉资源也用得差不多了，只有开发陌生客户。他们就去街头摆摊。摆了三个月虽没有做成一张单，但搜集到了很多客户名单。接下来他们坚持陌生拜访，一个接一个拼命打电话，业绩渐渐有了好转。

为了节约时间多拜访客户，他们想办法借款在公司附近买了一套房。"当时有这个勇气和胆量是因为这份工作，以前根本不敢想，因为首付都没有。"颜书伦说。

第二年开门红，他们拿到的收入，一次性就把债务全部还清了。

回顾走过的路，夫妻俩常告诉组员：这个行业有无限可能，我们每个人也有无限的潜力，重压之下必定会产生奇迹。

方迎庆　焦姝丽

方迎庆和焦姝丽也是一对高级经理夫妻，目前的他们正在向总监职位奋斗。他们在太平人寿收获的不只是成长、朋友，还有一份美好的爱情和一个幸福的家庭。

进入太平人寿以前，焦姝丽在开茶楼，每天工作到很晚，白天也睡不好，很辛苦，又挣不到钱。后来她认识了现在的保险公司的师傅，觉得从她身上学到了很多知识，于是就跟着她加入了太平人寿。

一个外地人，只能从陌生客户做起，那段时间非常难。第三个月时她就想放弃了。这时她遇到了一个同行业的小伙子，当时他的情况比自己更糟，但却充满了正能量。他就是方迎庆。做过证券的方迎庆坚信，保险业前景非常好，虽然现在很艰难，但是总有柳暗花明的一天。

内向、不善交际的两个人，不断在实践中摸索着适合自己的销售方法。他们尝试网络销售，学习专业知识，了解、学习各种理财工具。

一天晚上，焦姝丽通过 QQ 向重庆的同学讲保险，同学让她去重庆当面讲。焦姝丽问小方："我们要不要去？成都离重庆几百公里，已经晚上 11 点了，天寒地冻的。难道就因为同学一句玩笑话就跑去重庆吗？一定是脑子有毛病了。"可是，为了业绩，就算有一线希望，两人也决定试一下。于是当即驱车前往重庆。到了重庆已经是凌晨两点多了，这个同学没想到他们真的会来，满脸惊诧。然后带他们去看他的新房，却一直不提保险的事。他俩也不好意思开口问，最后只好又开车回到成都。

虽然疲惫、沮丧、无奈，两人还是冷静下来分析失败的原因。可能是因为自己不够专业，无论是穿着打扮，还是精神面貌、谈吐等，都没有达到一个专业保险人的要求。痛定思痛，两人决定彻底改变，以职业精神对待每一次机会、每一位客户。

这件事过去整整七年后，有一次两人又去重庆找这位同学，再次自信满满地给他讲保险，对方很快就签了单。

他们说："客户的拒绝中可能隐藏着机会，你必须要坚持。只要你不断地自我成长，亲人、朋友、客户慢慢会看到你的改变，开始信任你。只要能在这个行业坚持五年，你的客户圈就会发生改变，客户层次也能得到提升。"

方迎庆说："在保险行业，我学到了很多知识，更找到了和我价值观一样、目标也一致的爱人。"

张宇

有的人渴望天空，有的人向往大海；有的人喜欢独行，有的人却渴望团队。

张宇，便是一个对团队有着强烈渴望和归属感的人。

2009 年，"5·12"汶川大地震灾后重建，从成都东软学院毕业的张宇投资了 10 万元，租下了学院附近的一个四合院，打造了一个世外桃源般的农家乐。由于在校时曾担任过校学生会主席，他的人缘很好，朋友很多，很快，那里就成了各种学生活动和校友聚会的场所。农家乐的生意不错，每个月都有几万元利润。他一方面熟悉各种食材的进货渠道、价格，精进厨艺；一方面学习市场营销，到学院推广自己的农家乐，小日子过得优哉游哉。

但不知为什么，随着时间的推移，渐渐地，他却觉得有些不满足了。按他自己的说法是，长期这样下去，每天泡在油盐柴米中，学习的动力也没有了，自己很难得到成长，有时内心甚至还有一点"浪费青春"的空虚感。青城山下，蓝天白云，翠绿美景，以及看似热热闹闹的场面，似乎并不能满足这个年轻人内心的渴望。

但自己究竟渴望的是什么呢？

2010 年 1 月 4 日，他受一位大学同学的邀请，参加了太平人寿四川分公司的一次内部庆功会。那一天，他的心被触动了。

那是太平人寿四川分公司第八次成为全系统第一和第二次擂台赛战胜山东队后的庆功会。看到各个大大小小的团队，在经过一番艰辛努力后，实现目标时欢欣鼓舞的场面，他似乎明白了自己内心渴望的是什么了——是团队、目标、荣誉。后来，张宇回忆起那天的情景时说，那一刻"感觉自己的能量场被点燃了"。

于是，他开始对太平人寿四川分公司进行详细了解。当了解到高新团队的"军队、学校、家庭"团队文化，"高素质、高品质、高绩效"三高理念，"打造寿险行业正规军"目标等之后，他被深深吸引了。关键时候，他还特别征求了他爷爷的意见。他的爷爷是中国第一批注册会计师，是享受国务院政府特殊津贴的专家。爷爷给他找了一些关于保险行业现状和未来发展的专业资料，使他有了转行的依据。2010 年 1 月 29 日，张宇告别了自己的农家乐，正式入职太平人寿高新团队。

开始的半年时间，经过努力，加上以前的一些人脉关系，他的业务开展得还算顺利。但半年后，和大多数刚入行的伙伴一样，他也进入了"瓶颈期"。业务推进不顺，收入锐减，陷入了困境，自己感觉有些力不从心。而这个时候，太平人寿高新团队的新人培训和成长体系，发挥了意想不到的作用，对他后来逐步建立起的颇具特色的"高颜值"大学生保险团队，起到了重要的支持作用。

关于这一转折，张宇回忆：

"那个阶段，上半年还是很扎劲的，到下半年就有些力不从心了。幸好团队的培训体系和成长体系很强大。2010 年年底的时候，领导推荐我参加了一个训练讲师的培训，教我们如何在讲台上整理思路和讲解。培训完以后，感觉非常好，我就回母校去给大学生做了很多场演讲，讲太平的企业文化，讲我在太平的经历和感受。当时的想法仅仅是觉得既然学了，就应该去训练一下，结果却无心插柳，吸引了好几个即将毕业的学弟学妹加入。他们很认同保险行业和太平高新团队的文化，成了我们团队最早的伙伴。2012 年太平人寿推行寻找优秀合伙人计划，打造保险合伙人平台。我很庆幸，正好赶上太平人寿的快速发展时机，我的小团队也得以迅速壮大……"

建团队之初，由于队员都很年轻，人脉资源不多、业务能力不强，收入也很少，这一时期是新入行的伙伴们的"阵痛期"。这时候什么是最重要的呢？靠什么凝聚团队力量？张宇的探索和结论是：学习，共同学习。

多年后，张宇的总结是：

"最初太平人寿高新团队吸引我的原因之一，就是在这里可以得到学习和成长。我的感受是，绝大多数人的学习，离开校园就中断了；但对许许多多成功的人进行研究，我发现，他们的学习常常是离开学校才真正开始的。我们团队最初也是靠学习这个法宝来凝聚队伍、提升队员能力的。

"每天早上开完早会，我们就出去见客户，下午6点回到公司，在楼下餐馆点一份水煮肉片，就十几元钱，吃完饭后就回办公室学习。那时是看DVD碟片。学习太平人寿的保险课程，学完了大家再谈感受。学到晚上七八点钟结束，回到家9点过。那时大家都很年轻，学起来很快，得到了成长。更重要是有团队的感觉，大家彼此激励。

"在寿险行业，不少人在前面几个月干得很顺利，因为他身边多少都会有一些有保险需求的人，但是往往在半年以后，就会和我一样，感觉很难，有的就放弃了。我们很庆幸，通过学习，坚持了下来。由于不断进行专业学习，提升自己对行业的认知水平，所以面对客户提出的问题时，我们就能够比较专业、清晰地进行解答了，自己也就更有信心了……2011年6月，我成为初阶主管业务经理，进入了一个良性的循环期。很感谢公司，提供了制式和非制式的多元化培训，帮助我学会了销售，再到管理，得到了外职业生涯和内职业生涯的立体成长。我甚至觉得太平人寿就是一所大学，因为在这里经常能和客户一起学习北大、清华、中欧商学院、长江商学院等学校的课程，也能近距离聆听很多名人名家的讲座。

"学习型组织和学习的文化，是对太平人寿高新大团队'军队、学校、家庭'文化的重要传承。我曾轮班负责过我们营业区的早会。在我轮班负责的一年里，我们做了一个"每天三分钟"的主题学习与分享活动。比如，今天的'三分钟'由一位伙伴讲茶叶的分类。很多人都不了解茶叶的类别，仅知道有红茶、绿茶、花茶、乌龙茶等。今天给你三分钟，把茶叶的类别讲清楚，讲你擅长的。除了讲，还要做 PPT。一天三分钟，一年 365 天，把周末、节假日除去，伙伴们就能记得 200 个东西。而对于主讲这三分钟的人，更是得到了一次难得的学习机会。

"保险行业需要的是专业工作者，涉及的外延更是方方面面，比如教育、健康、医疗、法律、政治、经济等。学习的文化，让团队组织发展变得更有抓手，更有方向、凝聚力……后来，太平人寿高新团队进一步把学习资源转化成业务拓展资源，常常请国内外的著名专家、学者，与客户和团队做专题分享。有一次请了美国著名金融投资家罗杰斯来分享。我的一个客户也参与了，事后他说，天啊，你们这得花多少钱?!"

谈到自己带领团队以及组织发展经验时，张宇说：

"到 2012 年，我的团队就发展到 30 多个人了。2014 年，我晋升为高级经理，后来业务就有点'欣欣向荣'了。这与我们大团队一直倡导的'创业形态''创业平台'有很大的关系。保险工作不是一个马上就有回报的工作，而是一份长期创业的事业。许多半年或一年前接触过的客户，当时并没有买保险，但后来都'蹦出来了'。这就像谈恋爱，需要一个过程，不会立竿见影。这种心态和定位，让我们的小团队越来越有希望，收获了成果和荣誉感。我理解的做保险更像是自己开公司，需要去经营自己的团队和客户。我们应该被称为保险企业家。

"我团队的伙伴全是大学毕业生，平均年龄大约 30 岁，团队名'肆FUN'。'高学历、高颜值、高绩效'是我们的标签，也有释放行业新生力量的含义。学习型组织、创业者心态、合伙人定位，让这个团队始终都活力满满……"

杨雪

"优秀吸引优秀，成功吸引成功"，这个吸引力法则很多人都知道，但要领悟其中的真谛，也许需要穷尽一生。

杨雪，曾经是空军的一名机械师。25 岁退役后，选择了自主择业。由于有入伍前在大学学习工艺美术的经历，因此退役后，他先后进了两家知名的广告公司，从业务骨干一直做到分公司总经理。2014 年 8 月，特殊的原因让他选择了保险行业，加入了太平高新黄霞的团队。军人的过硬素质，近 10 年的商业经验，特别是进入保险业后，对这个雪中送炭的行业的高度认同，使杨雪很快对保险行业产生了巨大的热情，并不断做出可喜的成绩。

2016 年，杨雪晋升为一级高级经理。他曾先后获得太平人寿风云人物、太平人寿百万标保精英、太平人寿五星营业部经理、世界华人保险大会（IDA）会员等荣誉。在团队组织发展中，他协助黄霞总监，发挥了较大的作用。

谈到入行的初衷时，杨雪讲述了自己身边发生的几件事：

"其实，我很早就与太平人寿有过业务交集。最早做公交广告时，太平人寿在我负责的平台上投放过形象广告。合作结束之后，经办人居然没有提出任何要'好处'的'潜规则'要求，这让我感受到这家企业的规范、透明。这给我留下了良好的第一印象。

"我真正感受到保险的作用，是因为一次意外事故。我的一位同事，也是我到成都后认识的第一个朋友，在参加婚礼时，因为喝酒发生了意外，去世时才27岁。由于参加社保时间不长，也没有买任何商业保险，最后他的家人只领到了1 000多元的丧葬费。他的父母怎么办？其他家人怎么办？当时，尽管我帮助了几万块钱，但也是杯水车薪啊。那时我就想，要是他买了商业保险就好了，怎么也可以给家人留下点保险理赔款吧。父母养育自己一场，多少也可以得到点补偿。可是人生没有后悔药啊！从此我才明白，人生就像打仗，往前冲很重要，但有保障更重要。

"进入保险行业，最直接的缘分，应该说是与黄霞总的'街头奇遇'。10多年前，她在街边倒车，总也倒不进去，我帮她把车倒进车位后，就留了联系方式。10多年后，一次我偶然到她办公室坐坐，才发现她已经是卓有建树的保险业界的明星、专家了。办公室的墙上、桌上到处都是各种奖状、奖杯，我被深深吸引了……"

和以前从事广告业一样，杨雪只要看到了这个行业的意义，就会毫不犹豫地全身心投入，把工作做好、做精。再加上有黄霞这个在行业里积累了二十多年经验的团队长的带领，杨雪在业务上、组织发展上很快就爆发出惊人的潜力。谈到对行业的认知时，他说：

"以前，听说某个人患了什么病，遇到了什么不测，总觉得这是极小概率的事。但到公司后这几年，看到每天的理赔数据时，才真正体会到人生不易，同时更加觉得保险是一个在别人遭遇痛苦和困难时，可以去发光发热的行业。作为曾经的军人，我愿意为这项事业去奋斗。

"这个行业可以不断让自己成长，同时还可以用自己的专业去帮助更多的人。我们把居安思危的思想传递给每一个人、每一个家庭，让人们忙碌的脚步稍稍放慢一点，让人们在追求人生目标的同时，审视一下自己对家人是否尽到责任、自己的需求与保障是否匹配。让他们知道，在爱自己、追求人生目标的同时，应该对家庭、父母、子女有周全的保障。不要因为追求人生的'上限'，而忘记人生的'下限'。"

杨雪谈到的人生"上限"，指的是人们追求目标、实现目标后的状况，人生"下限"则是指遇到突发事件时，自己和家人能得到的最起码的生活保障。

他谈到了刚入行时他经手办理的一份特殊保险，感慨颇深：

"刚入行不久，一个朋友介绍了一位年轻人向我买保险。他买的是每年交保费1 200元的意外险。他是在外地的一个建筑工地上打零工的，可能经济上遇到了困难，第二年他就不想交了。但我当时总觉得，他在建筑工地工作，应该特别需要这份保险，就主动往他银行卡里存了1 200元，于是他又交了一年的保费。没想到，不久后他就在高空作业时发生了意外，老板又跑路了……最后我主动联系上他的父亲，帮助理赔了10多万元。当得知儿子居然买了一份保险时，万分悲痛的父母，多少得到了些安慰。

"我后来常常把这个故事讲给人们听，要大家居安思危，要延续爱和责任。现在有钱，不代表以后有钱；现在不生病，不代表以后不生病……"

当杨雪认识到保险这项事业的意义时，就更加觉得团队重要了，所以他不遗余力地协助领导发展团队。

在谈到团队影响和团队文化时，杨雪说：

"我们的团队，除了对太平人寿高新大团队文化的传承和受其影响外，也逐渐打造出自己的团队特点。

　　"艾英总、黄霞总都非常强调打造'精英团队'的理念。保险行业是一个对专业性要求很高的行业，客户具有不同的经济状况、职业状态、家庭形态，处在不同的年龄阶段、发展阶段等，需要匹配的保险险种是不一样的。一个最优的保险方案，一定是量身定制的。所以，黄霞总总是告诉我们，这个行业需要'工匠精神'。她自己也正是因为具有这样的工匠精神，才成为全国人寿亿元保单纪录的创造者和保持者。

　　"我高度认同'工匠精神'，这可能与曾经从事机械师工作有关。我对自己和伙伴的要求是：5 年成为专家，10 年成为权威。

　　"'团结合作，精益求精，诚者自成'，是我们团队的文化。'我们的队伍向太阳'，是我们的群名。

　　"无论什么样的团队，都要有团队精神。同事之间是合作关系，不是其他关系。虽然保险代理人是独立的个体，但大家在一个团队，就要团结合作。

　　"精益求精，这是对技术上的要求。别人会做的事，我们要做得好；大家都做得不错，我们就要做得更好。会做是一回事，做得更好是另外一回事。

　　"诚者自成，是指诚恳地去做保险这项事业，自然而然就会成功。如果只是把它当作一个普通工作，做做样子，那你是成不了功的。这里强调的是自己的内心要有一个诚恳的态度，对同事要坦诚，对客户要诚信。

　　"'诚者自成'，与业务无关，但对心灵是一个指引。这是吴洪总、艾英总、黄霞总20 多年来'行走'保险行业的'不二心法'。通俗说，就是爱岗敬业，爱这份工作，敬重这份事业，对公司、对同事要坦诚，对客户要诚信。那么，自然而然你就会成功。如果没有'诚'，那么团结合作、精益求精都是白扯……"

"诚",在杨雪的理解中,不仅是保险工作的精髓,更是自己一生的修为、一生的追求!

彭湍

2011 年毕业于英国一所大学、学国际金融的彭湍,本来已经得到了学校一位教授的推荐信,可以很快就到英国一家公司上班了,但他却出人意料地决定回国。这背后有什么原因呢?

回国后,他到了中国的金融中心上海工作,后来就职于闸北区的一家保险公司。不到一年时间,他就做出了很好的业绩,月收入已经稳定在万元以上。这时,他又突然做出了一个决定:回到四川,回到成都。这背后又有什么原因呢?

10 年后,当彭湍面对采访时,娓娓道出了其中的缘由。他说:"从英国回到国内,再从上海回到成都,其实只有一个原因,一个我自己心里才知道的原因,那就是,离父母近些,再近一些……"

时间回到彭湍的少年时代。父母离异,彭湍跟母亲一起生活。一次,在回家的长途大巴上,坐在旁边的一个醉酒男子对母亲动手动脚,母亲当即大声喝止。但面对这个强壮的成年男性,带着不到 12 岁孩子的柔弱单亲母亲的愤怒和呵斥显得那么无力。车上的人都很冷漠,对醉酒男子的恶行视而不见。这不仅助长了骚扰者的嚣张气焰,甚至让母子俩的反抗声显得"刺耳"。最后,大巴车司机还以太吵为由,把他们母子俩赶下了车。

在车来车往的公路上,母亲紧紧拉着孩子往前走,忽然一滴眼泪滴落在了孩子的手上……"妈妈……"孩子试图安慰母亲,但母亲没有回应儿子,只说了一句话:"儿子,你今后一定要争气,不争气妈妈就会被欺负。知道吗₂!"

在那一瞬间，彭湍第一次意识到，自己（已经）是家中唯一的男人，必须强大起来！后来他们去报案，才知道那是一辆没有登记在册的"黑大巴"，根本无从查起。

从那以后，他常常抬头望着空空荡荡的天空，心里无数次对自己喊道：彭湍，你一定要强大起来，你一定要努力，要保护妈妈！

正是母亲当年那句"你一定要争气"，让他远赴英国学习；也正是知道自己是"家中唯一的男人"，所以大学毕业工作后，他就想离母亲近些，更近些。

2015年，是彭湍从上海回到成都的第三年，也是父亲彭钢在事业上完成转型、在太平人寿成都市高新支公司开始快速发展的时期。从某种意义上来说，彭湍还是父亲在保险行业的"启蒙老师"。他凭借自己的金融专业背景，以及在上海从事保险行业的经历，与正在传统行业中苦苦挣扎并考虑转型的企业家父亲，深度探讨了保险和保险行业，坚定了父亲转战保险市场的决心。

回到成都后，彭湍一直在专注发展自己的事业。2015年，彭湍加入父亲的团队。一方面，看着父亲一次次站在讲台上，为组员们培训保险业务时，彭湍仿佛又回到了童年时代。那时父亲还是镇上中学的老师，常常把四五岁的彭湍带到教室里上课。当年那个讲起课来声震屋瓦、神采飞扬的父亲，一直是他的偶像。他的心里埋下了一颗梦想的种子，"将来，我也要像父亲一样，做一个向别人传递知识和价值的人"。另一方面，时间跨越20多年之后，儿子与父亲的曲折分离和再度重逢，让彭湍意识到：自己儿时的偶像，也慢慢变老了，也需要儿子来分担重担了。

2015年加入父亲的团队后，从试用业务员做起，然后转正，做到业务经理一级、业务经理二级、高级经理，彭湍仅用了 15 个月的时间。彭湍成为业务经理时，他的直辖组已经发展到 126 人，在当时太平人寿全系统是人数最多的营业组。他所带领的小组先后获得优秀营业组、优秀组织发展奖等荣誉。当他晋升为高级经理时，他带的一个徒弟也同时晋升为高级经理。到 2019 年，彭湍所带的团队（系列团队，包括育成营业部），保费年销售额已近千万元。

这快速发展的背后，是一个优秀的保险代理人在专业上的不断精进，也是一个优秀的组织发展者、系统建立者的不断成长和成熟。特别是在组织发展方面，彭湍为 80 后、90 后，带来了许多值得借鉴的经验。

在谈到组织发展经验时，彭湍说：

"第一是网络增员。这是我们营业区和营业组的增员特点。我们在各种招聘网站上发布增员信息。我自己每年要打 1 万多个电话，每天大约打 30~50 个电话。面谈成功率不到 10%。约谈近千人，最后留下来的可能不到 1%。但通过这种方式，我们把保险理念、保险知识等传播了出去，就像撒种一样。许多人并不了解保险和保险行业。他来不来我们这里工作，其实并没有关系，至少我们可以让他了解保险，甚至和他成为朋友，以后他还可能成为我们的客户或者合作伙伴。

"第二是要有创业者与合伙人心态。首先是身份定位，你是和平台共同去创建一份事业的，不是为谁打工；其次是得失的调整，就是不要去计算得失，特别是小的得失。要常常问自己：我要得到什么？我要达到什么样的目标？我为此投入、付出了什么？要达到目标，肯定要先投入。世界在不断变化，但有一条永恒不变的规律，就是'付出总有回报'。人往往会对自己做决定的事情更有责任心、更努力。大家是合伙人，这里没有绝对的上司、绝对的领导，没有绝对的谁说了算。

"第三要建立让组员持续发展的培养系统。在工作中，总会有新的挑战，会出现新的问题，会有新的变化因素。面对新的问题，过去的经验有时不太实用，或者会让效率变低。这时，你就会发现培养系统的重要价值了。培养系统，包括培养策略、经费、分工、目标等。其核心是让组员可持续发展，包括思维、技能、收入等，都可持续发展。

"第四要真诚，同时要创造价值，包括为客户创造价值，为伙伴创造价值。无论做什么，真诚肯定是第一位的，但仅有真诚还不够，还得让自己有价值，有能够让别人用得着的价值。比如说在这个团队里，如何去做成功的面谈，如何去开创收会、亲友会，我很快学会了，学会了就可以教给团队伙伴，就可以为其他伙伴带来价值了。

"比如亲友会。我在一次组织发展论坛中了解到湖北十堰的一个团队，在这方面做得很好，回来后我很快把他们的方法复制到团队中，这就给其他组员带来了价值。

"比如应急救援，就是做人工呼吸、包扎等，我学会了，就到一个客户的公司为他们免费培训。这就为客户带去了价值。

"第五是要有组织发展者的'隐忍'。如果是一个'打工'的心态，那么跟着领导做就行了。但创业者必须要探索一些新路，不断去尝试一些新的事物。有的时候有些组员不太理解，说你整天弄这些乱七八糟的干什么。但是我觉得我把这个做成了，就可以推广到整个团队，每个伙伴都可以受益了。

"我先去做，如果效果不好，我就不告诉组员。我先去探索，就知道什么可以做，什么不能做。我必须一个一个去尝试，然后才能找到更适合团队发展的项目……"

龙小静

有人说，如果要建一个"职场成功性格"样本库，最合适的样本行业就是保险行业，因为在这个行业，几乎可以找到各种职场性格的人。

太平高新团队的高级经理龙小静，便是极具代表性的一位。

自信、乐观、开朗、快人快语，感性的外表下，又具有理性的专业精神、逻辑思维。一段简洁的采访对话，让龙小静具有感染力的乐观性格呼之欲出：

"人们都说保险行业很难。你遇到过困难吗？"

"在我的词典里，没有困难二字，只有解决困难的办法！"

"那你是怎样解决困难的？"

"遇到困难的时候，你有勇气面对，你就已经赢了一半了。"

"你认为保险行业是一个怎样的行业？"

"保险行业解决了许多家庭的困难。它是一个非常值得为之奋斗的行业。我喜欢做有挑战性的工作。保险行业带来的成长、发展和学习机会，是我想要的。这一点我从未怀疑过。"

龙小静，80后，毕业于四川师范大学。高中时，曾经是四川省射箭运动队的队员，拿过全省比赛个人单项第一名、团队第三名。进入保险行业之前，曾在房地产销售行业的多个项目担任项目销售经理。一次，女儿在幼儿园发高烧，而自己因为工作太忙，无法脱身，很晚才下班，老师只有把她女儿带回自己家里。当赶到老师家，看到女儿躺在沙发上，满脸烧得通红时，龙小静在心里做了一个决定：一定要找一份自己可以掌控时间的工作，当孩子最需要自己的时候，可以陪在她身边。

龙小静出于母爱的一个决定，让她不久后选择了保险行业，并且一干就是 11 年，从试用业务员做到了高级经理一级。她曾先后获得保费新人王、保费件数王、世界华人保险大会（IDA）会员、太平人寿百万标保精英、太平人寿五星营业部经理等荣誉，她还是太平人寿广告灯箱模特……

从 2016 年开始开展组织发展工作，龙小静团队培养了 18 个"百万精英"，育成高级经理 1 名，团队从最初的十几人发展到 130 多人。

从业 10 多年后，谈到对保险行业的认识时，龙小静说：

"我觉得保险行业是一个有大爱的行业，我们的工作就是帮助每个家庭处理最重要的事。

"一个家庭最重要的事是什么呢？我认为是抵御风险，是护家人周全。比如，不是所有家庭都能承担得起治疗重大疾病的开销吧，即便承担得起，但如果没有专业的保险代理人帮着做安排，花出去的钱对家庭来说也是一种损失。

"我觉得保险可以帮人们承担部分家庭责任。在家人生病的时候，可以承担治疗费用。如果没有能力承担这笔开销，家人甚至可能失去生命。

"在我看来，家里所有的配置都没有保险配置重要。住得再高档、房屋装修得再豪华，其实都没有保险重要。如果家庭成员身患重大疾病需要大笔费用时，这些东西都有可能失去。"

谈到保险行业的发展时，龙小静说：

"中国是人口大国，保险需求在未来还有巨大的空间。现在的人越来越有保险意识。随着时间的推移，人们会寻求专业的公司、专业的代理人来为自己提供服务。现在，我们的主要客户是 80 后、90 后，以后是 00后。与 60 后、70 后相比，他们更有保险意识和专业意识，需要更多专业的保险代理人为他们提供服务。

"这是一项很专业的工作，它需要很强的沟通能力和服务能力，以及对产品的专业的认知能力。我就想成为拥有这些能力的人。"

经过 10 多年的磨砺，龙小静从一个运动员型的队员，成长为一个组织型的领导者。谈到团队发展时，她说：

"团队长必须在业绩和增员方面以身作则、成为榜样，因为榜样的作用是很关键的。

"这不是要求自己一定要做得比别人好，而是要求自己要行动，要带着团队一起行动，要告诉队员我在做什么，我有什么目标。不是拿我的结果和队员比，我希望团队里很多人都超越我。

"在业绩和增员上，我希望队员能看到我的行动力；在心态上、对待工作的态度上，我希望大家能看到我的积极、阳光。

"在团队文化方面，我们是一支以快乐和信心为主旋律的团队。每一天都要快乐生活，快乐工作。因为你只有快乐了，才会更健康。信心，则是坚信、踏实、努力、积极地工作，就一定会有收获。"

龙小静能够有今天这样对保险行业、团队组织的深刻认知，与她长期的踏实工作和对行业的热爱是分不开的。在回顾从业经历时，她讲了两件令人难忘的事：

"当时一般保险代理人认为'一日三访'就可以了，但是我最多的时候一天见了 10 个客户。那一天去见最后一个客户时，已经是晚上 11 点多了，汽车快没有油了，手机没有电，周围很黑，找不到路，我有点害怕了。但想着客户还在等我给他送公司的资料，我只有硬着头皮继续找。晚上 12 点，终于到了客户家里。他说，我太佩服你了，我以为你不来了。我说，不会的，既然说了，我就肯定会到，只是我手机没电了，联系不上你……第二天，这位客户给我回话，说他当晚研究公司的资料到凌晨 1 点多。最后他投保了。

"另一个令我难忘的经历，是我给我邻居的妈妈办理理赔的事。我邻居的妈妈当时买的是防癌险和健康医疗保险。买了一年多以后，突然有一天她查出了癌症，甲状腺癌。她大概交了四五千元的保费，最后赔了 20 多万元……

"尽管从业至今，我的客户绝大多数都很健康，但这次理赔，让我真切体会到了自己所从事的工作的价值。"

林沿君

从按部就班的、单纯的工作环境跨进保险行业，从一说话就脸红的青涩小女孩到带领 200 多人团队的团队长，林沿君是怎样破茧成蝶的呢？

林沿君的父母分别是科研所的研究员和高校的教授。她毕业于四川大学经济系，毕业后就在当时的大型国企成都人民商场从事财务工作。工作几年后，面对老牌国企管理效率不高、激励机制不完善，以及新兴商业业态不断涌现的局面，她对自己的职业生涯有了新的思考。

2003 年，一个偶然的机会，她接触到了保险行业，太平人寿的简璞总、刘华总监向她抛出了橄榄枝。在她身上，他们看到了不少年轻人所缺乏的积极、主动。在整个接触过程中，林沿君从行业前景、中国保险业当时的发展状况，以及太平人寿作为中国最早的民族保险品牌所肩负的历史使命等方面，第一次对太平人寿有了较为全面的了解。这彻底改变了她以前对保险行业的认知，为她后来从事保险行业奠定了坚实的基础。

也许真的是和保险行业有缘，多年前发生在她高中校友身上的一件事，也在这个时候成为促使她坚定迈进保险行业的动力。多年以后，当她回忆起这件事时仍然深有感触：

"我们是高中校友，关系很好，他比我低一届。我们考进大学以后联系就少了，甚至很长一段时间音信全无。再次得知他的消息，却是他生病了。当时我真的不敢相信，因为他除了学习好，还特别喜欢锻炼身体，高中时操场上时常能看到他跑步的身影。我很难把这样一个青春洋溢、品学兼优的人跟疾病、衰弱联系在一起。他还那么年轻，人生还没有真正开始！从那以后，各种关于他的消息接踵而至，《华西都市报》还连载了他的抗癌事迹，称他为'抗癌英雄'。为了筹集治疗费，媒体还在百货大楼为他安排了现场募捐。他的家人抱着募捐箱，接受着人们几元钱、几十元钱的捐赠。那种无助的场景深深触动了我。征得他的同意后，我到肿瘤医院看望了他。他已经瘦得皮包骨，每天被高烧折磨着，但他的眼睛中仍然透出强烈的求生欲。病床旁边是他整日以泪洗面的母亲，手里拿着酒精棉球不停地给他物理降温。最后他还是走了，刚刚过了 20 岁的生日。

"当看着他的父母抱着他的骨灰盒离开时，那哀伤孤寂的背影又一次深深触动了我。那一瞬间我极度恐慌，我想万一哪天我也像他一样离开，我能给我的父母留点什么呢?!

"与保险行业结缘后，我郑重地给自己购买了人生第一份终身重大疾病保险，受益人是我的父母。拿到保险合同的那一刻，我长长地舒了一口气！

"从认识保险的功能和意义，到自己去从事保险行业，向人们推荐保险产品，这种转换看似容易，其实很难。其间要跨越的鸿沟，就是态度和专业。从感性认识到理性认识，从专业知识到顺畅表达，最后才是职业信念的形成……"

而在这些之前，她还必须面对整个家庭的反对。父母怎么也无法理解，一个大学生，为什么国企的财务工作不做，非要去做保险呢？！

　　"开始的时候，我告知家人我决定做保险，引发了轩然大波。家人觉得我被洗脑了。每天都会有专人负责劝我，说在保险公司工作就是临时工，没有编制，是一个打工人，而且压力大，还要抛头露面，找人，求人。女孩子就应该工作稳定……那时真的很难，保险工作还没有上手，凭着自己对保险的理解在坚持，每天还要跟家人对抗。刚来的第一周，我的嗓子一直都是沙哑的，一方面是见客户讲话太多，一方面是每天跟家人吵。这样下去怎么行？！我决定跟母亲进行一次正式的谈话。我认真地把保险的行业前景、公司架构向母亲做了介绍，并且告诉母亲，过去的道路都是家人给我安排的，我自己从未真正做出过选择，我也不知道自己的实力究竟怎样，我想挑战一下自己，看看自己的能力极限在哪里。我希望家人给我半年时间，让我去验证。作为大学老师的母亲认真听完以后，温柔地对我说，孩子你长大了，但你选了一条辛苦的路！

　　"从那天开始，母亲成了我坚强的后盾。一个月后，她满脸微笑地对我说，以你现在这种状态做事情，没有做不好的。那时，我已经拿到了进入保险行业的第一份收入，开始计划买车和晋升业务经理一级。

　　"这一路走来，在工作中仍然是磕磕碰碰，困难不断，哭过笑过。我心里知道，如果没有公司完善的培训和激励体系，没有太平人寿高新大团队的'军队、学校、家庭'的团队文化，就没有现在的我。"

　　几年后，林沿君不但适应了新的行业，而且开始发展团队，从业务经理晋升为高级经理，从行业"白板"成为公司"四星级"讲师。一方面，她继续保持着自己有些"佛性"的做业务的风格；另一方面，她用自己独特的培训方式，发现和培训了一批又一批团队伙伴。她培养了3名高级经理，多名业务经理，团队逐步发展到200多人。从2016年开始，她连续四年成为太平人寿"百万标保精英"。此外，她还获得 IQA 国际品质奖、国际龙奖 IDA 会员等行业荣誉。她还先后获得了理财规划师、健康管理师、风险规划师等资格证书。她常常说，保险行业是一个要求很高的行业，也是一个被误解很深的行业，我们一定要多多学习，成为让客户信任、与市场匹配、令公司放心的专业保险代理人。

多年以后，谈到选择保险代理人这一话题时，林沿君已经是一名很有经验和见地的"沙场老将"，从当年那个一说话就脸红的青涩小女孩，蜕变成了颇具领导力的团队长了：

"对于保险代理人，不要高估了他的改变能力，更不要低估了他的选择能力。这是两种能力。我们的团队长常常都要面对选择，前期面试队员的选择，后期市场的选择，过程中客户的选择。团队的培训、培养激发了他内在的、他体内'休眠'的优秀的品质和能量。如果没有内在的东西，随便怎么培训、培养，效果都是一时的，碰到困难就会难以持续。这就像基因一样，所有的外在培养，都是让基因得到最好的表达，而不是创建新的基因，这个是创建不了的。

"我觉得不是什么人都适合做保险工作的，我们选择保险代理人是很挑剔的。我们的团队长，不管是主管还是高级经理，具备的最重要的素质，第一是责任感，第二是执行力，第三是学习能力。

"我现在团队里的几个高级经理，在高新大团队里都是非常有特色的。比如林枫高经（高级经理，下同），既是绩优高手，又是非常好的讲师。我们团队的高级经理都是好讲师。杨鹏高经，个人特色非常鲜明，很潮，很有悟性，在带团队方面更有自己的一套。李力冬高经，具有理科思维，能把任何东西都以模型化的方式呈现出来。

"我与团队的几位高级经理的沟通方式也很有趣，通常我会根据他们每个人的风格特点，因人而异地与他们沟通。

"对于林枫，你只需要跟她说，我们要达到一个什么目标，她就去做了。责任、目标、荣誉，就是她的生命。对于杨鹏，你可能应该多听一下他的想法，因为他的想法可能会有很多创新点在里面。他不会盲目按着公司的要求来做，他会赋予更多新的内涵。李力冬，作为80后、太平人寿高新团队晋升最快的高经，对'强压式''强管式'的东西有些排斥，他更喜欢用模型去呈现逻辑，然后用流程、步骤去实现目标。比如说要得到这个结果，需要具备什么条件，我会跟他讨论；条件具备以后，过一段时间，结果也就出来了……

"有时，我常常会思考，究竟是什么原因，让当初那个坐在成都人民商场财务部的小姑娘，在保险行业一干就是18年，而且越干越喜欢，越干越有感悟呢。

"我想，除了自己的努力、坚持、学习之外，一个重要的原因，就是高新大团队的氛围：一方面，它用一系列标准化的培训，将行业逻辑、从业能力赋能于个体；另一方面，它又包容和鼓励个体的个性化和创新。高新大团队的团队文化，在高目标、高压力的同时，又尽可能呵护健康的人性……这就是我们这群人的初心吧，特别是大团队长他们，如吴洪总、简璞总……"

李超琼

在人的一生中，有些人的选择，在当初看起来似乎并不符合逻辑，但如果把时间和空间的跨度放到足够大，就会从中看出更深层的逻辑来。

李超琼在2007年的选择便是如此。在经过对保险行业几个月的了解之后，她毅然决定从房地产行业转入保险行业。她选择的是以"三高"

理念著称的太平人寿高新团队（当时叫营业二区）。而此时，中国的房地产行业正处于"黄金十年"的高速发展时期。李超琼在从事房产销售工作时，无论是个人还是所在团队，都曾是公司连续多年的"销冠"；后来她转做房产策划和现场管理时，成绩也很突出。

一位令许多人羡慕的房地产行业精英，为什么会突然选择了当时大家都不怎么看好的保险行业，并且一干就是 15 年呢？

谈到行业转换这个问题时，李超琼说：

"首先是家庭原因。自从结婚生子之后，我就希望能从事一份时间弹性比较大、能兼顾家庭的工作。而无论是房地产销售，还是房地产策划和现场管理，都要求没日没夜地把精力放在项目上，周末也不例外。孩子上幼儿园后，周末是一定需要陪伴的，于是我就得重新对职业规划进行调整了。

"对保险行业有所了解之后，我发现这是一个可以干一辈子的事情。我一直觉得，做任何事情，一定要给身边的亲朋好友甚至社会带来价值，这样自己才能有所收获。当时保险行业在中国刚起步，对标国际市场，保险市场的发展空间巨大。

"其次要看国家政策是否支持。当时，国家针对保险行业颁布了'国十条'，要大力发展金融保险这个行业。国家要发展的行业，无论是对老百姓还是对从业者来说，都能从中受益。要顺势而为，才能事半功倍。

"最后要选一个优秀的团队。通过多方位考察，我了解到太平人寿四川分公司要打造的是一支'三高'队伍，公司里聚集的是一群高素质、高品质、高绩效的金融保险人才。这样，我的心里就更有底了。

"能否兼顾家庭，能否为客户带去价值，是否有更多的培训机会让自己与优秀同仁不断提升"，正是基于这三个判断，当时的李超琼选择了之后 15 年甚至一生的职业。

但是，保险代理被认为是世界上最难的销售工作。李超琼在这个行业是怎样迅速适应，并很快取得极好的业绩的呢？

她说：

"除了之前长期的销售工作的历练，还有三本书对我的帮助很大。一是吴晓波写的《大败局》，书中讲述了许多知名企业和企业家是如何失败的，这让我看到了风险无处不在。很多客户，在行情比较好的时候赚钱容易，就特别自信，觉得自己能力很强。但如果没有管控好风险，那就会像《大败局》中写的那样，无论曾经多么辉煌，一个小小的失误也可能什么都没有了。

"不管是企业还是个人，不考虑风险的思维，一定是有致命缺陷的思维。保险，是人类应对风险的最高效、最科学的制度设计，是个人和企业必不可少的风险管理工具。

"我觉得风险意识和风险管理可以帮助到很多客户，所以从入行的第一天起，我就认定保险是我要长期从事的事业。

"另外两本书是卡耐基的《人性的弱点》和《人性的优点》。这两本书可以让人了解自己和别人的性格特点，学会换位思考，理解和包容身边的人和事，更好地调整自己的心态，准确地认知人性。而认知人性，几乎是一切社会性工作的基础。

"在任何一个场域（职场、家庭）与人相处，人与人之间都应该相互理解和包容，欣赏对方的优点，包容对方的缺点，因为人无完人。这样才能与各种各样的人和谐相处，遇到各种情况时才会有好的心态。

"我做保险工作 15 年，靠的就是阳光的心态和对工作的使命感。如果心态稍微不好，见一个客户，本来很想帮他，结果他给你说保险怎么怎么不好，你就会受到打击。很多人就真的受不了。

"如果你的心态好，你就会觉得他说的这些你都能理解，因为他不了解。站在他的角度，他会觉得你是在向他推销，就想赚他的钱。而此时你需要做的就是从专业的角度，讲清楚保险是一个非常好的风险管理工具。他对保险有了认知，就可能买；他不买，也无所谓，说明缘分未到。"

由此看来，《大败局》让李超琼具有了风险思维，《人性的弱点》和《人性的优点》则让她掌握了销售的秘诀——保持阳光的心态，用诚信和专业去帮助客户分析风险，拿走担忧，锁定幸福人生。

也许正是基于这些，进入保险行业 15 年来，李超琼和她带领的团队取得了令人瞩目的成绩。

她从 2012 年开始，连续多年做到"百万百件"，也获得了无数荣誉：IQA 国际品质奖，国际龙奖 IDA 会员，太平人寿风云人物，太平人寿业务精英，个人及团队五星品质奖，等等。此外，她还考取了 RFC 理财规划师。

"百万百件"是个什么概念呢？是指保费一年上百万元，关键是件数，一年百万件，相当于三天就有一位客户投保。如果没有对这项事业的足够热爱、对客户高度的责任感和专业效率，以及长期与客户之间建立的信任，这是绝难办到的。即使在全国乃至世界同行中，这都算是一个奇迹。

在团队组织发展方面，李超琼带领的团队从 2007 年最初的 3 个人，经过 15 年的成长发展，吸引了各行各业的社会精英加盟，有企业家、个体老板、房地产高管、银行的金融人才等，到 2021 年已有 169 人。她本人在 2015 年晋升为部经理，还育成了两位非常优秀的，具有高颜值、高素质、高绩效的部经理，下辖三个营业部。

她在自己团队中讲得最多的两句话是：

"诚信、专业、专注去做好保险这项事业。"

"认真工作，幸福生活。"

她从事保险行业，是要让身边的朋友病有所医、老有所养、财有所继；她对"认真工作，幸福生活"的解释是，工作时认真、不抱怨，生活中要有趣、有爱、有幸福。

她常常对客户讲的一句话则是：

"有一些东西不一定要选择，但千万不要拒绝了解。信息时代，请多花一点时间去了解新的资讯。利用法律、金融、保险工具，智慧地保护好自己和家人。"

何华萍　王东

俄国著名作家列夫·托尔斯泰有句名言：幸福的家庭总是相似的。何华萍和王东这对同行伉俪，为我们揭示了"幸福家庭"的共同密码。

在采访中，何华萍说："锦上添花的事情，做的人很多；在个人有限的职业生涯中，我希望通过保险，带领伙伴们多做一些雪中送炭的事情。"

一份初心，十年磨砺。在太平人寿，他们的事业和人生都发生了很大的变化。团队从最初的几个人，发展到后来的一百多人。他们以"四星之家"为团队命名，践行着"向善利他"的经营哲学，成为太平人寿高新大团队中一颗耀眼的星星。

何华萍和保险结缘，似乎正应了那句"生于忧患"的古话。当时在经济上稍显宽裕的何华萍，本来打算做些理财安排。在和一位年长的朋友沟通时,朋友告诉她:"财要不要理呢?要理!但是人吃五谷杂粮,生疮害病是难免的。万一哪天生病躺在医院里,看病的钱谁来出?难道还让父母出吗?"

于是,何华萍的财富管理计划落实下来,首先就变成了自己和家人在太平人寿的一份保单。当时与她进行投保面谈的保险代理人,就是后来她在保险行业的领路人王玉聪。说到此处,她满脸都是笑容,觉得这是人生中非常正确的一次安排。

2008年"5·12"汶川大地震三个月后,她辞去财务工作,加入了太平人寿。她刚加入太平人寿不到一个月,就得到了一位同学不幸罹患癌症的消息。何华萍说:

"在医院看到这位女同学,特别是她看到父母因医疗费用而焦头烂额时,我的心都碎了。这位同学说,你为什么不早一点做保险,我现在还能买保险吗。

"我开始认真思考保险这份职业的价值。从此,每当我拜访客户的时候,都是以心换心,一定要把保险的功能、意义讲得更清楚一些,不要让人们到了最艰难的时刻,才想到保险……"

丈夫王东的一位中学同学,这个阶段在何华萍那里投了保。2012年9月,丈夫的这位同学不幸溺水身亡,才三十多岁。悲痛万分的父母,从太平人寿获得了15万的理赔款。经济上的补偿,让两位痛失爱子的老人多少得到了些安慰。这件事情的发生,对丈夫王东影响很大。两年后,他从人力资源管理领域,来到保险行业,和何华萍在同一个团队。

现在,在"四星之家"这支队伍里面,有何华萍的校友郑树菊,以及何华萍原来的同事黄珂和张琦。大家加入这支队伍的机缘尽管不尽相同，但能够留下来都有一个共同的理由："寿险人的那份初心，值得我们去坚守！"

到 2021 年，比妻子何华萍晚六年进入保险业的王东，经过七年的沉淀之后，他把对行业的认知、组织发展、经营哲学、人生规划等，升华到了理性的层面。他说：

"从事保险行业就是在进行分享。先自己认同，然后推己及人。保险，每个家庭都需要。如果他说不需要，只是他还没有认知到自己的需求而已。保险行业是一个关于爱心的行业，它的本质就是照顾人，从'摇篮'到'天堂'，照顾人的一生。

"从表面上看，保险似乎是'反人性'的。因为我们要给健康的人谈疾病，给年轻人讲养老规划，给经济宽裕的人谈可能的匮乏、谈未雨绸缪，给处于顺境中的人谈逆境和意外，等等。但在本质上，保险就像一位慈祥的长者，总是不厌其烦地告诉人们'良药苦口利于病，忠言逆耳利于行'的智慧。所以，它又是最符合人性、最符合事物发展规律的。

"保险可以给人以力量，还能给人带来尊严。当人们不幸遭遇风险时，或者准备安享晚年时，不用担心拖累家庭、拖累儿女。这种内心深处的安宁与祥和，对于每个人来说，都是非常需要的……"

何华萍和王东说：

"很庆幸自己当初选择了太平人寿，选择了高新团队，因为这里有一片肥沃的土壤，任何一粒好的种子，都可以在这片土壤中生根发芽，茁壮成长，然后开花结果。

"在太平人寿，每一位营业部经理在完成了自己营业部的筹建后，都要像大学生毕业时一样进行论文答辩。营业部经理的晋升论文主题就是

'团队的经营哲学'，要清楚阐述自己团队的经营哲学。

"'四星之家'的经营哲学，是在大团队文化的基础上发展而来的。'太平'之名，取自北宋大家张载的名句，'为天地立心，为生民立命，为往圣继绝学，为万世开太平'。在这样一家文化底蕴深厚、极具使命感、有正确价值观的公司里，我们把'坚持做正确的事''向善利他'作为我们这支队伍的经营哲学。

"我们传承了太平人寿高新大团队'军队、学校、家庭'的团队文化。在外，我们是'四星军团'，践行着高新大团队的团队文化；在内，我们有'四星学院'，培养队员树立高新大团队的经营理念。这让我们团队具有共同的行为准则、是非观念。

"为什么我们团队命名为'四星之家'呢？我们这支队伍最早的两位营业部经理何华萍和郑树菊，是太平人寿总公司'四星会'的终身会员，而在当时的营业区里只有三个人获得过此项殊荣。我们希望把四星的荣誉和要求，刻进未来每一位伙伴的心里。四星，意味着每个队员每个月要去照顾四个不同的家庭。

"在我们的认知里，自己是一个经营者。既然是经营者，就需要有经营者的思维方式。我们不做打工人，要做自己的管理者。

"在我们团队中，有一个基本理念，就是'通过帮助别人获得成功，从而实现自己的人生价值'。在现代社会的分工协作中，保险的功能是守护和帮助千千万万的家庭。这就是我们最大的梦想和成功。""我们工作最大的价值，就在于看到我们的投保人、被保人及其受益人，由于对我们的信任而得到了保障。我们常对客户说：让我们拿走你们的担忧，让你们放心去做自己最擅长的事情，放心去享受生活的美好，这样才不辜负生命的意义和精彩……"

陈德桃

陈德桃，毕业于成都电子科技大学计算机专业。在互联网快速发展，自己创立的母婴用品事业也风生水起的时候，却做出了当时让许多人都匪夷所思的选择——2013 年 10 月，她毅然加了太平高新团队。

是什么原因让她做出如此大的事业转型？

多年以后，她在回忆那段心路历程时说："一方面可能是长期专业学习形成的逻辑思维，另一方面就是对自己、家人以及身边朋友的一份特殊的生命关怀。"

最初触动她的一件事，是堂兄的儿子突发疾病，一种罕见的"巨幼细胞过多症"。孩子的手臂突然抬不起来了，去医院检查，才发现手臂里的骨头被"腐蚀"了。后来花了 30 多万元才治好。当时她就想，还好堂兄家里经济条件比较好，如果遇到经济条件较差的，不是就根本没钱治了吗？她是很早就有保险意识的人。大学刚毕业就给自己买了一份保险，儿子出生后也给儿子买了保险。侄儿突发重大疾病这件事，更让她意识到：每个生命其实都很脆弱！她开始从职业、事业、人生意义的角度研究保险……

她说，有人的地方就会有风险，每个人都无法预料疾病或意外会在哪一刻来临。有的疾病和意外可能是自己与家人完全不能承受的。如果没有相应的商业保险作为保障，一旦健康出现问题或发生意外，普通家庭很难承担。中国人口众多，对保险的需求应是巨大而长期的。这也是国家从政策层面提出 2020 年保险业发展目标的原因。

她说，自己的孩子在出生时就几经周折，因此希望从事一份时间相对自由，有更多时间陪伴家人，也有更多时间关心别人的职业。保险，实际上是一种风险管理的金融工具。这个职业恰恰可以完美实现她的理想。

开朗的性格，对行业逻辑的理性洞悉，加上在心底里对别人天生的感性关切，使她很快便在新的平台上成长起来。她从一个普通业务员升为高级经理，并连续 7 年荣获四川分公司"风云人物"的称号，连续 6 年获得 IDA 龙奖。2014 年开始，她每年达成百万元目标，2017 年、2018 年达成百万元、百件目标。同时，她还成为总公司四星级授权讲师、品质五星代理人。她还先后考取了多个专业证书，包括 RFC 国际理财顾问师、国家一级理财规划师、CHRP 认证退休规划师，以及国际金融理财师等。

经过多年的沉淀，到 2019 年 9 月，她带领的团队发展到 40 人，培育了多位业务经理。

对行业的发展逻辑，她认为：

"中国人口众多，对保险的需求很大。不管是高端客户也好，普通客户也好，我都可以通过保险这种工具，来帮助他们解决问题。保险的功能是非常强大的，最关键的就是我们代理人要怎么去把它给刻画出来，怎么合理运用。"

对队员的职场素养，她认为：

"专注、专业、真诚，是一个人做人做事的根本。而勤劳，是每个行业都需要的。做任何事，只有专注，才能专业；只有专业，才能更好地服务客户。而真诚，就是凡事总从客户的立场出发去思考问题，提供方案。"

在回顾太平高新团队对自己的影响时，她说：

"太平高新的'军队、学校、家庭'团队文化，是一种内在的无形的影响，'打造世界级卓越寿险团队'的目标，则激发了更大的职业梦想。在这种文化熏陶和传承下，我们小团队也形成了自己的文化——打造正直诚信、专业尽责、团结和睦、高度自律的人人都是 IDA 的团队。"

张艳

2007 年，张艳在餐饮和婚庆行业打拼多年后，竟然慢慢有些"江郎才尽"的感觉，似乎看到了自己职业生涯的"天花板"。一次偶然的机会，她参加了太平人寿四川分公司的创业说明会。会上，主讲人所说的一句话，让她怦然心动："在保险行业，你得到的最大收获，将是持续不断的免费培训和成长！"

这句悄然触动张艳内心的话，让她从此与保险业结下了不解之缘。

最开始的阶段，她仅仅是把保险作为一项兼职工作来做，但培训和学习不断拓宽了她的视野。后来她干脆完全转型，专注在保险业务上。这期间，为一位残疾人企业家完成保单的过程，让她对保险职业产生了使命感。

这位残疾人企业家，因为身体和年龄（已年过 60 岁）的原因，从一般意义上来讲，很难有保险公司愿意为他承保。但张艳经过多次努力，从专业角度进行了详细的规划，最后经过公司严格的审保程序、医疗体检，这位企业家成功投保。她当时感触最深的是：一位残疾人企业家，把一个小作坊做成一个大企业，商业信誉却比许多健康人都好，在纳税、就业上，也为社会做出了不小的贡献。于是张艳就产生了想帮他的念头。没想到，居然成功了！

这件事让张艳体会到了"专业制胜"的成就感，也更深地认识到，保险业是可以帮助到自己想帮助的人的，前提是需要足够专业。

　　2015 年开始，张艳厚积薄发，年保费逐步实现 200 万元、500 万元、1 000 万元，晋升为业务经理二级。她也开始带领自己小而精的团队，并成为太平高新"泰阳家办"的成员之一。后来，受总公司邀请，她先后到中欧商学院、长江商学院学习，拓展了她在企业经营管理方面的视野。她自己还长期在大学国学班系统学习国学，并把国学精髓融会贯通在人际沟通、保险业务中。她先后通过了 AFP 财富管理师、健康管理师等的考试。

　　多年的学习和历练之后，张艳对保险有了许多独特的见解：

　　"保险是对家庭底层资产的管理。

　　"我们的核心价值是，在您人生上限不断提升的同时，持续提升您和家人的人生'下限'，以及家庭财务下限。

　　"风险是规避不了的，我们的价值是帮助客户看到风险，并通过专业去转移风险。

　　"中国人追求财富的最高境界是五福临门。保险这个金融工具，可以完美阐释财富管理的内在价值：那就是对人生的管理。"

骆沁

　　学财务专业的骆沁，在怀孕两三个月的时候，有了购买保险的想法。这既是学财务专业的人对规划、计划的特殊敏感，又是对人生风险和保障的特别理解。

　　与许多人对保险销售的认识不同，骆沁从一开始就并不觉得做保险销售的人比别人低一等；相反，她认为保险销售，能把人引向不同的人生——从没有财务规划意识到有财务规划意识，从没有风险保障的人生到有风险保障的人生。

2009 年，她 25 岁，买了人生中第一份保险。后来，她参加过几次培训课后，毅然加入了保险销售的行列。她说，第一个向她推荐保险的人，是她的第一单；第一家让她购买保险的公司——太平高新团队，又成了她职业的新起点。

让她记忆深刻的是，最初向她推荐保险的人问她的三个问题。其中一个问题是：当你罹患重大疾病时，你怎么办呢？向父亲要钱吗？她当时说，我很爱我的父亲，我这么大了，一定不愿把这个负担加在年老的父亲身上。于是她很快就为自己买了一份重大疾病保险。然后又给父亲买了一份。

她回忆自己购买第一份保险的情形时说：

"当她问完三个问题之后，我就决定买保险了。然后还说自己还有4 000 元钱，想为父亲也买一份保险。"

进入保险行业后的骆沁，很快就发现了保险业的一个特殊规律。她说，保险业表面上看，是有"反人性"的一面的。别的行业都是拼命让人去消费，消费往往是会带来快感的，而为未来似乎看不见的风险去做管理，则常常让人不那么愉快。但是，只要稍微理性地想一想就会明白，人哪有不生病的，哪有不遇到意外的。一旦发生这些事情的时候，保险赔付，不管几万、十万、几十万元，都是渡过难关的最好保障。

正是基于对这个表面"反人性"，但实质上又很人性的规律的朴素理解，骆沁在保险行业坚持了下来，并让越来越多的人接受了她的"保险生活方式"。

她说："最初的培训课，激发了我内心的动力。我实际上只是在帮助人们改变生活方式而已。一种是有保险的生活方式，一种是没有保险的生活方式。一种是消费的文化，一种是风险管理的文化。有保险的生活方式，只要放在较长的时间段里来分析，就会明显感受到其中的好处，比如生病时、养老时。而没有保险的生活方式，常常也是不断冒险的生活方式。这种冒险常常会把整个家庭都牵扯进去。"

骆沁在太平高新团队中逐步成长起来，并达到了极高的专业化。几年后，她自己也开始带领 80 多人的团队。

回顾大团队对自己的影响时，她说："太平高新的'军队、学校、家庭'团队文化，是让一个人不断在职场、在做人做事方面，都得到成长的文化。这种文化通过太平高新大团队长、区域团队长，以及各个小团队长、各位师傅的长期身体力行，也促成了我们小团队的团队文化。总结起来，就是敬畏和感恩。敬畏，是指对行业、职业的敬畏。感恩，是指对团队内部和客户的感恩。在这种文化的影响下，有的队员即便后来离开了，也非常想念这个团队……"

团队之道

截至 2018 年年底，吴洪带领的这支团队，由最初的 138 人，发展到后来的七八千人，逐渐向万人团队靠拢。在太平人寿四川分公司这一平台，团队由营业二区扩展为高新支公司，建立了五大营业区，产生了一位支公司总经理、五位区域总经理、六位区域总监。其相应建制序列如下：

吴洪，四川分公司党委委员，四川个险业务总监，高新支公司创始人。

杜巧丽，四川分公司区域总经理，所辖高新支公司第十四系列营业区。

陈瑛，四川分公司区域总经理，所辖高新支公司第四系列、第二十系列营业区。

简璞，四川分公司区域总经理，所辖高新支公司第十系列营业区。

艾英，四川分公司区域总经理，所辖高新支公司第五系列营业区。

王玉聪，四川分公司区域总经理，所辖高新支公司第二十区系列营业区。

刘华，十九区区域总监；谢家珍，二十三区区域总监；熊力，二十四区区域总监；汪群，二十九区区域总监；彭钢，三十一区区域总监；黄霞，三十三区区域总监……

截至 2017 年，在整个太平保险系统，该团队创造了连续十五年业绩正增长的佳绩，诞生了多个中国个人寿险行业第一、太平寿险全系统第一。

2005 年，陈孝翠签下了中国个人寿险保额"第一大单"，保额 5 000 万元；

2013 年，黄霞签下了中国个人寿险保费"第一大单"，保费 5 000 万元；

2017 年，黄霞刷新了自己的纪录，创造了太平人寿四川分公司保单保费 1 亿元的纪录。

截至 2019 年，这支团队累计实现保费 32.6 亿元。

…………

这背后的秘诀是什么？有哪些值得借鉴和学习的地方？

对吴洪及其管理团队进行研究后，可以发现许多极具借鉴意义的"团队之道"。

吴　洪

1."亲情管理"与"抱团打天下"

吴洪曾说，任何事业，创业之初都是很难的。正因为难，才更需要彼此关怀、帮扶和勉励。团队成员一起吃饭，一起娱乐，一起谈心交流，都是增强凝聚力的方式。每一个人都有软弱的时候和地方，领导者的职责之一，就是像家长一样，对成员的软弱看得到，想得到，帮得到。

吴洪团队每次聚餐，必点的一道菜就是水煮肉片。创业之初，同伴们的收入不稳定，虽然吴洪也不算宽裕，但常常请大家吃饭，点的就是水煮肉片。后来大家条件都好了，聚餐时还是会点一份水煮肉片。看似简单的一道菜，却意义重大，它是吴洪团队发展的见证，是团队成员情感的见证。

吴洪也常与伙伴们分享"抱团打天下"的理念。他说："一个人的力量有限、见识有限、经验有限，甚至勇气和耐力都有限。如果没有抱团意识，孤身一人，走着走着就放弃了。"他还用《水浒传》《隋唐演义》中的故事来激励队员。这些故事朴实易懂，坚定了大家"抱团打天下"的信心。

2."价值观统一"与"标准与规范"

二十多年来，吴洪团队看到了太多的聚散离合，深知价值观对稳定团队的重要性，从而总结出"价值观统一"及"标准与规范"的管理经验。价值观，就是为什么去做这件事，是从业初心，是内心良知。

吴洪曾说："单纯为了挣钱而做保险和为了扶危济困、保障平安而做保险，结果是完全不一样的。前者仅仅是'雇佣军'，而后者则是有信念的'子弟兵'"。

吴洪认为，价值观不能停留在"虚"的层面，要看得见、摸得着。

团队的价值观要通过是非标准、行为规范、工作规则实实在在体现出来。个人的价值观也同样如此。领导者的职责，一是要随时发现价值观相近的人才，二是要在团队中倡导这种价值观。

3. 包容性平台

在管理学上，有一个著名的"短板理论"，认为木桶的装水量，取决于木桶中最短的那一块木板的长度。在工业文明时代，这确实是符合逻辑的。但是，随着时代的发展，现在许多企业已经从遵循"短板理论"变为追求"长板理论"，即一个团队成功与否的关键，在于是否把最核心的优势发挥到极致，是否通过合作的方式来弥补短板的不足。

这促成了吴洪及其管理团队的包容性管理。在吴洪看来，补齐短板远远不够，还应该激发每一个人的潜能、发挥每一个人的特长。他认为，一个团队要"补短"，更要"扬长"。补短的途径就是学习，团队内部彼此学，团队外部开放学；同时，用制度来激励学习，用团队文化来带动学习。"扬长"则是在团队中形成民主氛围。吴洪常说："我希望我们的团队是民主的，团队长要多听取队员的意见，这样才会少犯错误。"他要求每个团队长在管理上要避免求全责备，一定要求大同、存小异，先明确管理底线和规章制度，鼓励每个人尽情发挥自己的优势。

"短板"与"长板"相结合的管理氛围，影响了整个团队。有的队员擅长做组织增员，不擅长做业绩，那就大家配搭，支持他在组织增员上发挥作用；有的队员擅长做业绩，但组织增员能力较差，那就在组织增员方面给他配搭帮手，让他专心做业绩……

在这样的"学校"的团队文化中，不擅长的慢慢也会有所改善，擅长的会做得更精更深。

4."核心影响力"与"多层传递"

"任何一个团队，团队长的影响力都是起核心作用的，不可替代。关键在于怎样去发挥影响力，以及发挥什么样的影响力。"

吴洪及其管理团队深知这种力量能够如何让一个团队渡过危机、焕发活力。吴洪最看重领导者的表率作用。在大学做体育老师时，他自己做不到的，从不要求学生做到；在保险行业，他一定会说"大家跟我来"，而不是"你们往前冲"。

"团队长影响力"，是团队发展的核心。这个影响力要一层一层传递下去。靠什么传递呢？一是靠下一级领导，二是靠榜样的力量。只有传递，人员才会增加、力量才会扩大。

高新支公司就是这样把队伍发展起来的。

5. 人才成就力

德鲁克有句名言："组织的价值就是让普通人变得优秀，让优秀的人变得卓越。"太平高新团队多年来形成了一套自己的人才观和人才培养机制。

吴洪对人才的理解深刻而朴素：

首先是从特质上选人。既然要做一项事业，就一定要选合适的。价值观是否接近？是否具备勤奋、好学、坚持的品质？这些是最基础的，但也是最重要的。吴洪就是这样发现了杜巧丽、陈瑛、汪群等。

其次是在困境中成就一个人。每一次困难都是一次挑战，让人离开"舒适区"，但每经历一次困难，最后达成目标，就得到一次成长，就会蜕变。

最后是总结提炼。事后的总结也很重要，相当于提炼人生精华。从经历中总结思路和工作方法，会让人成长得更快。

6. "团队熏陶"与"师友帮助"

吴洪认为，所有企业组织都在实现一个又一个的目标，但目标与人的成长是一体两面。如果仅仅是不断实现目标，人就会变成机器。要把每一次实现目标的过程，变成团队对个体无形的熏陶——对个人荣誉感的培养，对价值观的深植，对团队的更深认同，与家人分享成果……

工作的目的，既是为了实现社会责任，对风险保障的责任，又是为了个体在经济和精神方面得到收获。

如何才能让团队成员受到熏陶呢？一是每次下达目标任务前，要阐明目标意义；二是在达成目标的过程中，要有良好的作风；三是目标完成之后，要进行激励；四是要坚持不懈地发挥团队文化的作用。"军队、学校、家庭"的团队文化，是团队成员实现目标、克服困难的力量。无论奖惩，团队成员都会感受到爱和尊重、公平和包容。

吴洪他们认为，"师友帮助"是一个更具体、微观的人才培养机制。在保险行业，技能、经验，对新人来说常常是巨大的挑战。"师徒制"很好地解决了这个问题。这是一种亦师亦友的关系，能培养起人与人之间"传授—得到—感恩—回报"的正向积极关系。

7. "成功 = 勤奋+学习+习惯+坚持"

除了是一位优秀的管理者，团队长吴洪还是保险业精英中的精英，其保费持续多年都在千万级以上。他还是白金龙奖获得者，太平人寿高峰会 19 连冠会员。要得到这些荣誉，个人业绩都是硬指标。

许多人曾问过吴洪，你成功的秘诀是什么。

吴洪的回答是：勤奋、学习、习惯、坚持。

无独有偶，杜巧丽、陈瑛、简璞、艾英、王玉聪等，他们的成功也离不开这些。

勤奋，对现代人来说，极其难能可贵。勤奋，是在保险业中淬炼过的人们最大的收获。怎么能做到并一直坚持？按杜巧丽、汪群等的说法，首先是自律，其次是自律，最后还是自律！

吴洪常常引用的一句话是："幸福是奋斗出来的！"他说，他见过很多很有潜力的人，但遗憾的是没有坚持下来。

简璞说："我长期保持两倍于别人的拜访量。"

黄霞说："只有时间才能塑造专业！"

8. 发掘"影响力选手"

"影响力选手"，对任何团队来说都是财富，有时还会给团队带来机遇。

吴洪认为，培养"影响力选手"，并把这种影响力传递到团队中，才是关键。

比如陈瑛，她之所以能从一个"学生兵"成长为行业精英，就是因为吴洪发现了她身上有坚持的特质，并在她最困难的时候，给予鼓励支持，让她不至于流失、脱落。

当陈瑛越来越成熟之后，吴洪又将她的经历、精神和经验，推广到团队中……

杜巧丽、汪群也是如此。

吴洪他们认为，团队文化是由一个个团队成员构成的、体现的。他常常用红军长征的故事来说明这一观点。他说："长征是播种机、宣传队、宣言书，这些是靠千千万万有信念的红军体现出来的。一个卓越团队，也一定如此。文化是灵魂，但人是灵魂的体现。"

9. 针对性人才方案

在人才培养上，吴洪一直倡导不求全责备，要包容和尊重，同时要有规则和底线意识，但并不是从此不问不管。吴洪对高新支公司管理层的每一个伙伴，都非常了解。他们各自的管理风格是怎样的，各自在哪些方面还需要提升，哪些方面需要得到弥补，哪些是他们特别擅长而要努力去形成核心优势的……对这些吴洪都了如指掌。

吴洪的观点是，每个人都有各自的个性、特点，需要制订有针对性的人才方案。在日常管理中，要做一个帮助对方成长的好伙伴。团队的作用在于，日积月累，潜移默化。几年下来，大家不知不觉各方面都会得到提高。

吴洪认为，好的团队，能让人才留得住，能成长，原因就在于成员之间既能惺惺相惜，又能互补长短，还彼此有成就别人的心态与见识。

10. 优秀与优秀相吸引

吴洪他们认为，要做一项有价值的事业，必须要有人，特别是优秀的人。优秀的人与同样优秀甚至更优秀的人，能够彼此吸引，彼此相通，彼此成就。

你找到了一个优秀的人，就可能找到了一群优秀的同行者。

刘备找到张飞、关羽、诸葛亮等，就是优秀与优秀相吸引。优秀，本身就是一种品牌，人的品牌。

"优秀与优秀相吸引"，其核心就是志同道合，心心相印，经验彼此共享，短处彼此打磨。这样的队伍，想不成事都难！

11. "行业地位" 与 "行业生态"

吴洪团队的从业初心，一是想建立一支寿险行业的"正规军"，二是想让保险行业和保险代理人得到应有的尊重。

吴洪说，做一份工作，最初会考虑这份工作是否能让自己吃得饱饭、养得了家，之后会考虑是否能服务客户，再后来必然就会思考这份工作能给自己、团队和行业带来什么，以及自己和团队可以为改善行业生态做些什么。这就必然超越了最初的想法，产生了更大的愿景。

要把行业内好的东西，前人积累下来的东西，做得更好才对，比如客户服务、客户体验、理赔等。我们应该为保险行业添砖加瓦，而不是拆墙开洞。

吴洪说："要有这样的愿景和目标——因为一群人的努力，行业生态才会有所改善，越来越好!""有没有这样的愿景，既是从业价值观的问题，又是一个人的胸怀格局的问题。"

12. "卓越团队" 与 "卓越业绩"

"打造世界级卓越寿险团队"，是吴洪和他的伙伴们一直追求的目标。

吴洪心中的卓越团队，一定是与高业绩相匹配的。业绩高意味着伙伴收入提高，公司实力增强，伙伴的专业水平、职业素质提高，被保障的客户范围更广、深度更深。

所以吴洪说："从优秀到卓越，是每一个有远大愿景的团队追求的目标。要实现这个目标，抓手很重要，要把业绩作为抓手。但又不是单纯追求业绩，应该把业绩作为团队的目标和驱动力，把围绕实现业绩的其他指标作为分解目标、分解项目……"

简璞也常说，卓越是什么？是没有最好，只有更好。一个团队有了这样的愿景，才会去找优秀的人、优质的资源，进行优质的培训，建立优质的文化。卓越，会让队员们看到未来的提升空间，永远不满足于现状。

吴洪还说，只有追求卓越的团队，才会特别注重团队文化建设。

在吴洪团队，有大量这样的案例。在优秀、先进的团队文化熏陶下，个体脱胎换骨成为更好的自己，团队也得到了不断升级。

吴洪他们说，在追求卓越的过程中，最深刻的变化是人的变化，人永远是一项事业的核心。

13."卓越＝先进文化+专业化+业绩"

每个有愿景的团队，都在追求卓越。

吴洪他们认为，从平凡到优秀，从优秀到卓越，与从事的行业没有太大关系，与行业是否在风口也没有多大关系，而与追求卓越的模式有关系。这与美国管理大师吉姆·柯林斯（Jim Collins）《从优秀到卓越》中的观点不谋而合。

那么，从优秀到卓越是否有章可循呢？

吴洪他们认为，卓越＝先进文化+专业化+业绩。先进文化解决的是人的思想问题，能在团队出现内耗、涣散、低迷等问题时为其指明方向。专业化解决的是技术能力问题和质量问题。业绩则是阶段性目标对先进文化、专业化的检验。经过长期积累和深耕细作，具备这三个要素后，成为卓越团队便指日可待了。

从吴洪团队的成长经历中，可以看到这个卓越公式中的三要素所发挥的巨大作用。

14."正规军法则"与"首选法则"

吴洪团队将"正规军"理解为一个有信念、有纪律、有专业、士气高、作风过硬的团队。他们认为，"正规军"会让优秀的人汇聚在一起。

每一个保险代理人都明白，无论在哪个保险公司都是要做业务的，从业的本质是一样的。但是，好的条件、优厚的回报一定与业务平台的持续发展有关。一个具有"正规军"特质的团队，会让团队成员在开展业务的过程中，收获荣誉感以及良好的客户关系。好的口碑会让业务源源不断。这样的团队又会成为优秀的人发展事业的首选。这样，"正规军法则"和"首选法则"就成为互为因果的关系，持续循环。这就是"良禽择木而栖"。

后来陆续加入太平高新团队的，有银行行长，有航空公司乘务长，有成功的企业家……当然，也有大量来自普通家庭的优秀人才。这里可以看到"首选法则"的效应。

15. "正确法则"与"成功基因"

吴洪团队的许多人，如吴洪、杜巧丽、陈瑛、简璞、艾英、王玉聪等，都是从"白板"成长为千人团队长的。那么，优秀业务员是怎样"炼成"的呢？

他们的回答是，正确思维，正确工作，良好的习惯，正确收获。

为什么要把正确思维放在第一位呢？

吴洪举例说明。

每个人都遇到过客户不接电话的情况，次数多了难免会让人产生挫败感，认为客户反感自己。那么，如何正确看待这种情况呢？那就是换位思考。也许客户这时很忙，有最重要的事要处理，忙过了他自然会想起你来的。这就叫正确思维。

也或许客户确实有点烦你了，因为你老打电话。这时该怎么思维呢？

一般人会怀疑自己是不是选错了行业，是不是不太适合这个行业。但正确的思维应该是：我从事保险的目的究竟是什么？不就是为了把保险理念带给客户吗？我的真正目的是为了客户的利益还是自己的感受？如果是为客户利益着想，就应该想到，我联系客户的方式是否应该改变，是否可以用短信、邮件、微信等，慢慢让客户了解保险呢。或者，是否可以从关心客户的健康或生意的角度切入，这样客户就不会再"反感"我了。谁会反感一个关爱自己的人呢？

陈瑛对换位思考颇有心得。她常说："我们无论和什么样的人打交道，首先应该想到的是自己能为别人做点什么……"

吴洪团队发现，凡是具备正确思维的团队成员，在工作和家庭生活方面，都做得较好。由此可见，"正确思维"是成事的前提，也是为人处世的根本。于是，吴洪团队把这种思维看作"成功基因"。

"正确思维"的下一步，还必须落实到"正确工作"上，这是成功的"二级跳"，需要的是执行力、行动力、决策力。在"正确思维""正确工作"之后，就应该有"良好的习惯"。这是成功的"三级跳"。有了以上这些，"收获"也就水到渠成。

16. 团队文化=提炼+实践+坚持

现在，越来越多的企业看到了团队文化的巨大作用和力量。

吴洪团队认为，文化由信念、价值观、行为三个部分组成。团队文化，首先要经过提炼，即从行业特点、从业愿景中发现信念的种子。信念是一项事业基业长青、不惧风雨的关键，也是团队成员收获的关键。保险行业的信念，就是"扶危济困""传承财富""延续爱心和责任"。

提炼出了信念，就要实践。实践要靠人和团队，因此就要培训。团队成员的信念，从无到有、从模糊到坚定、从概念到实践的过程，就是团队价值观形成的过程。

一旦开始实践，就要坚持。坚持就是生长、成长。文化是有生命的，团队文化长大了，团队也就长大了。从中我们可以看到，信念是精神支柱，实践是将信念转化为行动，坚持则是不忘初心，不中断，不变向，不走样。

这些就是团队文化。

17. 怀疑是最大的成本

吴洪常说，当找到行业信念、职业信念以后，就需要定力。在寻找的过程中，要尽可能地去质疑、追问；而一旦确定后，就应当果决行动。这时候，再怀疑、再动摇就是最大的成本。

一是时间成本。人在怀疑、动摇时，时间会被慢慢消磨。二是状态成本。人在怀疑、动摇时，很难有好的状态，各方面都会受到影响，久而久之，自己都会怀疑自己。三是团队成本。信念的力量在于让团队效率更高，但怀疑、动摇却会使团队士气低落。

吴洪他们发现，困难往往会让团队成员对行业和职业信念产生怀疑。遇到困难时，既要彼此激励，又要看清真相——是对信念产生了怀疑，还是对眼前的困难产生了怀疑。如果是对眼前的困难产生怀疑，从而产生不满、失望等情绪，那就要去反思解决问题的方式是否得当，解决问题的力量、资源是否需要整合，而不是怀疑行业与职业信念。

只要一个人还有信念，不管失败还是成功，就都能坦然接受、淡然处之。

18. 人生规划法则

吴洪他们认为，一个人只有做过保险，才会深切体会到，为什么人生需要规划。无论今天所做的事情多么微不足道，一旦开始规划，就会产生倍增效应。

人生有规划、能坚持，就会有收获。于是，吴洪团队利用"人生规划法则"，为团队制定了一份详尽而科学的职场晋升、培训、收入分配的规划。

晋升层面，职级和时间序列是：试用业务员、正式业务员、业务主任、业务经理一级、业务经理二级，高级经理一级、高级经理二级，区域总监、区域总经理。

培训层面，有"微观营业单位培训"，包括个险晨讯、业务经理季度主题培训、TOP2000 培训、卓越经理人研修、内勤管理干部研修、荣誉体系……

培训升级层面，有"金融规划师培训""卓越经理人培训""行业高端论坛"……

有了规划，就会有长期目标、分解目标和阶段目标。比如，这个阶段主要是学习专业技能、参加培训课程等，下一个阶段是开展业务。定下一个个目标后，就会明白每个阶段要做什么、会遇到怎样的问题、该如何规避等。

19. 活动量法则

多年的团队管理经验，使吴洪他们总结出一套团队的"活动量法则"，即一个伙伴，如果在一段时间内找不到事干，或者大事干不了，小事不愿干，那他就离离开团队不远了。

他们认为，团队就像一个生命体，必须有一定的"活动量"，才能在精神上和身体上保持健康，才能与外界进行能量交换。

吴洪说，自己从前学体育、教体育，深知"活动量"的重要性。从量变到质变，量是基础，没有量，也就不会有质的突破。职场上，一定要讲活动量。如果队员们长期没有活动量，他们的身体和精神都会受损，会变得萎靡不振。保持一定的活动量才能成长得更健康、更快。

20. 领导力要素

作为领导者，什么是最关键的要素？

吴洪常常面对这样的提问，他也常常用两个案例来阐述。

吴洪说，作为一个领导者，最重要的是坚持信念。《西游记》中的师徒四人，为什么能够不畏险途、排除万难去求取真经呢？因为他们有"一定要到西天取经"的信念。有了信念才会成就一番大事。

如果没有信念，一个人就会局限在"小我"之中。"小我"当然也有"小我"的好处，但人生的乐趣在于，在满足"小我"的同时，又能超越"小我"。

一个人有了信念，一定是一个了不起的人；一个团队有了信念，再平凡也会创造奇迹。

吴洪认为，构成领导力的另一个要素是礼贤下士。为什么要礼贤下士，因为需要人才。比如刘备，打仗比不上关羽、张飞、赵云，谋略也远不及诸葛亮。但是，他能发现他们的特长，尊重和看重他们的劳动，所以就能形成团队。

领导力的第三个要素，吴洪认为是决策原则。他说，每个人都不可能是决策天才，都有陷入决策困境的时候。但是，做任何决策时，只要把团队利益放在首位，把大局放在首位，决策就容易多了。

21. "我能为您做些什么？"

保险代理团队，最主要的工作就是销售和客户服务，这和其他行业的销售没有区别。

但是，信念不同，就会有不同的价值观，有了不同的价值观，就会表现出不同的行为。具体到销售，就会产生不同的销售文化。

许多人都会问，太平高新团队的销售业绩这么好，客户体验也这么好，究竟是怎么办到的？

陈瑛说，换位思考、用户思维，是任何具有正念、正心的销售团队必须具备的。面对队员和客户，我们常常问、反复问、不断问的一个问题是：我能为您做些什么？

陈瑛说，做销售的，一定都会经历"我能得到什么？""什么时候才签单？"这个阶段。但是，一个优秀的销售人，一定要进入第二个阶段——"我能为您做些什么？"阶段。这才是销售的本质，销售的境界，销售的意义。也只有这样的销售，才会让销售人进入更广阔的世界。

…………

当然，一个成长了二十多年，培养了数以百计行业精英，发展到七八千人的团队，其管理精髓是远远不止这些的。他们的个人经验、团队经验、经营思想各具特色，富有创见。限于篇幅，这里呈现的只是冰山一角。

但仅仅是这些，已经足以引发人们深思了！